DU MÊME AUTEUR

LE CŒUR COUSU, roman, Gallimard, 2007 (« Folio » n° 4870)

DU DOMAINE DES MURMURES, roman, Gallimard, 2011 (« Folio » n° 5552)

LA TERRE QUI PENCHE

CAROLE MARTINEZ

LA TERRE QUI PENCHE

roman

nrf

GALLIMARD

À Valentine et Noé,
mes amours, qui m'ont tant appris.

À Lucienne Conradt.

Il est un air, pour qui je donnerais
Tout Rossini, tout Mozart et tout Weber
Un air très vieux, languissant et funèbre,
Qui pour moi seul a des charmes secrets !

GÉRARD DE NERVAL

Vois-tu l'ortie que je tiens à la main ? Il en pousse beaucoup de pareilles autour de la caverne où tu dors, mais celles qui viennent sur les tombes du cimetière sont les seules bonnes.

ANDERSEN, *Les cygnes sauvages*

La vieille âme

À tes côtés, je m'émerveille.
Blottie dans mon ombre, tu partages ma couche.
Tu dors, ô mon enfance,
Et, pour l'éternité, dans la tombe, je veille.
Tout aurait dû crever quand tu as gagné ton trou, gamine,
Au lieu de quoi la vie a dominé, sans joie.

Seule la rivière a tenté quelque chose pour marquer ton départ, ma lumineuse.

Dans la brume du petit matin, elle a soudain figé ses eaux vertes tout du long, si bien qu'en amont de la Furieuse, les aubes des moulins se sont arrêtées de tourner, comme engluées dans du métal fondu. Dès que l'haleine humide et claire qui la nappait de vapeurs nocturnes est remontée à flanc de coteaux jusqu'à se dissoudre tout à fait dans la chaleur du jour, dès que la rivière est apparue, nue, débarrassée de ses longs voiles laiteux, les meuniers de la vallée ont découvert que la Loue enchanteresse s'était changée en miroir : plus rien ne bougeait dans son lit que le reflet du monde des berges et celui des nuages épars de mai. Alors, à mesure que le jour s'est déplié sur cette terre qui penche, la vie du dehors s'est laissé prendre au piège de sa propre image, étonnée de se voir des contours si nets à la surface des eaux mortes et inquiétantes qu'aucune ondulation ne venait plus troubler. La Loue faisait silence et, jusqu'à ce que les cloches aient sonné sexte, on n'a plus entendu le moindre clapotis contre les pierres. Chut ! Chut ! Même dans les pentes raides des gorges, qui, jamais jusque-là, ni de nuit, ni de jour, n'avaient cessé leurs papotages, les langues d'eau, saisies en pleine course, s'étaient tues. Chut ! Chut !

Rien ne semblait pouvoir briser le sortilège qui avait pétrifié la rivière. Car c'était bien de cela qu'il s'agissait, de quelque enchantement !

Ce matin qui a suivi la fin de notre histoire, mon éclatante, le vent lui-même a renoncé à remuer la surface plombée de la Loue. Aucune de ses caresses ne pouvait froisser l'enveloppe, lisse à pleurer, de la belle serpente. Nul sillage ne ridait cette étrange peau de métal qu'elle s'était forgée en une nuit. Ni frisson sous les ongles des araignées d'eau, ni tressaillement aux frôlements bleus d'une libellule, ni efflorescence sous les branches basses. La Loue ne prenait plus plaisir à lécher ses berges, plus de va-et-vient sur le sable ou la pierre, plus d'ondoiements dans sa chevelure d'algues, plus de soupirs, plus un souffle. Rien ne scintillait à sa surface. Le soleil, qui se faufilait entre les arbres pour la rejoindre, se glaçait à son contact. L'astre était réduit à un cercle blanc, sans feux.

De quelle douleur espérait-elle se prémunir en métamorphosant sa nudité en armure, alors qu'aucune lame n'aurait pu la blesser, la trancher, la désunir ?

Tous ceux qui, pour leur malheur, se sont interrogés en regardant la rivière arrêtée ce matin de mai, tous ceux-là, comme épris de leur image, sont restés, fascinés, au bord du gouffre dans lequel a fini par vibrer un monde second où ils avaient leur place, un autre monde dont la surface de la Loue leur montrait la voie.

Il faut les comprendre ces rustres qui jamais ne s'étaient vus au miroir et qui observaient les détails de leurs traits et leur stature pour la première fois. Quelle surprise ! Quel ravissement ! Et même les plus laids n'ont plus bougé, attendant face à eux-mêmes, sans comprendre.

Comme les hommes sont attentifs quand on leur parle d'eux !

Seul le vieux jardinier que la tristesse avait conduit sur la grève aux fées et qui espérait quelque secours de la contemplation de l'onde, quelque rêverie consolatrice, lui seul, le muet, le doyen, le plus faible d'entre tous, a réussi à s'arracher à l'envoûtement. Pudiquement, il s'est détourné du maigre visage de bois sec, qui le fixait depuis l'autre versant du monde et dont il connaissait si bien la peine, et, flairant la mort, il a gravi lentement la sente pour gagner le château des Murmures et alerter les hommes. Ses jambes se raidissaient davantage à chaque pas, les cailloux roulaient sous ses pieds et sa canne s'accrochait aux racines, se prenait dans des trous. Arrivé à mi-chemin, il s'est arrêté plus longtemps pour reprendre son souffle et, comprenant qu'il ne pouvait pas exiger davantage de sa vieille carcasse et qu'il devrait attendre un moment avant de poursuivre son ascension, il s'est assis sur une grosse pierre. À peine installé, il a senti son cœur se serrer en apercevant les jeunes femmes qui dévalaient la pente leurs paniers de linge à la main ou sur la tête : il fallait qu'elles rebroussent chemin, ces toutes belles, qu'elles remettent leur lessive à plus tard ! Mais aucune d'elles n'a voulu entendre ses gestes confus de vieux fou. Ses grands bras décharnés qui s'agitaient et les pauvres sons qu'il tentait d'articuler avaient si peu de sens qu'elles ont ri de sa pantomime, les pauvrettes, et lui ont offert le muguet et les coucous qu'elles avaient piqués sur leur corsage ou dans leurs cheveux avant de poursuivre leur route en lui envoyant des baisers. La peste était passée, elle ne tuait plus personne ! Il n'y avait plus rien à craindre, ce beau printemps l'avait chassée. Le monde n'était pas mort ! Le jardinier aurait voulu courir à leur suite pour les retenir, mais il ne vivait plus au même rythme que cette jeunesse et avait renoncé depuis bien longtemps à attraper les demoiselles, si mignonnes fussent-elles. Et comment empêcher l'enfance de galoper joyeusement dans la pente ? Il s'est contenté de porter leur petit bouquet à ses narines et il a cherché à démêler l'odeur de leur peau de celle du muguet, en les regardant s'éloigner, ces toutes jeunes femmes auxquelles il avait donné en secret des noms de plantes et qui gambadaient gaiement vers leur fin. Le parfum de leur chair se laissait déjà étouffer par celui des fleurs sauvages, les coquelicots eux-mêmes faneraient moins vite qu'elles. Quel gâchis !

Le vieux jardinier savait que la Loue, ce jour-là, n'était pas bonne fille et que ces jolis minois se prendraient dans ses filets. Depuis la fente étroite de ses paupières sans cils, amincies et marbrées par l'âge, ses yeux grisâtres n'ont pas pu suivre longtemps les lavandières qu'il aimait tant, elles se sont vite dissoutes dans les brumes qui cernaient son monde de vieillard, le réduisant à peau de chagrin. Il a posé son bouquet sur ses genoux et il a prié en silence.

Alors, depuis sa source, la rivière a soudain vomi une vague haute comme un clocher qui a détruit moult pressoirs et noyé tous les Narcisses dont elle suçait l'image depuis le matin : vingt meuniers, trois braconniers, une poignée de pêcheurs, quelques innocentes lavandières, une dizaine de bonnes vaches appartenant aux gens de Moustier, et six moutons avec leur trop petit berger – ce si joli garçonnet aux yeux clairs, d'un bleu de paradis, qu'Aymon aimait tant – Diantre, comment s'appelait-il ?

Les noms propres m'échappent ! Cela me rend folle.

La vague a rugi sa rage jusqu'à Ornans, emportant tout sur son passage sans distinction aucune, puis, après ce formidable spectacle des eaux, la Loue, rassasiée, a regagné son lit avec son butin de chair et de bois. Les corps qu'elle a recrachés ont été ramassés sur les berges, on a laissé les autres cadavres à vau-l'eau. Nul n'a osé avant plusieurs jours se risquer sur le dos de cette vieille folle qui avait pourtant repris sa tranquille chansonnette et sa longue promenade dans la vallée comme si de rien n'était.

On a enterré les noyés avec les autres morts, tous les autres, et Dieu sait s'il y en avait eu déjà pendant ce printemps 1361, et les hommes qui restaient avaient tant à faire qu'ils n'ont pas aussitôt réparé les moulins. Ce mercredi de la Sainte-Judith est resté dans les mémoires celui où la rivière a été prise de folie meurtrière.

Mais aucun des noms gravés sur les tombes n'était le nôtre.

Est-ce ainsi que pleurent les rivières ?

Le lendemain, des garnements du pays, qui jetaient des pierres dans l'eau en guise de représailles, se sont plaints que les ricochets n'étaient pas naturels et que chaque caillou lancé leur revenait avec force en pleine figure. La rivière était encore un peu colère, son sang vert bouillonnait toujours dans ses profondeurs. Et tous de s'interroger sur ce qui avait pu la mettre dans une telle rogne. On n'avait jamais jeté de pestiférés dans ses eaux, même au plus fort du fléau. On l'avait toujours respectée. On ne voyait pas ce qu'elle pouvait reprocher aux gens de Moustier.

Nul ne sachant à quel point nous étions liées, la Loue et moi, et le pays n'étant plus à une misère près en ces temps agités, les vieilles gens ont décrété que cela lui passerait, que la Loue avait ses sautes, qu'elle était fantasque, mais oublieuse, qu'elle s'endormirait comme couleuvre sous le soleil de juin et que la chaleur lui ferait perdre le goût de l'homme, qu'elle n'avalerait plus de meuniers, ni de lavandières, ni même de petits bergers avant longtemps.

Le pays, qui avait tant besoin de sa rivière et d'oublier cet affreux printemps, lui a vite pardonné d'avoir joué les ogresses. Sauf Perrine, la jeune mère de ce petit berger, dont le nom ne me revient toujours pas. Notre douce Perrine a refusé de l'aimer de nouveau. Chaque matin, pendant dix ans, la pauvre femme a marché jusqu'à la grève, pour lui cracher sa peine et, chaque fois, son crachat remontait un peu le fil de l'eau avant de se défaire en étoile, lui annonçant un nouvel enfant à venir. La Loue voulait sans doute se racheter en lui offrant ce troupeau de minots aux yeux bleu paradis. Mais une mère aimante ne remplace pas un fils par un autre, ni même par une tribu de petits qui se ressemblent comme autant de gouttes d'eau et, cela, la belle ogresse ne pouvait le comprendre. À force de lui donner des enfants, la rivière a fait mourir Perrine en couches et, avec cette disparition, le souvenir de ce triste jour s'est tari.

La Loue, elle-même, a fini par oublier la raison de sa brusque colère, ses crimes et jusqu'au désespoir de la mère du petit berger. Et nul n'a plus su pourquoi les filles en mal d'enfants sont venues pendant des siècles observer leurs crachats à la surface de la rivière pour savoir si elles seraient bientôt grosses.

Alors, si tous ont oublié, comment se fait-il que moi, qui avais quitté ce monde la veille de la crue, je m'en souvienne si bien ?

Je dois me méfier de ces souvenirs qui n'en sont pas. Il se peut que je m'invente une mémoire, que, n'ayant plus ni aiguille, ni tissu, ni mains, j'aie brodé cette histoire dans mon esprit, puisque c'est tout ce qu'il me reste. Il est terrible de tant vieillir par-delà la vie et de ne plus parvenir à démêler le vrai du faux. Et ce petit berger dont le prénom m'échappe !

Au début de la mort, les souvenirs nous obsèdent, nous les ressassons sans cesse, mais, chaque fois que nous revoyons une bribe de notre existence, nous la déformons, nous remodelons notre passé et, imperceptiblement, il s'éloigne. Au fil du temps, nous reconstruisons notre vie pour lui donner une consistance, une cohérence. Nous romançons, et il me semble que cette réécriture commence de notre vivant, déjà.

Et moi, qui suis une si vieille âme – voilà près de six siècles que je hante ces forêts –, comment pourrais-je me fier à ma mémoire ?

Si je me souviens de ma vie charnelle, c'est grâce à toi, mon enfance. Ton sommeil nous protège de l'oubli.

Je me souviens, car tu as gardé ta vie intacte dans ta mémoire de petite fille et que tu la parcours, à voix haute, tandis que tu dors. Alors, tout contre toi, moi la « vieillarde », j'écoute mon enfance causer. Je t'écoute conjuguer jadis au présent et je m'émerveille.

Chaque fois que tu racontes, que tu déplies notre histoire, les sensations me submergent, mon corps m'est rendu, et je revois ces saisons que nous avons passées ici, au domaine des Murmures, je revois Aymon, je revois le paysage sauvage et la roseraie du jardinier, je revois le beau regard franc d'Éloi et chacune des lettres que Maître Claude m'a fait graver sur ma tablette de cire, je retrouve le goût des tartes de la vieille cuisinière et cette petite chanson qui annonçait la nuit, je parcours les bois sur le dos de mon grand cheval couleur terre, je me baigne dans la Loue qui me berce avec tendresse, chaque fois que tu racontes, le sourire du diable s'efface et il meurt en pleurant, chaque fois que tu racontes, tu nous armes d'azur, et nous revivons ensemble, mon Phœnix.

À tes côtés, je m'émerveille.
Blottie dans mon ombre, tu partages ma couche.
Tu dors, ô mon enfance,
Et, pour l'éternité, dans la tombe, je veille.

Nous sommes morte à douze ans et, depuis, j'ai vieilli, infiniment, à regarder le monde sans en être.

La petite fille

Je cause ! Je sais bien que je cause. Je sais que je n'ai aucun secret pour qui dort à mes côtés et, comme une fille ne dort jamais seule, je suis un livre ouvert. Quoiqu'un livre, même ouvert, reste toujours fermé pour moi, puisque mon père se refuse à m'instruire, par peur que le diable ne s'insinue.

Il est filou, le diable, et agile, il se glisse dans les têtes par de toutes petites portes, un livre s'ouvre et le voilà qui pointe le bout de son nez entre deux pages.

Comtois tête de bois. Je dis n'importe quoi !

La vérité, c'est que je ne vois pas pourquoi le diable entrerait plus facilement dans mon âme que dans celle de mon frère Jean qui n'est pas bien futé. À moins que le diable n'entre pas dans la tête de ceux qui peinent à apprendre. Il a raison, le diable, quel intérêt y aurait-il à partager les pensées d'un idiot ?

J'ai tout tenté pour fléchir mon père, j'ai même raconté à mon confesseur que j'avais vu, en rêve, la Vierge me tendre un psautier et qu'elle m'avait dit : « Lis ! » Le bonhomme a été ébranlé par mon joli récit, ma jeunesse et sa naïveté ont achevé de le convaincre de la réalité de ma vision. Il a demandé à rencontrer père et a cherché à l'amadouer pour qu'il m'offre ce psautier exigé par la Vierge et père a ri comme jamais en l'entendant plaider ma cause. Il a ri de ce gros rire d'homme puissant qui dit : « Je suis le maître et vous n'êtes que des imbéciles. » Aussitôt que le prêtre, tout marri, est parti, père a sorti sa badine pour me punir de mon mensonge. J'ai trouvé cela juste et j'ai été réconfortée à l'idée que père, malgré la distance qu'il affiche à mon égard, me connaisse assez pour deviner mes stratagèmes et me punir d'avoir tant d'esprit. Et même si une fille intelligente, c'est, à coup sûr, d'après lui, le diable dans la maison, j'ai senti que, ce jour-là, nous étions de connivence. L'homme d'Église était un sot, nous aurions pu en rire ensemble si j'avais été mon frère. Mais Jean n'aurait jamais pensé à ourdir une telle intrigue et la Vierge ne lui serait pas apparue.

Éveillée, je ne suis pas si bavarde, c'est la nuit qui me rend pie.

Comment lutter ? Je dis des gros mots dans mon sommeil, par chapelets et, au matin, tout est aussitôt répété à mon père. Alors, on m'appelle, je me présente à la petite badine qu'il tient toujours à portée de main, coincée entre les poutres, et il me cingle la peau nue. Et, là, je suis déçue, la badine est la même, mais mon père se trompe et, ces matins-là, il s'éloigne de moi en me frappant. À son tour, il manque de discernement, quand il m'assène ces coups inutiles.

Comment pourrais-je me corriger ?

Je ne garde pas toujours souvenir des horreurs dites la nuit. Je cause pour causer, pour emplir le silence de tous les mots que je connais. Père aimerait me bâillonner, il tonne que nul ne pourra jamais me confier le moindre secret, que je serai la pire des femmes, qu'aucun homme bien né ne voudra de moi pour épouse, quand je serai en âge de copuler, et que je ne lui servirai de rien, si je ne sais tenir ma langue. Il pense m'apprendre le silence à force de coups.

Et mes secrets à moi, il n'y songe pas ?

C'est qu'à onze ans, d'après lui, on n'a rien à cacher !

Eh bien, si, voyez-vous, mon père, j'ai déjà mes petites choses rien qu'à moi que je voudrais celer ! Mais c'est impossible, je me trahis la nuit et, si la badine pouvait y changer quelque chose, sachez que je n'hésiterais pas à me fouetter moi-même matin et soir !

Ma tête se vide par ma bouche, tout s'échappe, par flots, je revis chaque journée, bonheurs et peines, je régurgite tout ça sans en avoir conscience. Parfois, je rêve si bien à voix haute que, à mon réveil, les grands yeux cernés des filles me disent que je les ai passionnées et qu'elles ont veillé pour ne pas manquer la fin de mon récit. Mais c'est assez rare, le plus souvent, je ne dis rien de très neuf, je chante mes chansons, je récite mes prières, et j'insulte bien fort ceux qui, durant le jour, m'ont cherché noises, empêchée de courir où je voulais, ou obligée à filer, à broder, à prier, à chanter. Durant mon sommeil, je torture sans retenue qui m'a contrainte, et nombreux sont ceux qui me contraignent dans ce château de mon père où les filles n'ont qu'à bien se tenir.

Il ne veut pas faire de moi une lettrée, la faute au diable qui entre dans les âmes des filles qui savent lire !

Le diable est filou et agile, et je n'aurai jamais de psautier.

Père ne m'a rien appris et j'ai volé de droite et de gauche ce que je sais. Pas grand-chose. J'en parle aussi la nuit, de ces quelques lettres que je connais et que je m'applique à dessiner avec un bâton sur la terre, sur l'eau ou dans l'air. Et dès que je maîtrise une nouvelle lettre, je m'en vante en dormant et je la présente à celles que j'ai déjà apprivoisées. J'anime gaiement mon minuscule alphabet en faisant de chacune de mes lettres un petit personnage, une marotte imaginaire, avec son caractère, ses humeurs, sa couleur. Alors la badine cingle de nouveau mes doigts qui ne doivent pas écrire, puisque écrire est aussi une porte pour le diable, agile et filou.

Quand je saurai toutes les lettres de mon prénom, il me semble que j'aurai une clef. C'est surtout celles-là que je préfère, celles qui permettent de signer BLANCHE. Elles sont des petits bouts de moi, il est capital que je me connaisse assez pour pouvoir m'écrire, et tant pis pour le diable ! Si je le croise, je saurai bien m'en défendre, comme un homme.

Je ne suis pas assez profonde pour garder mes secrets, je déborde. Je préférerais pisser au lit, cela me laisserait au moins ma pensée. Au lieu de quoi, c'est des mots que je pisse, par seaux, sans retenue, jamais.

Parfois, je résiste au sommeil pour que le monde s'endorme avant moi et que nul ne m'entende. Alors, en attendant que les ronfleuses ne se soient mises à ronfler et que les autres ne se soient laissé bercer, je m'invente des choses, des aventures, des rencontres, et bien souvent, je tue mon père dans l'une de ses batailles et je me mets sous la tutelle de mon oncle qui n'est pas meilleur homme, mais dont la femme est douce. Tuer mon père n'est pas sans dangers. Je crains surtout de m'endormir et de poursuivre ma rêverie à voix haute, car quand je dors pour de bon, je deviens plus cruelle encore et il arrive que je le dévore. Si l'une des bâtardes se réveillait et s'il apprenait les agonies que je lui bricole, je ne sais pas si j'y survivrais.

J'éprouve beaucoup de joie à le voir mourir et, souvent, je reviens en arrière pour rendre sa fin plus délectable encore, ou pour ajouter des obstacles. Quel délice de l'observer se débattre, misérable insecte, dans la toile de mes rêveries !

Et puis, j'ai d'autres pensées, tout aussi condamnables et qui sont indicibles.

De ces secrets-là, mon père ne m'a encore jamais parlé au matin. Serait-ce que mon sommeil ne me livre qu'à moitié ? Ou que les bâtardes n'osent pas tout répéter par peur d'être battues elles-mêmes ou par peur que mon père ne me brise tout à fait ?

Pourtant, elles savent que je suis dure à la douleur. Comme ma sœur, j'ai été élevée pour supporter ma condition de fille. Mon père tient beaucoup à ce que nous soyons bien éduquées. Car elles sont nombreuses les filles trop caressées qui ont fini putains ! Le diable s'insinue aussi dans les caresses, il rampe sur la peau des jeunes filles, c'est même là qu'il fait son nid, le filou ! On le chasse à coups de badine ! Il faut corriger ses enfants, les faire pousser droit, dit le père, il le faut. Sinon, gare à l'enfer !

Gare à l'enfer où les morts souffrent mille morts ! Gare à l'enfer où les démons nous écartèlent, nous sucent la moelle des os, nous ébouillantent, nous écorchent joyeusement, nous éviscèrent et nous arrachent tout ce qui dépasse en riant !

On ne manque jamais de nous faire jeûner, ma jumelle Solange et moi, même si nous sommes filles de seigneur, et notre nourrice a pour ordre de nous couvrir à peine, pour que nous soyons aussi dures au froid qu'à la faim.

Père s'est ainsi débarrassé de la plus grande partie de ses enfants légitimes. Ses bâtardes ont eu davantage de chance. Je ne sais plus combien nous étions, mais nous ne restons que trois : deux filles et un garçon de son premier mariage. J'imagine qu'il a fait crever les autres, les plus faibles, ceux qui, selon lui, n'auraient pas pu survivre dans ce siècle si plein d'épreuves, de guerre et de douleur.

On nous lève à l'aube, ma sœur et moi, et nous devons ou broder ou filer toute la journée, c'est qu'il faut nous empêcher de trop réfléchir, car le diable s'insinue dès que la femme est désœuvrée. Le diable a vite fait de s'emparer de la pensée d'une fillette oisive, de la conduire par le bout de son joli nez, et de lui faire lever la jambe devant le premier bonhomme venu. D'après père, les femmes ne sont, par nature, que des culs. Alors, s'il savait toutes mes pensées coupables, la badine cinglerait.

Est-ce vraiment le diable qui me souffle ces idées tellement douces que j'ai avant que n'arrive le sommeil ? Est-ce le diable qui me pousse à embrasser en pensée Philippe, le petit page blond que mon père a pris à son service ?

Oui, sans doute, c'est bien lui, l'agile filou, et je ne suis qu'un cul comme dit père, qu'un petit cul qu'il faut botter ! Mais j'aime à m'imaginer grande et belle, beaucoup plus belle et plus grande qu'aujourd'hui, j'aime découvrir comme mes tétons ont poussé et admirer, dans les larges yeux de Philippe, ces seins ronds que je n'ai pas encore. Alors, au regard qu'il me porte, je sais qu'il veut toucher ce corps qui n'est pas le mien tout à fait, puisque je viens de me le composer en volant des grâces aux bâtardes de père…

Pourtant, jamais nos regards ne se sont croisés dans la vraie vie. On m'a dressée à baisser les yeux.

Peut-être suis-je aussi vicieuse que le diable…

J'aimerais tant être un garçon et non une créature tellement fragile et mauvaise ! Je pourrais alors rire fort, parler haut et porter mon regard loin devant, je pourrais marcher à grands pas en plein jour sans regarder mes pieds, et je ne craindrais plus ces mauvaises pensées qui me font systématiquement éternuer dès que je les ai durant la journée, car ni prier ni broder n'empêche l'esprit de virevolter, de s'égarer en fariboles, et souvent je me pique au doigt.

C'est quand nous chantons toutes ensemble en filant que les rêves m'entortillent le mieux.

Et tourne, tourne le fuseau, tandis que le fil s'étire entre mes doigts.

Les hommes ne sont pas soumis à leurs désirs comme nous autres, le diable ne les attend pas derrière toutes les portes, derrière la moindre aiguille, derrière la danse d'un fuseau suspendu à son fil.

Je livre tout dans mon sommeil. Voilà pourquoi je n'ai aucun complice. Ma sœur jumelle, elle-même, a peur que je ne révèle ses rares défaillances. Elle passe pour parfaite, alors, depuis que mon frère est parti faire ses armes ailleurs, je suis seule face à père et à sa badine, seule face à ce gros seigneur qui revient de la guerre trop souvent à mon goût.

Maintenant qu'il est vieux, il pourrait laisser la place ! Trente-huit ans de vie, c'est bien assez ! Après, le corps se corrompt ! Mais non, il manie toujours les armes avec autant de force et ses hommes parlent de lui comme d'un redoutable guerrier. Même le grand mal l'a épargné.

Il est si laid que je ne comprends pas comment il peut encore oser sourire. Quoique ses dents sont ce qu'il a de plus joli. Son visage a été ravagé par je ne sais quelle bataille, il a souvent un peu d'écume aux coins des lèvres, un résidu blanchâtre qu'il essuie du revers de la main et étale sur ses joues en de longs filaments, et ses cheveux trop blonds ressemblent à de la paille.

Comment ses femmes et ses servantes ont-elles pu le

laisser coller sa bouche grasse sur leurs lèvres, sa peau grêlée contre la leur ?

Souvent, je le vois soupirer d'aise, assis en chemise face à la cheminée, les jambes largement ouvertes réchauffant ses parties nues à la chaleur du feu, et quand une fille passe à sa portée pour lui servir à boire ou remuer le bois dans l'âtre, ses grosses mains, tellement sûres d'elles, l'attrapent par la taille et l'asseyent à califourchon sur ses genoux sans lui dire autre chose que : « Viens là toi, ma belle lécheresse, remue ton cul comme il faut et écarte bien les cuisses que je m'épanche ! » Et peu lui importe qu'il ne soit pas seul et que mes yeux ne le quittent pas, tandis qu'il se tortille devant les flammes en râlant. Il sait que je suis là, dans l'ombre, et que je le vois faire.

C'est ainsi qu'il me fabrique des sœurs.

Non, les hommes ne sont pas soumis à leur désir : ils en sont les maîtres et l'éteignent aussitôt !

Les bâtardes m'ont dit que je ne lui ressemblais pas.

Que je suis contente d'être si peu de son sang, contente d'être petite, rousse et bouclée, contente qu'il ne m'aime pas !

Chut ! Quand la cloche sonne, pas de mauvaise pensée…

La vieille âme

… Sous peine de tomber raide morte.

Non, pas de mauvaise pensée, ma mie.

Même si cette cloche qui sonne n'est pas celle que tu crois, et que la mort nous a déjà fauchées depuis belle lurette.

Nous ne reposons pas au château de ton père, mon ange, et tu ne reconnaîtrais rien, ou presque, de ce lieu où nous sommes enterrées – lieu dont tu ignores tout à ce stade de ton récit, puisque tu vis ailleurs encore, que tu n'as pas encore élu domicile pour l'éternité sur cette terre qui penche, que tu ne l'as pas encore faite tienne, que tu ne l'as pas foulée, goûtée, mâchée, puisque tu as si peu vécu et que ton histoire est à peine entamée.

C'est la cloche de l'église de Mouthier-Haute-Pierre que nous entendons depuis notre trou. Elle a été forgée deux siècles après ta mort.

L'église du village est déserte, mais la cloche électrique sonne toujours le temps quotidien des vivants, ce temps cyclique qui, longtemps, les a apaisés et dont le battement a tant changé depuis l'avènement des pendules mécaniques. À présent, les hommes cavalent à la seconde près, le temps bat dans leur poche, silencieux. On se soucie bien peu des cloches ici désormais, elles pourraient ne jamais revenir de Rome.

Et moi, il me faut tuer le temps. Rien d'autre à faire dès que tu cesses de causer !

Car – le sais-tu, ma mie ? – jamais, aucune horloge ne pourra calibrer nos heures élastiques.

Quant à notre père, que tu hais tant, il est mort depuis si longtemps !

Il s'est éteint dans son lit après toutes ses bâtardes. Bien vieux, bien seul et si faible qu'il avait renoncé à soulever son épée, son bras et jusqu'à ses paupières. La badine est restée coincée entre les poutres, là où il l'a abandonnée après ton départ.

Nous étions son petit royaume, son pré, sa terre.

Mon corps a gardé des traces de cette tige de noisetier jusqu'à la fin, quelques longs sillons blancs sur ma peau, des lignes que je n'ai jamais pu toucher sans dégoût. Empreintes de fautes anciennes, de sa peine, de sa colère, souillures sur mon dos, sur mes cuisses, sur mes fesses d'enfant. Maintenant que la mort m'a écorchée, qu'il n'y a plus de dos, de cuisses, de fesses, maintenant qu'il n'y a plus de peau, seuls restent ces stigmates.

Est-ce cela l'enfer ? Souffrir de douleurs fantômes dans un corps qu'on n'a plus ?

Oui, gare à l'enfer, gare à l'enfer où l'esprit reste captif d'une chair qu'il a perdue !

Notre nourrice nous répétait que c'était bien le pire que d'avoir à souffrir de ce qui n'était plus…

Mais l'enfance ignore tout de ces peines-là et tes mots sauvages me ramènent à la vie. Ta rage surtout m'est une telle énergie ! J'admire cette force que j'ai eue à onze ans, cette soif de savoir, de grandir, de goûter à tout, même aux fruits interdits.

Quelle grande jouissance que celle des premières fois ! Comme la vie était intense et pleine de choses neuves !

Tout s'émousse avec le temps et, pourtant, je m'attendris encore, après six siècles d'errance, en écoutant ta voix claire. Tes petites peines sont de telles déchirures et tes larmes ne coulent pas, elles jaillissent, ardentes et pures, elles sont de feu plutôt que d'eau.

On oublie si vite nos rêves et nos désirs d'enfant, on les dilue pour les rendre acceptables, innocents et jolis. On ne se souvient que d'un monde doux et tranquille, alors que la pureté même de l'enfance est tout entière dans cette violence que tu dis sans détours.

L'enfant est un dévorant qui avalerait le monde, si le monde était assez petit pour se laisser saisir.

Ô mon enfance, tes rires et tes révoltes secouent mes vieux os et je tremble avec toi à mesure que tu racontes.

Je n'ai plus de chair pourtant où faire courir le frisson comme dans une herbe haute. Mes humeurs se sont asséchées et mes entrailles ont fondu. J'ai vu mes tendons se rompre un à un et mon enveloppe désertée larguer les amarres, engraissant des essaims de larves souterraines, j'ai suivi ces voleuses tellement pressées de se métamorphoser en autre chose pour remonter en surface, je les ai vues devenir insectes et finir leur splendide ascension vers le soleil dans le gosier de quelque oiseau. À leur façon, des bribes de moi auront gagné le ciel !

Il n'y a pas plus vivant qu'un cadavre encore frais.

Quand on vient de tomber mort, on ressent ce corps raide et perdu qui s'éternise, dessiné de l'intérieur par la cohorte des petites douleurs. On reste attaché à la chair et sa formidable pesanteur nous enchaîne à la terre, alors que tous les nœuds sont défaits qui ligotaient le tout.

Une fois que tout a été bien dévoré, rien ne bouge plus dans la tombe et, peu à peu, l'on perçoit le grouillement du dehors.

Le vivant crève et renaît sans cesse. Rien ne meurt vraiment, tout se transforme en n'importe quoi. Ça s'agite, pousse, bourdonne, chuinte, rugit. Ça tintamarre : les hommes qui tombent, les feuilles qui poussent, les pages qu'on tourne, les masses confuses qui s'agitent, le grand pêle-mêle de la création bazardé à vau-l'eau et qui tente de s'ordonner, sans jamais parvenir à épuiser les possibles, et les cloches électriques qui t'empêchent de penser, mon ange, et étouffent ton récit.

Silence !

Le monde ne peut-il se tenir tranquille et ne plus interrompre cette rêverie du vieux fantôme qui écoute sa délicieuse enfance murmurer ?

La petite fille

À moi, qui n'ai qu'une petite chemise, flottant à mi-cuisses, et n'ai jamais porté que de vilains bliauts de laine épaisse, à peine moins rêches que ceux des manants, on me façonne la plus belle tenue qui soit, et père aussi a un nouvel habit, tout à fait assorti au mien.

Au printemps, il est revenu très en gaieté de la foire de Dole avec deux grandes pièces de drap précieux, l'une rouge, l'autre bleue, si fines et si douces que seules les plus habiles d'entre nous ont eu le droit de les toucher, de les tailler, de les travailler. Ma sœur Solange en était. Comme je l'ai enviée de caresser ces tissus, d'y plonger son aiguille, d'y perdre son regard !

Fils d'or, fils noirs, fils d'azur ont animé le ciel de l'étoffe et, sans qu'on m'en dise rien, j'ai compris que les mains bien propres des plus soigneuses des filles y brodaient, à petits points précis, les trois loups courants de sable armés d'azur de notre maison.

Alors, on m'a appelée et j'ai dû rester longtemps immobile dans ma petite chemise près du feu, tandis qu'on me mesurait tout le corps.

Et peigne, peigne la toison,
Et tourne, tourne le fuseau au bout de mon bras maigre,
Et mouille, mouille la laine,
Et le fil se fait sans y penser, tandis que je m'interroge.

Nous porterons, mon père et moi, les couleurs de notre lignée. Mais à quelle occasion ?

Puisqu'on ne peut se fier à Blanche, la transparente, on lui cache tout. Ces derniers temps surtout, les filles m'enroulent dans un silence épais. Père dit que je ne dois être informée de rien, car je répète tout durant mon sommeil, mais je ne suis pas certaine que leur silence vienne seulement de là. Je sens que quelque chose se trame et que les filles se taisent car elles savent très bien que je ne suis pas facile et que je refuserais ce qui se machine dans mon dos si l'on m'en parlait.

Cette robe d'azur et ce surcot rouge sang à porte d'enfer sont taillés dans une étoffe qui bâillonne les demoiselles.

J'ai d'abord cru que la beauté de mon vêtement leur coupait le souffle et qu'il leur manquait les mots pour parler de la splendeur de leur ouvrage, puis j'ai pensé qu'elles jalousaient peut-être ma condition d'enfant légitime, qu'elles enrageaient de voir la petite Blanche, la fluette, l'inutile, se parer du fruit de leur talent.

Mais non, leur silence n'est ni admiratif ni envieux, il a un accent grave, et se gonfle de peine aussi, de beaucoup de peine. On file autour de moi quelque cocon sacré, puisque la parole et le rire ne reviennent pas aux bâtardes dès que j'ai le dos tourné et qu'il me semble bien au contraire les entendre pleurer.

Et peigne, peigne la toison,
Et tourne, tourne le fuseau

Et mouille, mouille la laine du bout des doigts,
Et le fil se fait sans y penser.

J'ai même vu des larmes dans les yeux de ma nourrice alors qu'elle m'aidait à revêtir cette merveille, lors du dernier essayage, et je ne parviens pas à percer ce qui l'attriste tant dans l'avancement de ce costume. Quand je lui parle de ses yeux mouillés, elle me serre dans son giron à me faire suffoquer, en me disant qu'elle pleure de joie tant elle a de plaisir à me voir si belle. Et de me caresser la tête, et de me bercer comme poupard, et de me murmurer les seuls mots tendres qu'elle connaisse. Mon Oiselot, mon Chardon, mon Eau vive, ma Minute.

Elle me nomme Minute, car je suis si petite, bien plus petite que ma jumelle, plus petite que toutes les autres filles de mon âge et qu'on ne peut me diviser.

Elle me plaque contre son cœur, m'ensevelit dans la molle tiédeur de ses seins et me fredonne la chanson du temps :

Le jour a quatre quadrants,
Chaque quadrant a six heures,
Une heure a dix moments,
Le moment fait douze onces,
Et une once compte quarante-sept minutes,
Qui sont si petites qu'on ne peut les couper en deux.

Et moi, je suis sa Minute, le seul temps de bonheur qu'elle s'accorde.

Tant de douceur m'inquiète !

À la violence de ces embrassements, je comprends qu'elle a dû museler sa tendresse pendant toute mon enfance et qu'elle a toujours été dure pour satisfaire mon père. Il le fallait si elle voulait tenir sa place à mes côtés. Je comprends que trop de douceur nous aurait séparées et qu'elle n'aurait su où aller si mon père l'avait chassée. Je comprends que quelque chose est sur le point de s'achever.

Elle se ressaisit et parle beaucoup soudain, pour dissiper le silence qui m'entoure. Elle se fâche de m'avoir vue, la veille, prendre une puce ou un pou à mon col et l'écraser entre mes ongles en public. C'est qu'il est malséant de se gratter la tête à table ou de s'épouiller devant des gens, quand on est fille de ma condition ! Elle jure ses grands dieux qu'elle ne m'a pas élevée ainsi et elle se plaint qu'en vieillissant les larmes lui viennent pour rien.

Quelle menterie ! Je la connais, elle tente de me duper et tait la vraie raison de sa tristesse. Toutes ces sornettes ne me disent rien qui vaille. Elles sont pires que silence ! Et quand je l'interroge sur la robe et sur le surcot armorié, elle ne fait plus que soupirer. Mon Oiselot, ma Minute, mon Eau vive, mon Chardon.

Je suis Chardon, car mon esprit est si plein de piquants qu'aucune fille ne me cherche jamais noises.

Comme sa douleur m'irrite ! Je voudrais la battre pour la faire parler, pour qu'elle crache ce qu'elle sait, la mordre au sang, je ne sais ce qui retient ma colère, ce qui m'empêche de lui faire tout le mal qu'elle mérite. Je hais cette chienne autant que je hais mon père !

Pourquoi n'ai-je plus de mère ?

Si j'en avais une encore, elle m'épouillerait avec tendresse, tandis que je lui raconterais mes misères, je n'aurais pas besoin de tout dire à la nuit, qui est si mauvaise confidente. Je ne parlerais pas dans le vide et j'aurais d'autres réponses que les mensonges de ma nourrice et les coups de badine de père.

Et peigne, peigne la toison,
Et tourne, tourne le fuseau et mouille, mouille la laine,
Le fil se fait sans y penser,
Et nous travaillons toutes en silence désormais.
Ni rires, ni chansons, ni papotages.
Ma robe est presque achevée.

Je suis transparente et le monde qui m'entoure m'est opaque.

Je m'y entends pourtant en démêlage. On m'y emploie souvent et je démêle aussi bien les fils que les secrets. Je joue à les reconstituer en assemblant des fragments de conversations, cueillis au vol de droite et de gauche. Je les mets bout à bout dans tous les sens jusqu'à ce qu'ils s'éclairent. Mais, cette fois, tout est si parfaitement noué ! La toile qui couvre ce qui m'attend n'a pas le moindre accroc où je pourrais coller mon œil.

Dès que j'arrive dans une pièce, le silence tombe tel un couperet et je serais bien bête si je ne devinais pas que l'on parlait de moi. J'entre dans les écuries et les palefreniers se mettent à siffler dans le vide. Je passe dans la basse-cour et l'on ne cause plus que du temps qu'il fait ou ne fait pas, de la couleur du ciel quelle qu'elle soit. Dans les cuisines, souffleurs et bûchers s'appliquent à leurs besognes et les galopins plument, vident, écaillent, épluchent sans un mot. Les plus maladroits de nos gens ne me saluent plus qu'à peine, du bout des lèvres, et se dispersent à mon approche. Muets.

Si j'osais lever les yeux et regarder mon petit page Philippe en face, je suis bien certaine que je le verrais me fixer.

Je suis l'unique sujet de leurs murmures, je suis le seul objet de leurs regards, je suis au cœur du secret qui me résiste.

Oui, depuis quelques semaines, me voilà devenue le centre du monde.

Cet habit est funeste, je le sais, et l'on me plaint d'avoir à le porter bientôt.

Et tourne, tourne le fuseau,
Et mouille, mouille la laine,
Et s'empilent dans la corbeille les écheveaux,
Les fils bruns ou beiges, bientôt tendus sur le métier.
Fils de trame, fils de chaîne.

Je file la laine de leurs bliauts, tandis que, gravement, elles me brodent un avenir.

Se prépare-t-on à m'immoler ? À m'offrir au diable filou pour que les temps de misères cessent et que les étés soient moins mouillés, que les récoltes ne pourrissent plus sur pied, pour que les hivers soient plus doux et que le mal noir ne revienne jamais, ce mal qui a emporté ma mère en même temps que la moitié du monde avant que je ne sois en âge de me souvenir de son visage ?

Oui, le diable, agile et filou, a sans doute imposé sa volonté à mon père et un pacte a été conclu autour de ma petite personne.

Mais père n'est pas homme à céder ce qui lui appartient pour rien, même une bête enragée a son prix pour peu qu'elle soit de sa meute, il faut donc qu'il ait tiré quelque avantage de cette affaire et la négociation a dû être âpre avant qu'ils ne s'entendent en riant, car le diable rit comme un homme, de ce gros rire supérieur.

Il restera encore deux enfants à mon père, sans compter son troupeau de bâtardes, nées du feu, de toutes ces lécheresses qui l'ont chevauché devant l'âtre, avant et après ma mère. Deux enfants légitimes, de deux femmes différentes, c'est bien assez ! Et puis Blanche a suffisamment péché, en pensée au moins, pour mériter d'être ainsi vendue à l'ennemi de Dieu !

Que l'on m'offre au diable, contre je ne sais quelle promesse, que l'on me condamne à une si lourde peine pour quelques lettres écrites dans l'air et pour un baiser rêvé du bout des lèvres me paraît cher payé, mais, après tout, j'ai si peu d'importance aux yeux de mon père que je l'imagine assez se débarrasser ainsi de cette fille de onze ans dont le regard l'encombre et qui n'est pas même bonne à garder un secret.

On me conduira bientôt dans une forêt noire et profonde, tout près de l'entrée des enfers, et l'on m'abandonnera à la bête Faramine, qui est servante du diable et dont ma nourrice m'a tant parlé. C'est qu'elle l'a vue, enfant, dans ce pays où elle vivait avant d'arriver chez nous. Ses trois têtes s'approcheront de mon corps pour renifler les trois loups brodés sur mon si bel habit, mais ces fauves de fil noir ne pourront pas me protéger des crocs acérés du monstre et, cela, les filles le savent qui les arment d'azur en pleurant. À moins que le diable filou ne se déplace, en personne, pour me dévorer l'âme.

Et tire, tire la fibre,

Et tords, tords le fil du bout de mes doigts humides de salive,

Et file, file sans y penser,

Et dévide mon fuseau plein sur l'aspe,

Posant dans ma corbeille des centaines d'écheveaux bruns ou beiges qui, une fois tissés, caresseront la peau des brodeuses après que le diable m'aura emportée.

Si au moins je savais écrire mon nom jusqu'au bout, j'aurais achevé quelque chose en ce monde avant que de mourir. Mais mes tétons n'ont même pas poussé et je ne suis encore que l'infime Minute.

Quitte à payer, je préfère que cela soit pour un crime véritable ! Il me semble que je n'ai pas assez à me reprocher et que ce sacrifice serait une injustice. Je veux mériter le châtiment qui m'attend et, pour me sentir quitte, pécher suffisamment.

Dès que j'attrape mon petit page, je le regarde en face et je lui offre ma bouche, qui est ce que j'ai de plus beau et de plus sauvage. Pour une fois, je l'emplirai d'autres choses que de mots et j'emporterai en enfer le plus beau souvenir qui soit, j'emporterai dans la mort la saveur des lèvres de Philippe et peut-être éteindrai-je mon vilain désir près du feu comme mon père.

Voilà où me conduit leur silence, il me rend plus vicieuse !

Et les brodeuses de faire leurs derniers nœuds et de couper les fils, lâchant sur l'espace rouge de mon surcot les trois beaux loups de sable armés d'azur que leurs aiguilles et leurs doigts blancs tenaient jusqu'aujourd'hui en laisse.

La vieille âme

Tu n'as jamais osé cet infime baiser, mais tu l'as tant rêvé que j'en ai encore le goût salé dans l'âme.

Ton Philippe avait dans les treize ans, sûr qu'il pensait déjà aux dames, pas aux fillettes maigres et bouclées, et, quand bien même il t'aurait regardée, sans doute se mêlait-il encore un peu de dégoût à ses désirs d'homme.

Si tu l'avais surpris en l'embrassant dans un recoin, peut-être t'aurait-il repoussée, mon Oiselot, comme on repousse une bête…

Tu serais partie bien triste avec ce souvenir-là en tête. Le mieux était de ne rien tenter et de t'en aller le rêve haut.

J'ignore ce qu'est devenu ce jeune page, nul n'en parle parmi les ombres.

Je me demande parfois si tu ne te l'étais pas inventé pour survivre, si tu ne l'avais pas tiré, tout vivant, de quelque chanson de toile. Je t'entends chanter en filant un amour lointain et déjà perdu, un amour perdu et jamais atteint. Vous tissez toutes ensemble à plusieurs voix, toutes ensemble, un cocon où l'on pourrait dormir sa vie.

Nous nous nourrissons si souvent de chimères.

Je dis « nous » comme si je participais toujours à ce grand

cirque des vivants. Mais ai-je encore quelque chose d'humain, moi qui ne suis rien qu'un pet d'air ?

Sans doute, puisque ça parle en moi et que ma pensée se refuse au néant.

La vieille âme, tout effilochée, écoute l'enfant qu'elle a été des siècles plus tôt sans se lasser de ses petits mensonges.

C'est étrange, mais je ne parviens pas à me souvenir de ma fin. Je ne sais pas comment j'ai bien pu mourir et tu ne racontes jamais ta mort, ou peut-être la racontes-tu et ne suis-je pas capable de l'entendre ou de la retenir, peut-être qu'il me faut oublier ma fin pour parvenir à réécouter toute l'histoire, à la revivre grâce à toi. Je sais quand ma petite vie d'enfant a pris fin, mais j'ignore comment je suis morte. C'est comme si je ne m'étais réveillée qu'après…

La petite fille

C'est d'être fille d'Ève qui me retient !

La mauvaise a désobéi à son père et nous sommes toutes punies depuis. Cette chienne nous a condamnées à ne plus rien cueillir ! Je ne prends pas les gens ou les choses à pleines mains comme un homme, je rêvasse, je me trouble et je ne me risque pas ! Mon corps est empêché par cette garce d'Ève et par la peur de ressembler à toutes ces putains qui enfourchent mon père près de l'âtre.

Je n'ai rien osé qu'un regard et, maintenant, il est trop tard, mon baiser me restera coincé dans l'âme…

Me voilà, chevauchant au côté de mon père, bringuebalée sur cette route qui me conduit au diable, sans même avoir réussi à pécher pour de bon ! Sans avoir rien cueilli !

Mais si Ève n'avait pas eu de père, il n'y aurait pas eu de péché.

Pourquoi faut-il qu'elle ait eu un père pour lui imposer sa loi, elle qui n'avait pas de mère ?

Non, pas de mère, pas de consolation possible, nulle tendresse à espérer.

Je vais mourir !

Vous dites que je suis une forte tête, mon père, une sale bête, mais je suis encore trop sage ! Je me plie à votre volonté, vous voyez, puisque je me laisse emporter sans savoir ce qui m'attend là-bas, à l'autre bout, et que je n'ose ni vous questionner, ni ralentir les hommes qui nous escortent, ni pester à voix haute contre votre injustice, ni même regarder le monde qui défile, interminable, sur le bord du chemin, tandis que je me blottis dans ma petite chemise.

C'est que je n'ai rien dans le ventre ! Oh, comme je suis décevante !

Ma jument tremble entre mes jambes maigres et se colle aux autres chevaux. Je ne parviens pas à la rassurer.

Comment le pourrais-je ? Mon corps est en miettes d'avoir tant chevauché et, dès que je cesse d'avoir mal ou peur, je m'assoupis. Deux fois déjà, je suis tombée aujourd'hui, alors que le soleil se lève à peine.

Comme Ève, je n'ai pas de mère.

En ai-je jamais eu une ?

Au troisième jour de route, je ne vois plus rien du voyage que la poussière du chemin qui nous colle à la peau, les hommes répugnants qui me devancent et la croupe de leurs montures.

Le monde est si vaste que je désespère d'en toucher un jour le bout. Je le traverse de part en part sans jamais m'écarter de la voie, de peur de me perdre dans le désordre des bois. Je ne la quitte même pas pour pisser, afin d'éviter que ce qui nous observe depuis le fouillis des taillis, bêtes ou démons, ne me dévore les fesses. Je préfère encore souffrir les moqueries de mes imbéciles de gardiens et chier accroupie sous leur nez plutôt que de me risquer à deux pas de la route dans les fougères, bousculées par des êtres invisibles.

L'un des hommes en armes, un colosse à barbe grise, me

plaît davantage : il me sourit gentiment, quand les autres se gaussent de me voir à croupetons. Je les ai entendus l'appeler Bouc. Mais Bouc ne s'offusque pas de ce surnom, il y répond de bon cœur et souffre leurs railleries. Il monte un puissant cheval couleur terre, plus beau que celui de mon père, un fauve à sabots qu'il a gagné au combat et dont il faut se méfier, aux dires des autres. Chacun évite de l'approcher quand il est à l'attache.

Bouc me tient toujours à l'œil, il ralentit la troupe dès qu'il me sent fatiguée, il m'aide à me remettre en selle, quand nous reprenons la route. Il me soulève sans effort et c'est comme si je volais. Je comprends dans ses énormes mains à quel point je suis légère et fragile.

Un fétu de paille, une Minute, un Oiselot.

Je suis plus petite que je ne l'ai jamais été au château de mon père dont je connaissais chaque recoin et que je ne m'imaginais pas avoir à regretter un jour. Je voudrais m'enfouir dans une coquille de noix pour échapper à ce vertige que me donne le voyage, pour me sentir en place, bien calée entre les choses, emmaillotée comme un poupard. Je voudrais tout ce qui m'exaspérait, naguère.

Si j'étais celle que je croyais être, je cracherais au visage de ces brutes et je m'enfuirais. Mais où irais-je ?

Il y a ces gens que nous croisons parfois sur la route. Je sens bien à la façon qu'ils ont de regarder le bijou que je porte au col, cette pierre rouge, grosse comme un pouce, que ce sont des brigands ou des canailles et qu'ils ne laisseraient pas une miette de la petite Minute que je suis si je n'étais pas si bien accompagnée. Il suffit que les hommes de mon père mettent la main sur leurs armes, pour que ces vauriens passent leur chemin en baissant les yeux si pleins encore des feux de mon rubis. Et quand bien même je cacherais ce bijou, on ne se promène pas toute seule par le monde quand on n'est rien qu'une fille. Que mes tétons n'aient pas poussé encore ne change rien à l'affaire : faute de mieux, je suis toujours un petit con, comme dirait père.

Jamais, je n'ai tant souffert de ne pas avoir de mère.

Et si Bouc était assez fou pour s'enfuir avec moi, sûr qu'il me protégerait. Il est le seul à se soucier de ma petite personne et, dans ses bras, je vole.

Je crois bien qu'il m'aime un peu.

Les hommes de mon père avancent, goguenards, le cul tanné planté sur leur roussin, sans souffrir de la longueur de la course. Partout, ils sont chez eux, jusque dans le mouvement. Ils respirent à pleins poumons le grand air de la cavalcade et se réjouissent de voir du pays. Ils soufflent et fument comme leurs chevaux dans la fraîcheur du petit matin. Ils ne s'adressent jamais à moi et je n'ai pas retenu leurs noms, à part celui de Bouc, Bouc si doux dès que mon père regarde ailleurs. Je confonds tous les autres. À chaque croisement, à chaque lieu-dit, l'un d'eux se remémore une histoire qui les met tous en joie, une bonne histoire du temps où le monde était plein, que je ne comprends jamais vraiment, et, le soir, ils dressent un campement de fortune et allument un grand feu autour duquel ils s'échauffent en vidant leurs crapauds et en gueulant leurs affreuses chansons. *J'aimons les filles, j'aimons le vin !* Leurs voix couvrent un temps le chant du monde et tous ces bruits étranges qu'enfante la forêt.

Je ne suis qu'un petit tas de tissus silencieux posé non loin d'eux. Plus ils chantent, plus je suis seule. J'attends la part de fromage et de gâteau blanc que Bouc ne manque jamais de m'apporter, après avoir pris soin de son immense cheval couleur terre. Parfois même, ce colosse me caresse tout doucement la joue avant de retourner auprès des autres. Ma nourrice, elle-même, n'a jamais été aussi tendre. Est-ce ainsi que sont les bons pères avec leurs filles ? Je me blottis un instant contre lui. Dans sa paume rugueuse, ma tête est si frêle. Il pourrait la briser s'il n'y prenait garde, il lui suffirait de serrer un peu et mes os casseraient comme coquilles d'œuf. Chaque soir, il me quitte à regret. Je grignote alors mon repas en silence, puis je tente de les oublier en me pelotonnant sous les couvertures où je m'écoute respirer.

Entre la belle cotte rouge de laine vive et mon corps, ma petite chemise s'interpose. Elle me rassure, je l'attrape au col sous l'habit et je tire sur le tissu jusqu'à la remonter sur mon nez et ma bouche pour me protéger de la nuit, de la peur, de la poussière et du vent, pour me sentir chez moi en un monde si vaste.

Je respire sa tiédeur.

Elle est la seule chose qu'il me reste de ma vie d'avant, car tout a disparu dans l'affreuse bousculade qu'a été mon départ.

Heureusement que nul n'a pensé à blanchir mon linge !

À moins que ma nourrice, qui sait combien je souffre à chaque fois que l'on m'oblige à me défaire de ma chemise, ne me l'ait laissée sale pour me soutenir durant ce long voyage vers l'enfer.

S'il y a une chose que je déteste, c'est bien de sentir directement sur ma peau la laine cuisante du bliaut, elle me gratte plus que les piqûres de puces. À chaque lessive, je m'écorche le corps, tandis que j'attends, assise sur une pierre, que ma petite chemise sèche. Je ne la quitte pas des yeux, alors qu'elle s'abandonne au vent, se gonfle d'air, se balance sur son fil, s'éclaire dans le soleil, par transparence, impudique. Elle est vide quand je suis nue. Nous ne sommes entières ni l'une ni l'autre, et j'ai toujours du mal à me retrouver, quand on me la rend, propre, froide et un peu raidie par l'eau, le vent et le soleil. J'ai des frissons dégoûtants en enfilant sa dépouille – cette chose morte, triste et lointaine –, et il me faut plusieurs jours pour la refaire mienne, pour ramener ma petite chemise à la vie, pour lui rendre sa douceur, son goût et son parfum qui sont mon ciel intérieur.

Le monde immense m'est un vertige, mais je la sens douce contre ma peau, et je suis rassurée dans le ventre souple du tissu. La nuit, les bêtes poussent leurs cris terrifiants, la forêt me lèche au visage, son haleine humide me pénètre jusqu'à l'os, et le feu des hommes a bien du mal à tenir les ténèbres à distance, mais ma petite chemise m'enveloppe et, comme elle m'est un peu large encore, je la tortille pour mieux la sucer en m'endormant.

Alors seulement, je peux m'abandonner au sommeil en écoutant mon cœur battre.

Au grand dégoût des filles, j'ai toujours tété mon linge. Sans le trouer, jamais ! La première chemise que j'ai sucée était celle de ma mère morte, on ne pouvait m'en séparer sans me faire brailler comme un âne.

Ma petite chemise sent mes jours, elle sent mes nuits, elle sent ma sueur, ma salive, mes humeurs, elle sent ma vie d'avant et elle porte désormais mon secret : tandis que les bâtardes les plus âgées travaillaient mon surcot, je me suis appliquée à broder une lettre rouge sur ce linge sans même l'ôter, la première lettre de mon alphabet, le B de Blanche, contre mon flanc, ma marque secrète, que je n'aurais pas supporté de voir livrée au vent tel un petit drapeau et que je caresse en m'endormant. Mon initiale renflée et douce, comme une cicatrice sous mes doigts.

Car je suis BLANCHE et je serai mon domaine, mon château, ma maîtresse, nul ne me pliera plus dès que je serai grande et que mes tétons auront poussé, pas même le diable, agile et filou, et je tuerai mon père pour de bon, un jour, je le tuerai, foi de Comtois !

Mais à quoi bon rêver ? C'est moi qui vais bientôt mourir et ma petite chemise sera mon suaire.

Bouc serait un bon père, je crois. S'il le voulait, il pourrait m'emporter sur son grand cheval couleur terre. Il me ravirait à son seigneur, à la barbe de la mort et du diable.

Père m'a arrachée à ma vie minuscule, à tout ce que j'ai connu jusque-là, au lieu où j'ai grandi chardon, il m'a déplantée de mon pré pour me mettre en bouquet et m'offrir au diable. Non, pas en bouquet, s'il y avait d'autres fleurs, je ne souffrirais pas tant. Même si ma sœur Solange et les bâtardes m'ennuient, je voudrais qu'elles soient là pour mourir avec moi. C'est toujours plus facile de jouer la forte tête, quand je les vois pleurer ou trembler. Rien qu'à les imaginer, je reprends force et courage, et je m'encolère de nouveau.

Alors, mon père, allez-vous me regarder me faner sur la route ou achever de m'effeuiller Dieu sait où, ailleurs, bien loin, là-bas, à l'autre bout du monde ?

Sait-il seulement, le diable, que je suis chardon et qu'il ne me dévorera pas si facilement ? À moins, bien sûr, que ce filou ne soit qu'un âne.

Au matin du départ, les bâtardes, solennelles, m'ont coiffée et habillée sans mot dire. Elles m'ont aidée à enfiler sur ma petite chemise, brune de crasse, la longue cotte-hardie bleue et à sortir ma tête du boyau de tissu où je me débattais furieusement pour trouver une issue, comme au jour de ma naissance, terrifiée à l'idée de rester enclose, prise au piège de l'habit. Elles ont placé le surcot rouge sur la cotte, tandis que je reprenais mon souffle, et l'ont ajusté au mieux pour mettre en valeur les loups brodés, mes pauvres gardiens aux yeux d'azur, puis elles ont noué les longues coudières et planté ma broche au col du surcot. Cette escarboucle grosse comme un œuf de caille qui attire tant de regards sur la route. Un bijou fort ancien et bien trop imposant pour ma petite personne, mais auquel je suis attachée puisque, selon père, il a un temps appartenu à ma mère.

Il faut s'accoutumer au poids des choses quand on n'est qu'une petite Minute qui n'a jamais eu à porter que sa légère chemise et son maudit bliaut de laine morte. Lestée par ces couches de tissu, incapable de faire un pas sans me prendre les jambes dans les pans de mon habit trop long, j'ai pensé que je n'irais pas bien loin à cheval dans un costume si lourd, mais les bâtardes ont fait cercle autour de moi et, dans leurs yeux, je me suis vue pour la première fois.

Nous sommes restées ainsi, immobiles et sereines, installées dans ma parure, goûtant l'instant, jusqu'à ce que mon père fracassât notre belle communion en faisant irruption dans la pièce, poussant la porte d'un coup de pied ou d'épaule sans frapper, avec cette brusquerie qui le caractérise, cette façon bruyante qu'il a de prendre les choses, de les reposer avec force pour ponctuer son mouvement, de fouler le sol, de tirer sur la bouche de son cheval, d'entrer dans une chambre, une église ou une femme. Chacun de ses gestes est un vacarme qui fait sursauter le monde et nous gueule qu'il existe.

Le silence s'est soudain déchiré. Les bâtardes ont hurlé en se précipitant sur moi, elles m'ont enlacée toutes à la fois. Mon père m'a alors attrapée, me soulevant presque, et il m'a tirée au-dehors, et les filles me suivaient, alourdissant encore ma tenue d'une piteuse traîne de pleurs et de cris. Les bâtardes, Solange, ma nourrice, tout le troupeau femelle du logis, tentaient de me retenir. Et mon père au gros rire, qui prend ce qu'il veut à pleines mains, seul contre la peine de toutes ces femmes, s'amusait de sa puissance et peu lui importait de froisser ma beauté.

Rompant le silence qu'elles s'imposaient depuis l'arrivée des deux pièces de drap, l'une rouge, l'autre bleue, les bâtardes parlaient toutes en même temps autour de moi, des phrases indémêlables, bousculées d'amour et de tristesse, elles avaient tant de bras qui me serraient, tant de mains qui m'agrippaient, tant de doigts libérés des fils d'or, de sable et d'azur – désormais soigneusement ordonnés en petite meute de loups courant sur mon surcot –, et mon père, dans son nouvel habit si étrangement assorti au mien, mon père aux yeux trop clairs, agitait sa badine dans le brouhaha des adieux pour les disperser, pour que l'essaim de mains s'éloignât et le laissât m'emmener dans la forêt. Sous le soleil, la paille de ses cheveux m'a paru s'embraser, tandis qu'il les frappait. Et ma nourrice hurlait. Mon Oiselot, ma Minute, mon Eau vive ! Je suis Eau vive, car je m'emporte facilement et que je file entre les doigts de qui veut me saisir.

Pourtant, je n'ai pas tenté de m'échapper. Comme je ne monte qu'à califourchon, comme un homme, j'ai dû trousser ma robe pour parvenir à me mettre en selle.

Aux hurlements des filles, j'avais compris que je partais pour de bon et j'imaginais qu'elles ne me manqueraient pas.

J'étais à la fois effrayée et curieuse à l'idée de voir bientôt le diable.

Alors, du haut de mon cheval, par-delà mon père et les bâtardes, j'ai vu Philippe qui me regardait. Fiché dans le mur de pierre. Nous nous sommes touchés du bout des yeux et j'ai senti que mon cœur éclatait.

Mais je n'ai rien cueilli. Pourquoi mourrais-je bientôt ? Je n'ai rien cueilli !

Mon cœur s'agite en songeant à ce baiser que je n'ai pas osé donner.

Je l'offrirais bien à Bouc en échange de ma liberté. Si ce baiser pouvait le pousser à s'enfuir avec moi, ce ne serait pas trop cher payé. Je veux vivre ! Je crois bien qu'il n'a pas de fille. À la nuit, je me ferai plus caressante, quand il me portera à manger.

Depuis que père m'a réveillée, en remuant du bout du pied mon corps recroquevillé, la forêt où je m'enfonce garde une épaisseur nocturne et il me semble que je ne sortirai jamais de cette nuit-là.

Oui, Bouc m'aidera à m'échapper et je le récompenserai d'un baiser, moi qui n'ai jamais embrassé personne.

Le nez dans ma petite chemise, j'avance dans la pénombre. Les arbres se dévoilent peu à peu.

Comment est-ce, une barbe grise, quand on la touche du bout des lèvres ?

Soudain, une rafale me gifle et m'arrache ma petite chemise du visage.

Je lâche un cri.

Mes yeux pleurent. Je les essuie du plat de la main et je baisse la tête pour continuer d'avancer à contre-vent.

Sous ma langue, mes lèvres sèches s'écaillent dans le grand vent.

À travers mes paupières fermées, je perçois de la lumière ! Je rouvre les yeux au moment où nous passons le dernier rideau d'arbres et émergeons en plein ciel.

Aveuglés.

Nous sommes arrivés à la lisière du monde.

La petite fille

Le jour vient, quand la nuit va.

Un gouffre s'ouvre à mes pieds au fond duquel murmure l'eau verte d'une rivière.

Une bande d'oiseaux prend son envol dans une explosion d'ailes et de soleil.

Cette faille dans le paysage me bouscule, mon sang chahute dans mes oreilles et je suis prête à tomber pour la troisième fois, à disparaître dans l'abîme et, même, à m'y précipiter, à chuter sans avoir bien péché, pourvu que l'abîme reste toujours aussi lumineux.

Nous avons remonté le cours du temps et nous voilà presque arrivés à la source.

Un peu en amont, j'aperçois un château, bâti sur la roche au plus près du vide et dont la grande tour semble toucher le ciel…

Mon escorte fait silence. Seules les montures s'agitent un peu. Nous sommes tous absorbés par l'étrange beauté de cette grande plaie. Les hommes ne rient pas, ils s'émerveillent. Quelle surprise ! Jamais je ne les aurais crus capables de s'arrêter ainsi au bord du monde sans cracher dans le vide, insulter l'écho ou gueuler par bravade.

Je ne suis plus seule, nous contemplons ensemble.

Alors un air de pipeau s'échappe du précipice, un air si doux ! Il monte jusqu'à nous chatouiller l'âme.

Je ne suis plus seule, nous écoutons ensemble.

Une voix de femme reprend la mélodie. Une voix d'une douceur surnaturelle qui ne dit rien et pourtant parle à l'âme. Sous le charme, je me tourne vers mon père, posé sur son cheval sombre au bord du gouffre. Je cherche son regard. Je voudrais tant partager ce moment avec lui.

Il se contente d'indiquer le château sur son éperon rocheux, d'un très léger mouvement du menton, comme si, pour une fois, il craignait qu'un geste plus brutal ne détruisît l'équilibre et n'abîmât le tableau.

— Nous voilà rendus.

Sa voix est tranquille, voilée par un je-ne-sais-quoi, une inquiétude peut-être, ou quelque histoire ancienne qu'il garde pour lui seul. Il poursuit dans un murmure :

— C'est ici !

Et déjà, je ne suis plus certaine qu'il m'ait vraiment parlé.

La vieille âme

Le jour vient, quand la nuit va !

Mon Oiselot, mon Chardon, ma Minute, l'élan d'une aube est une force vive qui est à la fois un début et une fin. Un instant bref et fort comme un coup de tonnerre qui s'effrange en lumière, une étincelle qui nous fait renaître à nous-même.

Le jour vient, quand la nuit va…

Les aubes de mon enfance me manquent infiniment et celle-là plus que toute autre. Je ne parviens plus à vivre un moment neuf, désormais. Seuls, ces souvenirs que tu ravives me sont une fête.

Le jour vient, quand la nuit va…

Oui, mais si tu savais, petite, comme les aubes finissent par devenir lassantes ! Les aubes, les hommes, leurs peines, leurs joies, leur grande histoire, tout est tellement prévisible. Si tu savais comme on s'ennuie parfois ! La cruauté elle-même est si peu surprenante.

Les crépuscules m'exaspèrent davantage encore ! Je n'en puis plus de ces agonies outrancières. Crachats de couleurs, spasmes sanglants. La grande scène de la fin du jour m'indispose. Il ne manquerait plus qu'il gueule en crevant !

Que le soleil cesse de radoter et ne se lève plus, voilà qui serait réjouissant ! Que tout s'éteigne d'un coup pour toujours ! Je ne suis même pas si exigeante, ma fin à moi me suffirait.

L'ennui et l'amertume sont les grandes plaies du genre humain, mort ou vif.

Heureux ceux qui désirent jusqu'au bout, et même au-delà, ceux qui meurent curieux, heureux les oublieux qui redécouvrent chaque jour le monde, heureux les empathiques, les simples et les croyants ! Heureux les imbéciles !

Mais comment mourir tout à fait, quand je te sais si fragile à mes côtés ? Comment t'abandonner ?

Pourquoi ai-je tant changé ?

Notre père, sans doute, en était déjà là. Rien ne pouvait plus le faire vibrer que le sang des batailles.

Pourtant, il avait frémi en regardant la vallée.

Il m'a fallu du temps pour comprendre ce qu'il respectait en ce lieu, ce qui en faisait un sanctuaire et lui a imposé le silence ce matin où le paysage déployé à nos pieds nous a accueillis dans une pagaille ailée. Il m'a fallu longtemps pour démêler tout à fait son histoire.

Je n'aime rien tant que cette histoire, la sienne, la nôtre, celle qui commence ici, le reste peut se précipiter dans le vide. Je ne tiens pas au monde, il ne m'a rien offert qui mérite d'être retenu. Mais ce carré de terre qui penche autour de sa rivière m'intéresse, car il porte tous mes souvenirs. Il est le décor de la fable que tu ne cesses de broder. Et peu m'importe que les fils de tes descriptions soient trop épais, leurs couleurs trop vives, les motifs presque vulgaires et les ciels surchargés. J'aime cette scène baroque avec ses monstres de carton et ses prés dévorés par les fleurs sauvages. J'aime jusqu'aux débordements que je déteste ailleurs. Et tu peux verser toutes les couleurs dans un seul crépuscule, ta rêverie me troublera encore. Les aubes que tu racontes sont les seules qui me touchent, toutes les autres grisaillent ou m'écœurent. Ton récit parvient à traverser la corne qui m'étouffe l'âme.

Tu arrives sur le seuil, mon Eau vive.

Il n'y aura bientôt plus de là-bas, plus d'au-delà, plus d'ailleurs, ni d'hier, il n'y aura plus pour toi qu'ici et maintenant. Et, outre chemin, bien après que ton regard s'est éteint, c'est toujours ici que tu reposes, ô mon enfance, que tu murmures tes souvenirs au présent. Oui, maintenant et ici, depuis ce jour de mai où ton père t'a conduite aux Murmures.

Pipeau et voix s'échappent de la vallée pour tisser ce lieu solaire. Les grosses mains des hommes reposent, paisibles et douces, sur la crinière rêche de leurs montures, reposent comme des petites bêtes soumises, paume en l'air, plus claires sur le ventre.

Ta pensée s'est suspendue, car aucune pensée n'est possible quand on est pris ainsi dans la pâte du monde, qu'on est pétri avec le reste, et peu importe qui modèle quoi, le plaisir de se sentir malaxé avec le ciel, l'eau, la terre, le crin poisseux et tiède de vos chevaux fumants, avec ces hommes qui, quelques secondes plus tôt, t'étaient encore des étrangers, ces hommes dont tu n'avais pas même retenu les noms et que tu confondais. Nous voilà pris ensemble, les mains des soldats, tranquilles et désarmées, leurs montures et notre père, l'enfant et son vieux fantôme, celle qui raconte, celle qui écoute, tous mêlés, participant d'une même jouissance, sans craindre ce qui va advenir quand pipeau et voix se seront tus.

Combien de temps vous a-t-il fallu pour rompre le charme et vous remettre en route ? Et encore n'étiez-vous plus tout à fait les mêmes, un lien avait été tissé. Ténu.

Sans explication, père t'a ordonné de ranger le bijou de ta mère et tu as glissé la pierre rouge dans ton aumônière.

Quelque chose rampait, sinuait dans le lit du cours d'eau, épousait les méandres de mon esprit.

Nous étions attendue.

Les secrets de famille sont des fantômes, on les enterre, mais ils nous hantent. Si je doutais de mon existence, je dirais même que ce sont les seuls vrais fantômes. Mais peut-être ne suis-je qu'une simple histoire de famille qui se cherche désespérément un sens…

La petite fille

Quelque chose serpente dans les profondeurs de cette vallée…

Alors que nous longions le précipice à la queue leu leu sur la voie étroite – au pas désormais et comme encordés les uns aux autres encore, bien que le pipeau se fût tu –, je me suis penchée depuis mon cheval pour observer les eaux en contrebas.

… quelque chose de mauvais se niche dans ce trou, masqué par la malice des eaux… Ça s'agite là-dedans…

Je me suis penchée pour suivre des yeux les si jolies courbes vertes de la rivière et, sous la surface, j'ai perçu un autre mouvement.

… quelque chose rampe dans le lit du cours d'eau. Le paysage a perdu sa tranquille beauté et j'ai peur de nouveau. Mort ou diable, quelque chose est tapi là-dedans, qui nous guette.

L'étrange rivière agite brusquement son échine verte contre ses berges avant de s'apaiser et de reprendre sa promenade.

Ce château, où nous sommes presque, marque le bout du monde. Il garde la frontière. Il me semble que le paysage devient plus troublant à mesure que nous approchons des enfers.

— Blaise !

Non loin du chemin, qui se faufile au milieu des pierres, un garçonnet nous salue d'un timide signe de la main, avant de se précipiter vers sa mère qui l'appelle, « Blaise ! », et tient ses bras grands ouverts, des bras qui sont le monde du petit et le rattraperont toujours, même au bord du vide. On ne tombe jamais vraiment quand on a des bras aimants pour nous enlacer en bout de course.

— Blaise !

J'envie sa confiance, moi qui n'ai pas de mère.

Plus nous avançons, plus le château se replie derrière ses remparts de pierre.

Après un bosquet d'arbres nous débouchons sur une prairie en pente douce où des fillettes courent sous le soleil du matin. Les plus grandes ont de l'herbe jusqu'à mi-corps, les autres disparaissent presque entièrement. Je tente de les compter.

Une, deux, trois… dix.

Elles sont tout un troupeau et jouent là sans craindre de rabattre l'herbe humide en la foulant de leurs petits pieds nus. Vêtues de la même étoffe rouge coquelicot, elles se déplacent comme un banc de poissons dans l'eau claire, bifurquant à l'unisson, d'un côté, de l'autre, puis revenant sur leurs pas, sans que l'une d'elles mène le groupe, sans un mot. Les trois aînées, qui n'ont pas dix ans, portent chacune une plus jeune dans le dos, si bien qu'elles semblent avoir deux têtes. Bouc les appelle en souriant de ce même sourire doux qu'il m'adresse quand mon père ne nous regarde pas.

Et tous ces petits visages crasseux se tournent vers nous sans lui rendre son sourire.

Au pays, les prés à foin sont interdits jusqu'à la Saint-Jean, c'est que l'herbe haute est fragile et difficile à faucher quand elle est écrasée. Mais les pieds menus de ces enfants-là ne laissent pas d'empreintes, ils ne déchirent même pas les toiles d'araignées, tendues entre les brins et couvertes de gouttes de rosée, ce voile féerique du matin. Nul faux pli ne froisse le grand pré étincelant. Le vent seul y dessine de larges vagues dans lesquelles les fillettes plongent et se noient parfois, disparaissant sous la surface.

Le monde est plein d'enfants plus jeunes que moi.

J'avais un peu plus d'un an, quand la Grande Mort a frappé, emportant la moitié du monde, les enfants surtout, et ma mère aussi, dont il ne me reste rien, pas même le souvenir d'un sourire ou d'une caresse.

Père dit qu'il y avait trop de vivants et que la terre ne pouvait en porter tant. Père dit qu'il fallait faire de la place et que les temps ont changé et que le bonheur a passé. Père dit que nous sommes nés trop tard. Père dit qu'on peut crever demain, que la vie ne vaut pas un coupeau d'oignon, qu'il n'y a plus rien d'autre à faire qu'à prendre à pleines mains, qu'il ne sert à rien de prier, de rêver, de bâtir, de prononcer le nom des aïeux, d'aimer une femme, de songer à l'avenir quand on est un homme. Père ne croit plus en rien, sauf aux armes, à la ripaille et au diable, agile et filou, qui règne sur ce désordre.

Mais père distribue sa semence devant le feu et repeuple la terre quoi qu'il en dise. Père est un beau jaseur, un grand débiteur de balivernes !

Le monde est plein d'enfants plus jeunes que moi.

Soudain, immobile sous le soleil froid du matin, le troupeau de fillettes nous observe.

Ce n'est pas leur nombre qui m'étonne, ce sont leurs façons.

Leurs grands yeux ne forment qu'un seul regard. Elles se figent tandis que nous passons tout près d'elles, elles nous fixent un long moment avant de se décider à sourire à leur tour – mais est-ce vraiment un sourire ? Elles montrent leurs dents de lait, si fines, si blanches et si pointues, en retroussant leurs babines roses. Il y a des trous sombres dans leurs bouches, c'est que leurs dents plates de devant sont tombées et qu'elles n'ont pas toutes repoussé encore, mais celles qui restent n'en sont que plus visibles, acérées comme des crocs.

La fraîcheur du petit matin se dissipe à mesure que le soleil monte par-dessus les grands arbres.

Les fillettes reprennent leur danse et courent de nouveau toutes ensemble, foulant l'herbe bleue, telle une nuée d'oiseaux au ciel. Elles se ressemblent toutes : elles ont le même visage de porcelaine salie, la même grâce farouche et des traits durs et fins sous une même tignasse d'un noir de suie qui mange leur front et leurs joues. Elles sont comme sorties d'un moule unique et pourtant trop nombreuses pour être sœurs. Sans compter les trois plus jeunes, amarrées dans le dos de leurs aînées, elles sont dix au moins à se cacher toutes ensemble dans les hautes herbes agitées par la brise et à nous suivre à distance dans leurs tuniques aussi rouges que du sang frais. Silencieuses et unies dans un même mouvement.

— Alors, le Bouc, la salive te vient à la bouche. Trois jours que tu côtoies une perdrix sans pouvoir y goûter, lance l'un des hommes.

— Il fait son Saint-Esprit avant de piquer sur sa proie.

— Vas-tu les réduire aux abois, celles-là, comme tu sais si bien le faire ?

La harde de fillettes, que les hommes n'effraient pas, se met brusquement à chanter :

Lever à cinq, dîner à neuf,
Souper à cinq, coucher à neuf,
Font vivre d'ans nonante-neuf.
Mais nous, nous ne mangeons,
Que quand nous le souhaitons.

Leur comptine se clôt sur un éclat de rire tellement aigu qu'il me glace le sang. Les hommes en armes poussent leurs chevaux à l'amble jusqu'à l'orée d'un bois. Je ne me laisse pas distancer.

Bouc ne nous a pas suivis, il a arrêté son cheval fauve face à l'inquiétant troupeau et, en me retournant, je le vois à travers le rideau d'arbres, ce géant comme encagé dans une prison de troncs, je le vois lancer son destrier au galop dans les herbes folles, je l'observe un instant qui joue à disperser la nuée d'enfants rouges en riant. Puis il attrape l'une des plus petites et la tient tout contre lui sur son si grand cheval. Il serre sa prise sous son coude en s'éloignant, tandis que le reste de la meute le poursuit.

Les hommes haussent les épaules.

— Rien ne sert de l'attendre, ce couillon trouvera bien son chemin tout seul. Il nous rejoindra dès qu'il aura fini son affaire.

Bouc ne me sauvera pas, il aime toutes les petites filles autant que moi.

Père a raison, je ne suis qu'un petit cul.

La vieille âme

Les enfants de ton âge étaient rares en ce monde.

Ils étaient si petits lors du premier passage de la Male Mort, presque dix ans plus tôt, qu'elle n'en avait fait qu'une bouchée. Elle avait dévoré la plupart des gamins et nombre de ceux qu'elle avait épargnés s'étaient retrouvés sans famille. Elle avait massacré les hommes au gré de son voyage, cheminant de village en village, tranquillement, à la vitesse d'un marcheur, se promenant par la campagne, poussant les portes des villes, entrant dans les maisons, les chambres, les alcôves, les corps, éclatant les foyers.

Des adultes hébétés avaient recueilli les orphelins les plus vaillants et tout s'était rapetassé à la va-vite après le carnage. Oncles, tantes, voisins survivants s'étaient alors retrouvés en charge d'enfants ensauvagés par la peur et la mort de leurs proches.

Le comté, le pays – que dis-je, le pays ? –, l'humanité a mis trois siècles à se reconstituer. Près d'un tiers du grand cheptel humain avait péri en deux ans et les friches avaient repris les champs, les bois avaient envahi les maisons. Les noms des villages décimés, les routes qui y conduisaient, tout s'était effacé du paysage et des esprits.

Comment dire le silence du monde soudain débarrassé du bavardage humain ?

L'homme, saisi, s'est tu dans le sillage de la peste et les loups se sont emparés de la quiétude des forêts.

C'est alors que, pour lutter contre le vide, les femmes rescapées se sont mises à l'ouvrage. Elles ont travaillé à repeupler la terre. Leurs ventres se sont enflés de petits et, chaque saison, la vie a jailli par vagues de sous leurs cottes ! Les femmes ont engendré de la jeunesse à foison pour résister à leur grande peine, pour ravauder leurs cœurs.

Oui, il a fallu lutter contre le désert, mon Eau vive, me racontait notre nourrice, lutter pour ne pas s'abandonner au désespoir et accepter d'avoir survécu.

Elles auraient pu décider, ces mères, de ne plus se laisser engrosser, de ne plus nourrir l'immense gueule de la Mort. Sa gigantesque fringale a manqué d'engloutir tout espoir, ellc a bien failli avaler le bel aveuglement qui lui permettait de se gaver depuis toujours. L'homme savait bien qu'il devait mourir un jour, mais il passait sa vie à l'oublier. Un déni magnifique : malgré la mort des autres, il n'y croyait pas, cet imbécile, jamais. Mourir n'était pas sa fin, l'homme employait toute son imagination – cette qualité stupéfiante qui fait de lui la première merveille de la création – à inventer un sens à tout cela. Coûte que coûte.

Mais, cette fois, c'en était trop et les survivants eux-mêmes étaient comme déjà morts.

Oui, les femmes auraient pu refuser d'offrir sa pitance à cette ogresse qui se bâfrait du fruit de leurs entrailles et de leurs propres tripes, par la même occasion. Elles auraient pu cesser de se gratter le lard contre celui de leur gars, afin de ne plus s'ouvrir en deux pour faire des petits, de la viande, encore et encore, des êtres condamnés, déjà prêts à empiffrer les larves, à entrer dans la terre la tête la première – comme toi, mon ange – et sans un cri cette fois. Elles auraient pu ne jamais se remettre de l'horreur et décréter qu'il valait mieux crever tout de suite, tous, plutôt que d'espérer et de se multiplier de nouveau.

Mais, allez savoir pourquoi, elles n'ont pas renoncé. Elles ont cherché à oublier la mort en désirant leurs hommes, elles leur ont fait l'amour pour échauffer leur envie de vivre et celle de leurs compagnons sidérés, elles ont frotté leur corps contre d'autres corps, et une foule de gamins plus jeunes que toi a poussé sur les tombes et les charniers, une marmaille toute neuve a joué sur les décombres. Sans mémoire.

Ces petites filles rouges qui hantaient les lieux sauvages se ressemblaient tant que tu avais deviné qu'elles étaient sœurs, bien qu'aucune femme, même la plus appliquée, n'eût pu concevoir tant d'enfants en si peu de temps.

Il y avait quoi ? Huit ans d'écart entre l'aînée et le bébé qu'elle tenait dans son dos.

Les petites étaient célèbres par le pays. On les disait filles d'une vieille cuisinière qui n'aurait pas quitté son village après que la Male Mort l'avait détruit. Son hameau était redevenu forêt et sa maison avait disparu au milieu des ronces dans l'autre monde – celui que l'homme avait perdu dans ce dernier combat –, disparu sans laisser d'autres traces que les parfums des pâtés, des tourtes, des tartes et des autres délices qu'elle y concoctait pour ses filles. Certains seigneurs des environs l'avaient employée avant que la peste ne la laissât du mauvais côté du monde, mais les grandes cuisines étaient alors commandées par des hommes et son génie n'aimait pas obéir à ces poseurs juchés sur leur chaise haute qui menaient leur monde à la baguette ou agitaient leur louche en bois au-dessus de leur armée de marmitons, de tourneurs, de pâtissiers et de sauciers. Aux Murmures seulement, elle était restée plus longtemps.

Quand le vent venait du nord, les fumets échappés de ses marmites chatouillaient le nez des rêveurs et on l'entendait appeler ses enfants, à la tombée de la nuit. Elle tentait de les dissocier en les nommant chacune par son nom pour les ramener à elle et les coucher dans leur grand lit de paille. Mais comme elle les appelait toujours toutes à la fois et dans le même ordre, ces noms, mis bout à bout, s'étaient assemblés en une étrange chansonnette.

Les noms m'échappent, hormis ceux de ces gamines-là. C'est que nous connaissions tous cette formule par cœur au pays et que nous la fredonnions dans le noir pour nous faire peur.

Bonjour, Douce, Aube,
Claire, Colombe et Belle, Hermine
Bonne, Marguerite,
Et Rose, Souveraine,
Judith,
Agathe et Violette.
Venez, mes filles,
Il fera nuit bientôt,
C'est l'heure
D'embrasser votre mère.
Je vous nomme par vos noms,
Pour que ces noms vous rappellent
Que vous m'êtes toutes sorties du ventre
Mais que vous êtes toutes différentes,
Portant un nom qui est le vôtre,
Et qui n'est pas celui d'une autre,
Et chacune a le sien,

Bonjour, Douce, Aube,
Claire, Colombe et Belle, Hermine
Bonne, Marguerite,
Et Rose, Souveraine,
Judith
Agathe et Violette.
Venez, mes filles,
Il fera nuit bientôt.
Mais dans l'ombre de notre chaumière
N'oubliez pas
Mes toutes belles
Vous êtes sœurs, mais séparées.
Quelle malédiction vous a donné
Cette unique pensée
Dans tous ces petits corps, dispersée ?
Bonjour, Douce, Aube,
Claire, Colombe et Belle, Hermine
Bonne, Marguerite,
et Rose, Souveraine,
Judith,
Agathe et Violette.

Oh oui, cette chanson, qui annonçait la nuit, ne m'a jamais quittée et j'entends encore le pipeau d'Aymon accompagner ma voix, et je sens ma main, minuscule et moite, abandonnée dans sa main à peine plus large, tandis qu'il me conduit par la forêt où je nous revois, serrés l'un contre l'autre sur mon grand cheval couleur terre, avançant parmi les arbres jusqu'à la maison de la cuisinière.

Comment espérait-elle, cette pauvre femme, dissocier ses enfants en assemblant leurs noms dans une même phrase ? L'aînée se nommait Bonjour – c'était un prénom qu'il arrivait qu'on donnât alors pour se porter chance, les vivants s'encouragent comme ils peuvent –, elle ouvrait la chanson.

Mais nul n'aurait osé appeler les enfants rouges avant que leur mère ne les ait couchées, et cette chanson, qui nous amusait tant, faisait pleurer les femmes sur leurs petits perdus.

Laissant les mystérieuses fillettes à leurs herbes hautes et Bouc à ses jeux – et sans bien savoir pour qui trembler : pour l'homme qui, quelquefois, t'avait tendrement caressé la joue ou pour ces si jolies petites qui n'étaient pas filles de son seigneur et dont les têtes craqueraient comme des coquilles de noix sous le soleil de ses dix doigts –, tu as traversé ce dernier bois et émergé au pied d'un gigantesque mur de pierres.

La petite fille

Mon père, immobile, comme sculpté dans la même chair que son cheval, crie nos noms face à la porte de bois et de fer.

Blanche.

Et mon nom, soudain énorme dans sa bouche, n'est plus le mien. Mais ce nom, qui me semble étranger, est repris par l'écho. Mon nom – et toutes les lettres qui le composent, même celles que je ne sais pas encore écrire –, porté par la voix formidable de mon père, s'étale sur le paysage, pénètre les gouffres, la forêt profonde, agite la chose qui serpente dans les eaux vertes de la rivière, touche l'autre rive et m'émeut.

La herse se soulève et la porte vibre. Sans un grincement, elle s'ouvre, lentement manœuvrée par des gardes invisibles.

Mon nom est une clef.

Nous attendons que les deux battants s'immobilisent, puis nous entrons, au pas, dans cette gueule béante.

Nous débouchons dans la grande cour qu'entourent les courtines de pierre, et le temps dure.

Et, moi, je ne veux plus mourir, quand bien même l'enfer serait si lumineux.

Pourquoi faut-il que j'aie un père ?

Un arbre démesuré trône là, entre la chapelle et le mur crénelé qui protège la haute-cour. Je ne vois que cet arbre qui m'est une forêt et je l'entends chanter.

Dans son feuillage, une foule invisible s'égosille. Des étourneaux, insensibles aux efforts des gens qui tapent sur des marmites ou brandissent des gaules sous la feuillée pour les faire décamper.

Soudain, un imperceptible signal pousse l'arbre à cracher des oiseaux par centaines, par milliers peut-être, tous ensemble, à les jeter en l'air en un immense essaim.

Je suis des yeux la masse sombre, tandis qu'elle s'élève, et ce ne sont plus des passereaux, mais un nuage, inquiétant, qui va et vient, noir dans le ciel limpide. Il se dilate parfois en changeant de direction, se défait en une multitude de tout petits étourneaux qu'une gigantesque main aurait semés au ciel, avant de s'épaissir de nouveau et de reprendre une forme nouvelle. Et me reviennent en tête la meute de fillettes rouges et les mains des bâtardes multipliées par leur mouvement.

Comme je suis seule en ce monde où tous avancent en troupes !

Le bataillon d'étourneaux parti, on n'entend plus un bruit. Le charivari a cessé : perches et marmites se sont retirées. L'arbre se tait, énorme et dépeuplé, plus majestueux encore dans sa soudaine solitude.

Un silence de mort a succédé à la jactance des oiseaux. Et, soudain, je remarque que deux longues jambes maigres se balancent entre les feuilles.

Oh, ce n'est pas la première fois que je vois un pendu ! Père m'a appris à contempler la mort en face. Il n'y a pas de quoi s'en faire un monde ! Je n'ai pas peur de ces corps abandonnés aux corbeaux et au rire des mouches. Leurs visages sont si laids que je ne peux pas m'empêcher d'admirer leurs grimaces. Certains sont blancs comme des linges, d'autres presque bleus, leur langue déborde de leur bouche, et leurs yeux de leur crâne, quand tout est encore là. Il suffit de voir leurs têtes pour comprendre qu'ils n'étaient pas vraiment des hommes. Père se fâche quand il m'entend parler ainsi.

Il a un chêne sur nos terres qui ne sert qu'à ça, il y fait suspendre les criminels, nous l'appelons l'arbre à mouches. Comme, la plupart du temps, ce ne sont pas des gens du pays qui se balancent entre ses feuilles, tout le monde se moque des mâche-merdes qui pourrissent là. Les enfants viennent leur jeter des pierres et certains montent même sur les branches pour les compisser. De toute façon, ce n'est pas ça qui les noierait, puisqu'ils sont déjà raides, comme faits d'une autre matière que la chair, durs comme du bois. Ce n'est qu'après qu'ils s'amollissent et alors ils commencent à puer. Mais notre gibet est assez loin du logis et son parfum n'attire que les charognards, pas les nuées d'étourneaux. C'est un tilleul qui pousse dans notre cour, pas un arbre à pendus, un beau tilleul à l'ombre duquel père rend la justice et, en été, l'arbre embaume.

Les pieds nus s'animent tout à coup, se frottant l'un contre l'autre pour chasser les insectes. Ce pendu-là est bien vivant ! L'arbre n'abrite pas que des oiseaux et les longues jambes ont déjà disparu dans la large frondaison où plus rien ne remue que les mouches et les feuilles.

— Ces étourneaux nous ont causé bien du souci. Voilà deux jours qu'ils sont dans l'érable à piailler tous ensemble et qu'ils rendent Haute-Pierre, notre seigneur, fou à lier. Ils ont chié partout. À mon avis, faudrait abattre cet arbre pour les empêcher de revenir. Mais personne n'osera, l'Enfant en mourrait si l'on y touchait.

Nul ne s'est adressé à moi depuis le début du voyage, à part Bouc.

Je suis encore en selle. Un jeune palefrenier, aux cheveux et aux yeux sombres, attend à côté de ma jument. Je le regarde sans comprendre. Est-ce bien lui qui vient de me parler sans même me connaître ?

Le garçon d'écurie, qui n'a pas vingt ans, me sourit avant d'ajouter :

— Jehan de Haute-Pierre, le maître de ce château des Murmures, déteste les oiseaux. Même en sauce. Il préférerait se gorger de rats. Ici, ce qui vit en l'air est nourriture de valets ou de vilains. On nous laisse ce que les seigneurs ont coutume de se réserver, la mangeaille céleste. Et, franchement, au goût, ce n'est pas meilleur que le cochon. Je me nomme Colin et je suis là pour vous aider à mettre pied à terre.

Je voudrais que ce Colin reste là, à mes côtés, chaleureux et solide, mais il m'abandonne aussitôt et ne s'intéresse plus qu'à ma jument, qu'il conduit aux écuries en lui caressant le chanfrein et en lui causant doucement comme s'il poursuivait sa conversation avec elle. Me parlait-il vraiment à moi ?

Mes jambes peinent à me porter tant elles tremblent sous l'habit défraîchi, les trois loups brodés frissonnent et l'air n'entre plus en moi comme il faudrait.

La tête me tourne.

Mon père serre dans ses bras un seigneur gras comme un pourceau, rouge comme un oignon, et dont les dix-sept mentons sourient mieux que la bouche. C'est qu'il est plein de plis du bas jusques en haut et qu'il semble las de se tenir debout.

Serait-ce que le diable lui-même ne se réjouit pas de m'accueillir ? Seul mon père paraît joyeux et gaillard. Malgré la fatigue du voyage, il éclate de vie, et son habit, qui a gardé ses si belles couleurs, n'est plus tant assorti au mien que les chutes et la poussière de la route ont crotté.

Je suis toute seule, risible, petite et résignée, au beau milieu de la cour. Je suis une chiure de mouche à l'entrée des enfers.

La petite fille

Des femmes apparaissent entre les deux vantaux rouges de la porte qui mène à la haute-cour. Elles se tiennent, immobiles, derrière mon père et l'affreux diable pansu. Elles attendent dans l'ombre du mur, tandis que les deux seigneurs se donnent l'accolade comme de vieux compagnons au milieu de cinq ou six grands chiens aux poils longs, et mon père surtout montre ses dents qu'il a gardées belles malgré son âge, belles sous ses lèvres charnues, si belles qu'il me semble toujours qu'il les a volées à quelqu'un, à quelque cadavre souriant sur un champ de bataille.

Les femmes s'avancent pour saluer mon père à leur tour. Puis, leurs trois visages, dont la pâleur de lune surplombe des cottes d'une blancheur éblouissante, se tournent vers moi et se précipitent comme si j'étais celle qu'elles attendaient. Leurs longs bras m'attrapent et me collent si fort contre leurs seins que je sens leurs cœurs battre dans leurs carcasses. Celui de la plus âgée des trois bat presque aussi vite que le mien, et sa chair est si chaude, si pleine et tellement parfumée que tout tourne de nouveau.

Les trois têtes de la bête Faramine !

Se pourrait-il que ce monstre, dont m'a parlé ma nourrice,

soit un peu femme et que, vraiment, je sois entrée toute vivante en enfer ?

Il faut cesser avec ces histoires à dormir debout, Oiselot, et regarder le monde tel qu'il est !

L'une des deux plus jeunes a des traits forts, elle se tient un peu à l'écart sous les lacets de petites fleurs rouges et roses qui couronnent sa laideur. Les deux autres, fort bien faites, se déplacent avec grâce. La plus âgée, surtout, celle dont le cœur bat vite, attire l'œil : elle a ramené ses cheveux blonds en truffeaux de chaque côté de son beau visage lisse et une résille perlée couvre sa coiffure. Elle paraît bien calme pour quelqu'un dont le cœur s'agite autant. C'est qu'elle sait le tenir en dedans.

Mes piètres gardiens, ces trois loups de sable brodés par les bâtardes, tentent peut-être d'éloigner ces étrangères en montrant leurs crocs de fil bleu, mais les femmes les frappent du plat de la main et le jour s'empoussière. Leurs doigts blancs, qu'il faudrait mordre, passent dans mes cheveux emmêlés, secouent mon habit sale, me palpent les joues avant de m'entraîner.

Pourquoi me caressent-elles ainsi ?

Bas les pattes, démons ! Je suis Chardon !

Mais je n'ai pas crié, rien dit, à peine respiré. Je me laisse faire. Les femmes piaillent tout en me prenant le bras ou la main et je n'entends rien à leur discours, tant mon sang bourdonne à mes oreilles.

Nous passons la poterne, traversons la haute-cour et pénétrons dans la pénombre du logis où les voix prennent un timbre nouveau. Il fait froid et je n'y vois plus grand-chose. Je laisse mes hôtesses – bêtes, femmes ou fantômes, peu m'importe – me guider jusqu'à la grande salle dont le sol est jonché de fleurs odorantes et où elles me font asseoir sur une banquette, non loin de l'âtre.

— Tu seras bien ici, Blanche, en attendant que nos gens finissent de dresser la table.

— Mon Dieu, mais comme ses cheveux sont rouges et qu'elle est maigre !

Si je ne suis pas à leur goût, tant mieux. Que ces ogresses ne comptent pas sur moi pour engraisser ! Je ne suis rien qu'une petite Minute, qu'un Oiselot tout en os, et je pique comme chardon. Et l'on ne sert pas de menus oiseaux à la table du diable. C'est Colin, le palefrenier aux yeux sombres, qui me l'a dit. Ici, l'on n'aime pas ce qui touche au ciel. Je voudrais me faire pousser des ailes.

— Son père est une brute de l'avoir fait chevaucher si longtemps ! Elle aurait dû voyager en litière ! dit la plus jolie des deux jeunes filles. Et il est tellement laid.

— C'est qu'il a beaucoup vieilli, tout comme moi.

— Mais vous, mère, vous êtes bien belle encore.

Accompagnés par les chiens de la maison, mon père et le diable ventru entrent à leur tour en causant. Le diable sue beaucoup, il porte sa panse en avant du corps à petits pas traînants et mon père a tant de prestance à ses côtés que je peine un peu à le reconnaître.

Mon père est l'agile filou, le diable n'est rien qu'un gros bonhomme !

J'essaie de suivre leur discussion tout en écoutant les femmes qui continuent de chuchoter, de dire des choses sans importance. Toutes les voix se mélangent dans mon crâne qui éclate.

J'attends les yeux baissés que mon cœur s'apaise, je respire lentement et profondément comme Nourrice m'a appris à le faire quand mes colères de petite fille m'étouffaient. Je tiens mon regard attaché au sol. Sous les fleurs éparses, le carrelage représente un bestiaire coloré où j'aurais laissé courir mes pieds et mon esprit, si mon esprit était plus calme.

Un pas léger effleure les dalles d'argile.

— Aymon, te voilà enfin ! Comme tu es sale et mal fagoté, mon enfant ! Tu aurais pu faire un effort pour accueillir nos invités ! Ce n'est pas grave, reste ici. Mais assieds-toi, veux-tu, et cesse de sautiller ! ordonne le diable avant de se tourner vers mon père. Voici Aymon. Mon fils. Le seul que la grande pestilence m'ait laissé.

J'ignorais que le diable avait un fils et j'en suis tellement étonnée que je lève discrètement les yeux pour tenter d'apercevoir sous mes cils des morceaux du garçon qui vient de s'asseoir face à moi.

Ses grands pieds nus tressaillent parfois, comme agités par des envies de s'échapper. Ses jambes, enfermées dans des chausses noires, taillées à la cheville, me révèlent qu'il est presque aussi maigre que moi. Le tissu de ses chausses est déchiré au genou et son pouce gauche caresse la croûte brune qui apparaît sous l'accroc et qui déjà s'écaille. Dans sa main droite, il tient un pipeau et ses doigts jouent sans cesse, passant d'un trou à l'autre, comme si la musique se poursuivait dans sa tête sans même qu'il ait besoin de porter l'instrument à sa bouche et d'y souffler.

Le fils du diable est un enfant musicien au genou couronné !

Est-ce lui qui a joué cet air magique alors que nous sortions des bois ?

Ses pieds ne se calment pas, ils s'agitent davantage, passent de carreau en carreau, sautillent dans les dessins du bestiaire, trottent de ci de là, à droite, à gauche, alors qu'il est assis.

Mes pieds à moi sont chaussés, immobiles et cachés sous ma cotte. Deux petites choses terrifiées tout au bout de mon corps. Mes pieds sont affreusement sages, ceux du fils du diable désobéissent à son père.

J'ignore quel animal fabuleux se cache sous ma robe, il me faudrait soulever le tissu pour le découvrir. Mais je n'ose pas.

C'est que je ne suis qu'une fille, et pas même la préférée ! Juste une bonne à rien qui parle en dormant et dit n'importe quoi ! Une fille sans mère qu'on peut traîner dans les bois et jeter dans un trou !

Il me regarde sans doute, cet enfant roi, tandis que mes yeux sont baissés, il me juge, il me toise, petite Minute de rien, conduite là, contre son gré, pour être sacrifiée et offerte à son diable de père aux vingt-huit mentons.

Il éclate alors d'un rire enfantin qui brise les conversations.

Son rire me secoue tant que je lève les yeux pour lui enfoncer mon regard dans le corps, à ce rejeton du diable que mon désespoir et ma peur égayent tant.

Mais le garçon, hilare, est tout à ses pieds.

Ce sont eux qui l'amusent, pas moi.

Sa folle gaieté a fait taire mon père qui le fixe, interdit.

En réponse à une caresse de la femme aux truffeaux, qui sûrement est sa mère, Aymon relève la tête. La masse de ses cheveux presque blancs lui éclaire le visage et son rire se poursuit, cristallin, indifférent au silence gêné qu'il suscite.

On dit de Lucifer qu'il était le plus beau des anges.

Et mon regard s'accroche à son regard, d'une très étrange façon. Je ne suis pas certaine qu'il me voit, tant ces yeux-là regardent au-delà.

Je ne suis pas en enfer.

La vieille âme

Si Aélis, la mère d'Aymon, avait surpris ton regard, elle aurait souri de cet air rebelle que tu as eu soudain. Si elle t'avait vue relever la tête et faire front, elle aurait pensé que tu tenais cela de ton père, cette volonté d'en découdre, de répondre aussitôt à la moindre offense. Elle n'avait pas mesuré encore à quel point l'homme avait changé en presque douze ans, et combien il se moquait désormais de ces histoires d'honneur.

Mais tu existais si peu aux yeux de la dame qu'elle avait à peine noté la couleur feu de tes cheveux.

Toi, qui pensais être l'unique objet de son attention, comme tu t'es laissé duper !

Tu ne pouvais pas te douter qu'alors qu'elle te parlait, son sexe carillonnait entre ses cuisses sous la cloche blanche de sa robe, qu'elle n'entendait que lui, qui braillait, demandant sa part, et qu'elle travaillait à bâillonner son désir. Dans sa jolie carcasse, régnait un grand foutoir bien qu'elle fût parfaitement coiffée et que son maintien fût irréprochable. Ce désordre des sens, nul ne devait le percevoir. Elle ne te choyait que pour mieux donner le change et ne t'avait pas vraiment regardée, tant elle était occupée à se surveiller, à contenir l'ivresse que lui offrait ce moment. Elle ressentait tout à l'excès et oscillait sans cesse entre l'amour et la haine, la volupté et la douleur, le chaud et le froid. Le moindre effleurement l'aurait foudroyée. En proie à un vertige assez semblable au tien, elle s'était contentée de faire les gestes qu'elle était censée faire, elle suivait le protocole qui reste le meilleur des masques.

C'est à peine s'il l'avait saluée en la retrouvant, elle, Aélis, la maîtresse des Murmures, ne s'adressant qu'à son époux, ce demi-fou, en nage, encore remué par l'épisode des oiseaux. Elle ne supportait ni la froideur qu'affichait ton père à son égard, ni cette façon qu'il avait d'ignorer Aymon, ni même la facilité avec laquelle il s'apprêtait à t'abandonner seule en ce lieu.

Il était si près. Sa main en se tendant aurait pu se brûler.

Il affectait sans doute d'être indifférent et se dévoilerait dès qu'ils seraient seuls. Elle n'aurait qu'à le frôler tout à l'heure, qu'à laisser traîner sa main au passage, comme elle le faisait jadis, pour que leurs corps s'enflamment. Elle réveillerait leur jeunesse en le touchant du bout des doigts.

Après que son fils avait ri en regardant ses pieds, le silence n'avait pas duré.

Aymon, voyant que la table était prête, avait souri merveilleusement en battant des mains :

— C'est Monsieur Appétit que voilà !

Sa phrase était rythmée comme une expression d'enfant et certains mots y prenaient trop de place.

Notre père était alors parti à son tour dans un gros éclat de rire carnassier qui avait dévoré celui d'Aymon.

Alors seulement la dame aux truffeaux avait levé les yeux sur lui, sur le chevalier vieilli, elle l'avait observé rire sauvagement de la simplicité de son fils et son désir avait encore gagné en violence.

Et bientôt il avait été temps de passer à table.

La petite fille

Sous le bleu céleste du plafond peint, la table a été dressée sur ses tréteaux. Je lave mes mains au bassin d'argent qu'on me présente et, en les essuyant, je remarque à quel point elles salissent le tissu de lin blanc.

— Monsieur Appétit ! répète le garçon fou en s'agitant dans la salle tout autour des plats couverts.

— Viens ici, Aymon ! Tends tes mains sous l'aiguière. On ne s'assoit pas avant qu'elles ne soient propres, lui dit sa mère avec le calme de quelqu'un qui répète ça tous les jours.

Le gros homme, qui n'est pas le diable, porte son ventre comme une chose sacrée jusqu'au haut bout de la table où il s'assoit. Son fauteuil crie un peu sous son poids et ses grands chiens s'allongent tranquillement à ses pieds. Mon père observe toujours le fils de la maison, en prenant place à la droite de son hôte, et l'on m'installe entre la dame aux truffeaux et Aiglantine, sa fille. Quand nous sommes tous assis, chacun selon son état – les hommes de mon père et d'autres personnes se sont joints à nous sans même que je les remarque et nul n'a pensé à me les présenter –, le premier service arrive avec ses échaudés et du vin aux épices qui tourne un peu la tête, comme si la mienne ne tournait pas déjà suffisamment.

— Philippe use désormais du grand sceau d'un comte de Bourgogne, dit le gros seigneur en s'empiffrant.

Et mon père lui répond qu'il vaut mieux celui-là que le roi de France qui profitait de sa régence pour saigner les Comtois.

— Mais Philippe de Rouvres n'a que treize ans ! À peine l'âge de mon fils.

Alors, dans un sourire mauvais, mon père, qui boit plus qu'il ne mange, lui assène que son fils n'a pas d'âge, que c'est un éternel enfant et le silence se fait.

Père a raison, leur fils n'est qu'un être débile, un simple d'esprit caché derrière un visage d'ange. Mon frère Jean brillerait d'intelligence à côté de lui.

Quelle misère que le fléau ne l'ait pas emporté lui plutôt qu'un autre ! Mais le grand mal a cueilli les meilleurs fruits sans doute puisqu'il a pris ma mère.

Père l'aurait étouffé au berceau, cet enfant, comme il a noyé de ses mains l'une de ses bâtardes qui avait un bec, laissant le petit cadavre du nourrisson flotter dans le bassin de bois qu'on avait rempli pour l'y baigner. Je ne l'ai pas vu faire, on m'a raconté cette histoire. Un bec ! Je rêve souvent de ce bébé à la tête de canard, de cette sœur oiseau.

Dans le grand silence qui suit cette remarque de père, Aymon lance un cri aigu.

On ne peut pas aimer un esprit aussi bancal, et sa mère est bien patiente qui le rappelle à l'ordre sans jamais hausser la voix. Que vont-ils faire d'un tel héritier ?

Il aurait mieux valu qu'il soit difforme comme son père. Comment peuvent-ils le supporter chaque jour à leur table et souffrir sa folie ?

La conversation reprend peu à peu et le silence se dissout tandis qu'arrivent les potages : volailles cuites aux pots, cominées et un délicieux plat de héricot de mouton que l'on a placé devant moi et où je pioche sans trop de mesure.

— Cet interminable voyage a dû terriblement vous fatiguer, ma pauvre Blanche.

Je garde les yeux baissés. Chez nous, les femmes se taisent à table. Je me contente de hocher la tête.

La conversation a repris entre les deux seigneurs.

— Que les Bourguignons et les Français crèvent ! s'emporte soudain mon père. Jean de Chalon me dégoûte, il suit désormais les Valois comme un chien. Lui qui s'est tant battu pour les barons comtois, il est tombé bon Français, sans qu'on y prenne garde !

Aymon rit des grimaces que lui fait Aiglantine. Ma nourrice la gronderait, elle ne sait pas se tenir comme une personne de sa condition et provoque son imbécile de frère.

— Maintenant que les Comtois sont désunis, répond calmement le gros seigneur, tout est prétexte à leurs « guerres aux vaches ». Ils se disputent le moindre rocher et se volent leurs troupeaux ou leur vaisselle entre eux.

— C'est que nous autres, Comtois, nous ne sommes pas faits pour la paix ! Sans batailles, la vie est triste à mourir ! Je songe aujourd'hui à la gloire des bons capitaines de compagnie qui chevauchent à l'aventure avec leurs hommes !

— Mais ils sont à la tête de soudards !

— Tout est leur et ils rançonnent à volonté !

— N'es-tu pas fatigué d'être sur les routes ? N'es-tu pas épuisé par cette décennie qui s'est entamée par le grand mal et nous laisse exsangues ?

— Le monde est un désert ! murmure soudain mon père

comme soufflé par ses pensées. Je ne vois rien qui puisse nous faire plus de mal que la pestilence.

— Nous avons perdu tant d'enfants et d'amis ! Mais cela ne nous suffit pas, nous ajoutons le mal au mal en nous lançant les uns contre les autres ! Regarde-nous : les anciennes alliances sont défaites, les familles se déchirent, des hommes de ta condition pensent à se livrer au brigandage en se faisant capitaine de routiers ! La vérité, c'est que nous manquons de taillables. Toutes ces batailles ne sont que le reflet de notre grande misère. Chacun cherche à survivre sur le dos de son voisin. On s'estime lésé et l'on s'en va avec ses hommes saisir des gages chez son adversaire. Alors c'est du pillage, rien de plus.

Je lève peu les yeux du tranchoir que je partage avec Aiglantine et mange tout ce qu'on me propose jusqu'à la soupe, ce pain imbibé de sauce qu'on laisse le plus souvent aux chiens. C'est que manger me rassure tellement.

— Comme nous sommes loin du temps de la splendeur ! s'exclame le gros bonhomme.

La dame intervient, coupant presque la parole à son époux :

— Nous sommes nés à la pire des époques, nous avons vu le monde s'affaisser. Il fut un temps où l'on pouvait se fier aux saisons et où les hommes se multipliaient sur la terre. Maintenant les étés sont mouillés, tout pourrit. Chaque année, nous craignons une famine. Les champs redeviennent forêt, puisque les hommes manquent pour les entretenir. Les vieilles croyances se réveillent. Nous ne vivons plus sous le même ciel. Vous souvenez-vous, Martin, de nos derniers feux ?

Père ne lui répond pas. Il la regarde d'un œil éteint sans rien dire avant de se tourner vers son hôte qui donne des os à ses chiens.

— Vous n'avez toujours pas de fauconnier ? lui demande-t-il.

— Non, je préfère les chiens aux oiseaux.

— Je n'ai jamais compris cette aversion que vous avez pour les bêtes à plumes.

— Chacun a ses penchants !

— Vous étiez comme fou après la bataille de la Malecombe. Vous aviez pourtant combattu avec courage mais, le lendemain, vous trembliez et vous ne quittiez plus votre chambre par crainte des corbeaux.

— C'est qu'ils s'étaient emparés des lieux et se régalaient du carnage.

— Il y avait des chiens aussi et des hommes qui récupéraient ce qu'ils pouvaient sur les dépouilles.

— Je préfère les chiens et les hommes aux oiseaux. C'est ainsi et je ne vous demande pas de me comprendre. En vérité, votre avis m'importe peu et n'y changera rien. Cette aversion est profonde, voyez : je n'ai jamais aimé la cannelle, le parfum de cette épice a toujours suscité en moi un dégoût violent. Eh bien, Maître Claude, que voilà, m'a appris que cette épice provient du nid d'un phœnix. J'ai compris grâce à lui la raison de ma répugnance.

Un homme, vêtu de noir, assis au bas bout de la table, hoche la tête en signe d'assentiment et, comme le maître des lieux l'engage à nous éclairer sur l'origine des épices, il nous explique comment celles-ci tombent des arbres du jardin d'Éden dans les quatre grands fleuves qui y naissent et comment les hommes qui vivent en Orient sur les rives de ces fleuves les recueillent à l'aide de filets durant la nuit.

— Maître Claude est un grand savant, il sera le précepteur de votre fille, ajoute notre hôte.

— Avez-vous expliqué à Blanche ce qu'elle vient faire ici ? demande Aélis à mon père.

— Pourquoi l'aurais-je fait ?

— Pour la rassurer, pour connaître son sentiment sur l'avenir que nous lui dessinons.

— Je n'ai que faire de son sentiment.

— Vous nous la livrez sans vêtements, sans servante, sans rien que l'habit qu'elle a sur elle.

— Elle n'a rien d'autre. Vous avez voulu l'avoir au plus tôt chez vous pour la préparer à la vie qui l'attend ici. Eh bien, préparez-la ! Je vous la laisse, je reviendrai dans deux ans pour les noces. Mais je ne vous la donne pas tout à fait, alors veillez à ce que votre fils ne la consomme pas avant l'heure : si elle ne convient pas ou si le garçon crève, je voudrais pouvoir la proposer ailleurs. Vous m'avez promis de me soutenir sur mes terres du plateau. Je vous confie ma fille contre cette alliance. J'espère que vous saurez tenir parole.

— Bien sûr que nous tiendrons parole. Mais quel besoin avez-vous de nous insulter ? s'étonne Aélis.

— Je ne dis rien d'insultant. Je parle sans détour. J'ai accepté cet accord et, même si je n'imaginais pas Aymon ainsi et que vous m'avez un peu dupé, ce qui est dit est dit et la folie de votre fils n'y changera rien. Mais permettez tout de même que je ne fasse pas comme si de rien n'était.

— Vous ne resterez pas quelques jours avec nous comme autrefois ? demande la dame.

— Non, Hautefeuille m'attend ce soir. Je ne veux pas m'attarder. Mais j'ai laissé un homme du côté des anciennes lices, je l'attendrai ici jusqu'à none. S'il tarde à nous rejoindre, il faudra lui dire de nous retrouver directement sur l'autre rive.

La petite fille

Soudain, un grognement monte de sous la table et interrompt mon père. Ça s'agite entre nos jambes. De surprise, je me recule, d'autres se lèvent, Aiglantine lance un cri, les plats bougent et manquent de tomber. Les tréteaux sont bousculés et les chiens jaillissent furieusement de sous la nappe, ils se poursuivent en aboyant dans la grande salle. À quatre pattes, les fesses en l'air, c'est le garçon fou qui mène la meute. Son corps maigre se désarticule tant qu'il n'a plus rien d'un homme et ressemble tout à fait à un chien. Il se déplace presque aussi vite qu'eux. Il s'est sûrement glissé sous la table pendant que le savant parlait pour leur voler l'os qu'il tient désormais dans la gueule. Les lévriers le pourchassent et lui disputent sa prise. Ça résonne. Tout ce bruit. La moitié de la table rit de voir l'enfant du maître métamorphosé en chien et les hommes de mon père surtout l'encouragent de leurs cris alors qu'il perd du terrain et que les mâtins le talonnent.

Sans bouger, ni élever la voix, Aélis s'adresse à Aymon et lui demande d'arrêter immédiatement cet enfantillage, de se tenir comme il faut, elle lui dit qu'il est un jeune homme désormais et qu'en ce jour, Blanche, sa fiancée, est arrivée et qu'il devrait tout faire pour se montrer sous son meilleur jour, au lieu de quoi il joue avec les chiens comme un petit enfant. Mais je suis peut-être la seule à l'entendre dans ce désordre et le garçon, devenu chien, est sourd aux paroles de sa mère qui, exaspérée, hausse le ton.

— Cessez donc d'exciter ces bêtes !

Les plus grands lévriers le rattrapent et se roulent avec lui sur le carrelage, balayant les fleurs coupées à grands coups de queue, bousculant les chimères et les sirènes peintes, et les autres bêtes s'empilent sur les premières.

Le tas de fauves rugit et les convives rient !

Cette horrible scène ne choque qu'Aélis et moi. Les autres s'en amusent tant qu'ils hurlent et jappent à leur tour en frappant la table de leurs poings.

Deux des chiens tiennent chacun un morceau de l'os qu'Aymon a gardé entre ses dents et son corps maigre s'emmêle à celui des bêtes, gueules ouvertes, crocs, mains, lèvres et babines, poils gris et cheveux blonds brillants de bave se mélangent, ne formant plus qu'une seule créature écœurante. Parfois, son visage d'ange reparaît qui grogne et aboie sauvagement, avant de se laisser happer par la masse et de redevenir gueule parmi les gueules.

Mon promis est un vrai monstre, mi-enfant mi-chien, qui jappe à leurs côtés et leur renifle le corps et leur lèche la truffe avant de s'allonger sur le dos, pattes en l'air, dans une position ignoble en signe de soumission.

On m'a condamnée à vivre avec un chien !

Faudra-t-il que j'aboie moi aussi pour qu'il me comprenne ?

Mon fiancé a abandonné sa prise, mais il ne s'est pas redressé pour autant, il n'est pas redevenu homme et il me semble qu'il n'en a jamais été un. Ses longues boucles blondes lui couvrent le visage et trempent dans l'eau sale qu'il lape bruyamment dans leur gamelle avant de se ruer de nouveau sur l'une des bêtes, et de lui souffler dans le cul, puis de se poster face à elle, avant-train baissé et fesses levées, dans une invitation au jeu, provoquant une seconde mêlée.

Aélis se lève, tend le doigt vers la porte et ordonne aux chiens de sortir en menaçant de les mettre à l'attache.

Tous, Aymon compris, puisqu'il joue à la bête !

Tous, à l'attache !

Malgré l'excitation, les chiens se calment aussitôt et quittent la place, la queue basse, et Aymon trotte à leur suite en agitant la tête, son os de nouveau entre les dents. Dans un grognement, il appelle ses congénères à poursuivre le jeu, ne comprenant même pas ce qui a pu interrompre une si jolie partie.

— Bien, après ce spectacle qui vaut tous les jongleurs, goûtons donc aux desserts ! conclut alors le maître des lieux en souriant à ses convives.

La petite fille

Aiglantine et Margot, sa suivante, m'ont conduite dans la chambre où nous dormirons ensemble dans un grand lit posé sur une estrade et surplombé d'un dais. Les courtines blanches et brodées de fleurs bleues sont nouées aux quatre coins.

Du sommet de la haute tour carrée, on surplombe le monde.

Elles m'ont montré les alentours depuis la fenêtre, nommant les deux châteaux que l'on voit de chez elles, Hautefeuille, dont mon père a parlé au cours du repas, et Voirbeau, posté plus en amont, ces deux forteresses sont de l'autre côté de la rivière que j'ai pensé être le Styx et qui n'est que la Loue.

Je n'ai rien dit, pas un mot. Elles ont pris mon silence pour de la fatigue et elles m'ont laissée seule dans la chambre pour que je me repose.

Mais je n'ai pas sommeil. Comment pourrais-je dormir alors que je sais que bientôt père sera parti ?

Je vais lui dire que je me sauverai.

Oui, s'il m'abandonne ici, je m'échapperai, je me perdrai en cherchant le chemin du retour et je mourrai.

Avant qu'il ne s'en aille, je vais lui dire qu'une fille morte lui sera moins utile encore qu'une sale bête qui cause en dormant.

Je m'assois un moment sur l'un des bancs de pierre maçonnés de part et d'autre de la fenêtre dans l'épaisseur du mur.

On veut me donner à un sauvage qui lèche ses parties, ronge des os sous la table et vit le nez dans la terre à flairer je ne sais quoi !

Père aurait pu renoncer à cette alliance. Il avait l'air surpris par la folie de leur affreux garçon.

Vivrons-nous au chenil avec notre portée, museau contre museau, au milieu de la meute ?

L'enfer serait moins humiliant. Le diable est agile et filou, il m'aurait plu davantage de le prendre pour époux.

Je m'approche au plus près de la fenêtre dont le volet de bois est largement ouvert sur le bleu du ciel, les vignes, la forêt, et je me penche un peu pour distinguer les boucles vertes de la Loue au fond du précipice. J'entends une cascade sans parvenir à la voir.

Un homme marche le long de la falaise, non loin du château. Aux couleurs de son habit, je reconnais mon père.

Je vais lui dire…

Je quitte la chambre, dévale les marches et descends dans la haute-cour où nul ne se soucie de moi.

Bouc n'est pas revenu encore et père va m'abandonner bientôt, à none, il l'a dit, et père fait toujours ce qu'il dit. Il ne recule jamais. Je ne peux pas me taire cette fois et peu importent sa force, son gros rire et la badine et les mots qui me gifleront, peu importe que je sois fille et même pas sa préférée, je lui dirai en face que je me tuerai s'il le faut, que je me pendrai à cet arbre aux oiseaux ou à un autre, mais que je ne peux pas rester ici.

Je profite de ce que la grande porte est ouverte pour me glisser hors de l'enceinte et pour rejoindre mon père que je découvre dans l'ombre des arbres accrochés au bord du gouffre. Je le vois entre les feuilles qui fixe l'abîme, et je m'avance encore jusqu'à apercevoir une autre silhouette dans les branches derrière lui. La dame aux truffeaux. Le bruit de la cascade empêche mon père d'entendre la dame qui s'approche dans son dos. Soudain, mon père se retourne et leurs deux corps se touchent presque.

Je suis tout contre le tronc d'un hêtre, juste à son pied, au plus près d'Aélis et de mon père, et la cascade couvre leurs voix, mais j'entends, oui, j'entends… des mots, des bribes.

— Tu as changé, Martin.

— En onze ans, on change. Ton mari aussi a changé.

— Il ne quitte plus son fief. Il s'y sent mieux que partout ailleurs.

Et un coup de vent me vole leurs paroles, la cascade chante sur leurs mots, couvre leurs voix.

Puis celle de mon père reprend le dessus.

— Ne tourne pas autour du pot, ma belle. Je sais lire dans les yeux d'une femme. Moi, cela me va très bien.

La dame a une voix faible que l'eau dissout, celle de mon père, plus grave, résiste mieux.

— … de te prendre dans les bois, ici, tout de suite, au bord de l'abîme…

Le vent encore emporte la moitié de la phrase.

— … puisque l'envie est là. Viens !

Et mon père attrape la dame dans son long fourreau de tissu blanc et l'allonge sur le tronc d'un arbre penché qui surplombe le gouffre.

Est-ce la dame qui parle un peu plus fort ou le vent qui s'apaise suffisamment pour que ses mots arrivent jusqu'à moi ?

— Mais tu es fou, il s'incline vers le vide !

— C'est ça qui est excitant, le vide, cette vallée, gueule ouverte, juste sous nos corps sous ce tronc qui résiste, plante ses racines dans la roche et s'accroche à cette terre qui penche.

Les mains de mon père courent sur la cotte si blanche de la dame et il niche son visage dans son cou pour lui murmurer des choses à l'oreille que je ne peux pas entendre et qui cambrent le corps de la femme. Puis mon père s'engouffre tout entier sous la cotte. Peut-être parle-t-il encore, mais je ne perçois plus que le chant de la cascade et le froissement des feuilles dans le vent qui s'enfle en risée. Soudain plus vif, mon père sort sa tête du tissu blanc, d'une main les aiguillettes sont défaites et je l'entends de nouveau, car le vent s'est calmé et qu'il parle plus fort que la cascade.

— … et la chute, si proche, si prévisible, la chute dont je peux décider à tout moment ou qui peut me surprendre, car, toi aussi, tu peux nous faire chuter, comme Ève l'a fait, comme tu as failli le faire autrefois, quand nous n'étions plus les maîtres du jeu ni l'un ni l'autre, alors que nous pensions être des dieux et que toute la création n'était qu'un décor sorti de terre pour toi, pour moi, un écrin pour notre aventure. Non, nous n'étions plus les maîtres, alors que nous croyions naïvement être les seules âmes à jouir dans nos merveilleux corps de tout ce que ce printemps nous offrait, alors que nous étions convaincus que le monde entier, tout empli de beautés, ne servait que notre histoire…

La dame commence à gémir entre les branches et je ne vois rien de son corps que ses jambes écartées qui se rejoignent sur les reins de mon père et s'agrippent à lui, juste au-dessus des fesses nues de mon père, nues et si blanches. Je ne vois rien que le dos de mon père pris en étau entre les cuisses de cette femme, et je l'entends gémir, elle, tandis que mon père parle, continue de parler par saccades et, dans sa voix, je perçois le rythme de son corps qui entre et sort et entre, et le rythme change.

Je ferme les yeux, je ne veux plus rien voir, mais je ne peux pas m'enfuir, échapper à cette scène qui m'écœure, mes jambes ne m'obéissent plus et je reste la joue collée à l'écorce du hêtre sans pouvoir fuir, alors que dans la voix de mon père, comme dans le souffle de la dame, le rythme change encore et s'accélère jusqu'à ce que les gémissements de la femme deviennent de petits cris.

— … un coup de rein trop fort et nous tombons dans l'abîme tous les deux et, durant notre chute, je te plaquerai contre mon corps et je continuerai de te pénétrer et tu hurleras sans que je sache si c'est moi qui te fais hurler ou le vide. Il en a toujours été ainsi, je n'ai jamais su ce qui te faisait jouir, mes bras, mes mains, mon vit ou le danger de te livrer ainsi dans ton propre château à ton champion, sous le nez de ton mari, le goût du risque, la sensation d'être si près de ta mort.

— Mais tu l'as choisie, elle.

— Non, tu te trompes, j'étais bien incapable du moindre choix, je voulais tout, c'est elle qui m'a choisi. Elle qui ne cherchait pas la mort, ni le danger, ni la damnation, et qui ne se souciait pas de tout ça, mais qui me désirait, moi, coûte que coûte. Elle m'a choisi et j'ai eu droit à ma part, ma toute petite part de joie en ce monde, et jamais je ne m'en consolerai. Mieux vaut ne rien atteindre que d'être ainsi dépossédé de tout ce qui comptait. Désormais, je ne cherche plus rien que le vide, que ce corps que tu m'offres et que je prends à pleines mains, mais qui ne me sera plus rien dans quelques soupirs. Je ne cherche plus à aller au-delà de la chair, ce que je prends, je l'abandonne aussitôt à d'autres. Plus jamais je ne veux revivre, je suis mort à la joie, il y a dix ans. Si j'ai changé, c'est que l'on m'a arraché la plus belle part. J'entre en toi comme jadis, mais je n'y laisserai rien que mon foutre. Nous finirons notre affaire et je me sentirai tout aussi vide et froid qu'avant de te tenir dans mes bras. Quand le désir s'en sera allé, quand mon sexe aura cessé de demander sa part, ce sera comme si tu n'étais rien, pas même un souvenir. Je ne t'aime pas, Aélis.

Et le chant de la cascade me vole la réponse de la dame, qui parle pourtant, j'en suis sûre, qui murmure dans le vent entre deux gémissements.

— Je l'ai cru, oui, mais je ne savais pas encore ce qu'était l'amour. Si j'avais su, j'aurais couru me cacher en enfer.

Et la dame lance de petits cris, qui sont comme autant de soupirs. C'est un mélange de plaisir et de douleur qui m'est étranger et qui m'écœure, puis elle pleure et bat mon père qui s'est affaissé sur elle et ne dit plus rien, plus un mot, elle le bat, le frappe de toute sa force en pleurant, tandis qu'il se relève et se détourne d'elle. Elle continue de le frapper dans le dos, le poursuivant alors qu'il s'éloigne de l'arbre penché et du gouffre en se rhabillant comme s'il avait pissé dans le vide.

La vieille âme

Tout se réveille en moi soudain, les souvenirs perdus, les promesses hurlées au vent, la voix de notre père, la fragile pâleur de ses fesses, le sel de mes larmes et cette nausée… S'il y a une sensation que je ne regrette pas, c'est bien celle-là : cette nausée qui coince le cœur dans la gorge et tape contre les tempes.

Ton dégoût t'a emportée comme une vague énorme, entraînée loin du château, du gouffre et de l'arbre penché, lancée tout droit dans ces bois qui t'effrayaient tant et que tu ne connaissais pas, tu as couru entre les branches sans rien voir, sans te retourner, jamais. Tu as couru dans ta si jolie robe, au milieu des fougères, tout droit. Et les ronces – tu n'imaginais pas la force de leurs centaines de petites griffes –, les ronces ont déchiré ton bel habit d'abord, saccagé le magnifique ouvrage des bâtardes, arraché un à un les fils d'or et d'azur, elles ont lacéré le tissu, puis blessé tes jambes maigres et blanches, tes jambes de petite fille. Les loups de sable de ta maison, bien ordonnés en petite meute sur ton surcot à porte d'enfer, ont été libérés par leurs aiguillons acérés, ils se sont défaits dans ta fuite. Un à un, ils ont déserté la robe déchirée et gagné les bois. Ils ont couru tous trois à tes côtés, te devançant dans la forêt.

Trois loups noirs.

Tu les as reconnus à leurs dents d'azur.

Et je ne suis pas une vieille folle quand je raconte cela, je sais ce que j'ai vu et que tu ne dis pas, car le souffle te manque pour parler dans ta course.

Oui, je me souviens soudain, mais je ne me fais pas d'illusions, tout m'échappera tout à l'heure. Alors, avant que ma mémoire ne flanche de nouveau, avant que notre vie ne regagne ma nuit, comme rêve au réveil, je prends ta suite, je raconte notre histoire. Et si mes phrases ne sont pas tout à fait achevées parfois, c'est que mon esprit a du mal à se tenir jusqu'au bout et qu'il divague plus que le tien.

Tu déterres les souvenirs, et ce morceau de passé me revient. Pas la fin, jamais la fin. M'as-tu jamais raconté la fin, notre fin ?

Souvent tu es tombée, les mains et le visage contre la terre, tombée dans l'odeur âcre des sous-bois. Tu as couru dans l'air épais et dans la boue, et tes pas se sont enfoncés, tes traces se sont perdues, nul n'aurait pu te retrouver, jamais, ni cette dame qui gémissait comme une chienne sous le corps de ton père, ni ce père qui t'abandonnait, ni toi-même. Leur image te collait aux yeux, leurs râles tapissaient tes oreilles, tu te sentais sale de ce que tu avais surpris, souillée par la violence de leur désir, oui, tu courais les bois, ensauvagée par le monde bestial des adultes et jamais… Jamais…

Des chiens qui se montaient, qui s'accouplaient presque malgré eux, poussés les uns sur les autres par une force supérieure qui faisait d'eux des pantins aux gestes saccadés, donnant des coups de reins insensés et brutaux, une pantomime désespérée… Jamais… Tu t'es promis que jamais…

Et les gémissements de cette femme qui ne disait rien, mais qui frappait ton père, qui le battait en pleurant après l'avoir accepté en elle, après lui avoir ouvert son corps, après le lui avoir livré en râlant de douleur ou de plaisir ou les deux à la fois. Et les mots de ton père alors qu'il la prenait comme un chien, des mots si loin du corps, comme s'il regardait ailleurs en la travaillant, comme s'il…

Tu as volé cette scène. Et tu t'es enfuie avec…

En te voyant courir aujourd'hui, pleine de ces images et de ces voix qui te dégoûtent, tous les siècles qui nous séparent s'abolissent, je suis toi sans l'être, je cours et je te vois courir. Oh ! Je sais désormais débrouiller le monde en un rien de temps, pourvu que les mots et les pensées ne m'échappent pas, mais ils m'échappent à tous moments et je perds le fil et je ne finis pas mes phrases et je me répète ou je ne sais plus ce que j'avais en tête, moi qui n'ai plus de tête. Je suis si vieille qu'un rien m'attendrit aux larmes, mais que je peux rire de ce qui m'a tellement troublée quelques secondes auparavant. Je suis touchée par la force de ton…

Ce que tu viens de surprendre t'a inspiré un dégoût plus violent que tout ce que ton père t'a donné à voir jusque-là et tu t'es promis… Je me suis promis…

Père a parlé à cette dame comme jamais encore tu ne l'avais entendu parler ni à l'une de ses lécheresses ni à personne, et tu sens bien qu'il a parlé de ta mère, tu imagines qu'il l'a salie en parlant ainsi, elle et toutes les femmes, qu'il l'a souillée en prenant violemment cette autre femme qu'il avait désirée déjà, et obtenue, et aimée peut-être avant ou en même temps que ta mère.

Alors tu cours droit devant toi en hurlant ton dégoût et tu décides que jamais… Non, jamais…

Cette femme, cette Aélis, tellement intelligente, mais incapable pourtant de se protéger, incapable de cesser d'espérer, et persuadée que rien ne parviendrait jamais à entamer le souvenir. Cette femme qui aimait infiniment ce souvenir qu'elle avait de l'homme qu'avait été ton père onze ans plus tôt, un souvenir qu'elle avait entretenu en même temps que sa beauté dans l'espoir de le revoir, un souvenir douloureux et sublime.

Trois fois, il avait séjourné aux Murmures, trois fois il avait bouleversé sa vie. Depuis ce jour où il avait quitté le domaine avec sa jeune épouse, il arrivait que plus rien ne vibre en elle que ce souvenir.

Cette femme qui espérait, qui s'aveuglait, s'imaginant que ton père l'aiderait à revivre un bonheur ancien, à se tenir au bord du vide, qu'il l'aiderait à lutter contre le temps, contre l'ennui, à être au monde, qu'il l'aiderait…

Ne jamais devenir une adulte qui se livrerait ainsi à un homme, une femme qui s'abîmerait et qui jouirait d'être ainsi abîmée. Jamais ! Tu te jures de ne jamais être à la merci d'un homme qui te pousserait dans le vide, oui, dans le vide, en t'emplissant de son sexe de son foutre de sa haine, en exerçant sur toi cette force mystérieuse qui anéantit et fait gémir comme une bête !

Je vois les yeux de notre père par les yeux de la dame, je vois son regard ivre de désir, mais vide, affreusement vide, un regard comme un miroir où elle, la dame, ne serait pas.

C'est étrange que je parvienne à ressentir ce que ressent cette femme, moi qui n'ai pas grandi, moi qui ai tenu ma promesse et n'ai jamais…

C'est à se demander de quoi je suis faite exactement, moi qui ai quitté ce monde à douze ans et qui ai tant vieilli depuis.

Ce que tu as surpris était une mise à mort. Oui, ton père a mis la femme à mort en l'enlaçant, en lui parlant avec douceur du peu d'importance qu'elle avait, en l'abandonnant à son inexistence. Et j'imagine qu'Aélis a ressenti du plaisir à n'exister qu'en tant que corps interchangeable, et qu'elle s'est haïe de ce plaisir qu'elle éprouvait à être à la merci d'un être qui aurait pu la porter, mais choisissait de la précipiter…

Et toi, mon enfant, tu as regardé et entendu tout cela, sans tout comprendre, mais en ressentant l'essentiel. Fallait-il que tu sois là pour témoigner et pour que l'anéantissement s'accomplisse ?

T'ont-ils vue t'échapper ? T'ont-ils vue courir vers cette forêt où tu comptes bien te perdre à jamais ?

Tu laisses les ronces te déchirer et les branches te gifler, et tu pleures, tandis que la nuit commence à tomber. Et comme la lumière change, tu te réveilles à la peur et à la douleur, tu cesses de courir et tu mesures l'état dans lequel ta fuite t'a mise. Tes jambes sont en sang.

Tu t'es perdue dans la forêt et tu n'as rien semé dans ton sillage qu'un cri.

La vieille âme

La nuit tombe plus vite en forêt qu'ailleurs, le soleil n'est pas couché encore, mais il fatigue, et sa lumière rasante ne parvient déjà plus aussi bien à se frayer un passage entre les feuilles et les troncs. L'humidité gagne, la brume gomme les reliefs, brouille les distances, voile les couleurs. Les êtres du jour s'effaceront bientôt, tandis que surgiront d'autres bêtes, ces créatures plus mystérieuses qui s'emparent du silence des bois dès que le jour n'est plus.

C'est ce moment entre chien et loup où tout se tait.

Dans ce silence, tu l'entends causer et chanter d'une voix affaiblie que tu ne reconnais pas d'abord. Il appelle le rossignol qui attend la nuit noire pour lancer ses trilles amoureux.

Le rossignol sauvage, j'ai entendu se réjouir...
Dans le feuillage, il donne l'amour,
Il le réclame, il le reçoit...

Tu t'approches en tentant de ne pas faire craquer le plancher de la forêt sous tes petits pieds blessés. Tu vises les touffes de mousse.

L'homme est étendu, douloureusement, il appuie la tête et les épaules contre un rocher et les loups qui t'accompagnent grognent et montrent leurs crocs d'azur. Le bleu de leurs yeux et de leurs dents est la seule couleur qui résiste à la nuit. Mais plus rien ne t'étonne.

Tu te caches pour épier celui qui chante ainsi, tout seul au beau milieu de la forêt, mais te retrouver dans cette posture ravive ton dégoût, alors tu préfères t'avancer franchement vers cet homme blessé, à découvert, et à mesure que tu t'approches, tu reconnais le colosse à demi allongé, tu le reconnais et, voyant son pied pris dans un énorme piège à loup et tout le sang qu'il a perdu, tu devines qu'il ne réussira jamais à se dégager. Tu devines qu'il va crever bientôt, lui qui aime toutes les petites filles autant que toi.

Oui, Bouc est là, devant toi.

Bouc est là, le pied pris dans des mâchoires de fer. Bouc est là, dans sa cotte de mailles, son épée à la main, et ses bras trop lourds s'abandonnent au sol le long de son corps. Il a du sang plein ses cheveux d'argent et sa barbe, du sang presque noir, il en a sur les mains aussi, lui qui ne se serait jamais contenté d'un baiser. Son regard s'illumine en te voyant et c'est comme si son visage sec s'enflammait, tant ses traits mornes s'organisent soudain et s'étirent autour de ses yeux qui sourient.

— Mais voilà que je délire et que ma folie m'offre une mignonne perdrix avant de sortir de table pour de bon. Tu vois, j'ai été trop gourmand cette fois, et maintenant il est trop tard. Mais c'est de ta faute aussi, petite colombe, tu m'avais tant mis en appétit que je n'ai pas pu résister. Je suis fait comme un rat ! soupire-t-il, puis il rit en agitant un morceau de tissu rouge taché qu'il serre dans son autre main, celle qui ne tient pas l'épée. Voilà la chemise de la plus jolie. C'est tout ce qu'elle m'a laissé, sa chemise, je la lui ai ôtée et son petit corps si blanc, si frêle, si volatil, s'est aussitôt évanoui dans la forêt, dispersé comme brume, alors j'ai abandonné mon cheval par là et j'ai couru après les autres qui m'avaient retrouvé et qui riaient, j'ai couru jusqu'ici pour en attraper une autre et voir si elle se dissoudrait dans l'air à son tour, ne me laissant entre les doigts que son écorce rouge. Pour comprendre ce mirage, j'ai couru sans méfiance… Comment se méfier de ces jolis minois ? Et je me suis réveillé dans cette vilaine posture. J'aurais préféré ne pas me réveiller du tout. Je n'ai plus la force de me libérer de ce maudit piège. Pourtant, j'en ai posé des pièges comme ceux-là quand j'étais plus jeune. Je pensais pouvoir m'en débarrasser comme un rien avec l'aide de mon épée, faire levier, eh bien, non, je n'en ai plus la force. C'est que la forêt m'a sucé le sang trop longtemps pendant que je dormais la tête ouverte sur le rocher. Me voilà à la place du loup ! Ô ma perdrix, je suis si heureux de te revoir, peut-être pourrais-tu m'aider, toi qui es une fillette si forte ? Peut-être qu'à nous deux nous pourrions me sortir de ce piège. Ce sont ces gamines rouges qui m'ont conduit ici. Elles étaient là, assises en rond, juste avant que tu n'arrives, mais elles ont toutes disparu. Ce qu'elles étaient mignonnes, ces petites garces ! Elles chantaient : *Sainte-Judith voit pinson au nid.* Mais je suis bien content que tu m'aies retrouvé. C'est toi la plus jolie. Viens !

Tu t'assois en face de lui, mais tu ne t'approches pas, tu sens que maintenant que ton père n'est plus là, il faut te méfier de celui-là plus que d'un autre. La tunique rouge qu'il tient dans la main est brune de sang. Il dit qu'il va mourir, et, toi, tu as si peur à l'idée de passer la nuit seule dans cette forêt, sans même être capable de te faire un feu, que tu préfères rester là, à côté d'un ogre blessé à mort, tu préfères rester là et écouter sa plainte le plus longtemps possible. Tant qu'il respirera, tu auras moins peur.

— Tu ne veux pas m'aider ? Mais nous ne sommes pas dans un conte, ma bécasse. Je te promets de ne pas te faire de mal si tu me libères, il suffit que tu m'aides à faire levier avec mon épée et je pourrai sortir ma jambe de cette mâchoire de fer. Je ne te ferai pas de mal, je te le jure.

Les trois loups sont restés dans le sous-bois et tu les entends grogner, mais Bouc ne les remarque pas. C'est sans doute que ces loups-là ne courent que dans ta tête.

— Que veux-tu que je te promette, petit ange ? Bouc n'a qu'une parole, ton père te le dirait. Si tu as tellement peur de moi, va donc le prévenir, cours le chercher. Allez ! Souviens-toi comme j'ai été doux avec toi ces trois derniers jours, comme je t'ai aidée, portée, nourrie. Ne me laisse pas mourir comme une bête ! C'est fou ce que je souffre, tu sais. J'ai dû me cogner sur cette pierre en tombant quand ma cheville s'est coincée dans ce piège. Ça me trouble la vue, je ne suis même pas sûr que tu sois là vraiment. Et je n'ai plus la force… C'est agaçant. Parle un peu que je sache mieux si tu existes.

Tu n'as pas envie de parler, pas envie d'entendre le son de ta voix, pas envie de rassurer cet homme-là.

Alors tu ne dis rien.

— Comme tu es mauvaise avec ce vieux Bouc qui t'aime tellement ! Après tout, c'est sans doute la seule mort que je mérite, me vider de mon sang sous les yeux d'une gamine. Mourir comme un fauve, une sale bête nuisible ! Et puis je sais bien que tu n'es pas là, que tu n'es qu'un mirage ! Je sais bien que je t'invente pour mourir moins seul. Si tu étais là, tu m'aiderais. Parce que tu es une gentille colombe et que tu sais ce qui est bien et ce qui est mal. Mais là, tu ne me sauveras pas, puisque je t'invente. Un rêve n'a aucun poids sur le réel, un rêve ne peut pas faire levier, ni dégager une jambe. Un rêve ne pourrait même pas se blottir contre moi et me tenir chaud dans la nuit qui vient. D'ailleurs comment seraistu arrivée toute seule jusqu'à moi ? À cette heure, tu dois te coucher dans un bon lit au château des Murmures sous une grosse couverture. Tu n'as aucune raison de passer la nuit dehors au beau milieu de la forêt. Et je me souviens que tu avais peur de tout pendant notre voyage, si peur que tu ne quittais jamais le sentier.

Tu voudrais lui prouver que tu n'es pas son rêve, tu n'as nulle envie d'être le rêve de cet homme qui tient à la main la tunique déchirée et ensanglantée d'une fillette et qui dit la lui avoir ôtée. Mais tu te retiens, car tu ne veux pas lui laisser le moindre espoir, tu enfouis ton visage dans ta petite chemise, tu te réfugies dans son parfum.

— Puisque tu ne peux rien faire, ni m'aider, ni me caresser, ni parler, que la nuit vient et que bientôt je ne te verrai même plus, puisque tu n'es qu'un mirage, tu n'as sans doute pas besoin d'un bon feu. Tu n'as pas froid. Vois ! J'ai une mèche ici, dans ma besace, et une pierre à feu, si tu fagotais un peu alentour avant qu'il ne fasse complètement nuit, on pourrait se faire une bonne petite flambée, rien que pour nous deux.

Tu trembles déjà tant le froid est vif dès que le soleil se couche en forêt. Bouc a raison, tu n'as rien sur toi, ni couverture, ni manteau, rien que ce bel habit déchiré et ta petite chemise, et il va faire tellement sombre bientôt.

— Tu sais qu'il y a des bêtes qui sont tapies là tout autour de nous et qui attendent la nuit noire…

Tu n'y tiens plus, tu te lèves et tu te dépêches de trouver

des brindilles sèches et des branches mortes. Vite, vite, tu fais de petits fagots que tu lances à proximité de Bouc, vite, sans jamais t'approcher à portée de son bras, ni de son épée. Il se met aussitôt à l'ouvrage, il souffre tant qu'il a bien du mal à faire partir son feu. Il bat le bord de son silex noir avec la lame du fusil et les étincelles fusent en vain. Tu doutes de lui, tout en continuant de fagoter. Soudain, à bout de forces, il parvient à enflammer l'amadou et alimente le feu naissant en y ajoutant les brindilles sèches que tu lui as rapportées, les flammes jaillissent et il s'affale de nouveau sur son rocher, épuisé.

— Voilà, maintenant je te laisse l'entretenir. Moi, j'ai fait ma part.

Il prend sa gourde et boit à petits traits dans la lumière ignée. Tu le regardes avec une telle attention qu'il s'arrête et te sourit, les yeux en feu.

— Puisque tu es un rêve, tu n'as pas besoin de boire. Non ?

Ta bouche est sèche, tu as tant couru, mais tu gardes les lèvres collées et tu joues à agiter un bâton dans le foyer.

— Bon, alors je la finis.

Et il achève le contenu de la gourde.

— Il n'y aura plus qu'à crever de soif, si la mort ne vient pas plus tôt.

Il se tait un instant et, sur son visage déformé par la douleur, le feu s'agite. Il danse dans les plis et y dessine ses ombres, il pose un masque capricieux sur les traits de Bouc.

— Tu sais, je n'ai jamais vraiment eu peur de mourir au combat. L'excitation de la bataille est la plus forte. Tu peux lutter, tu es dans l'action. Mais ici, il n'y a rien à faire, qu'à attendre. Pas de bataille possible et nul espoir puisque tu n'es qu'un rêve.

Tu te demandes combien de temps il pourra te parler ainsi. Combien de temps il tiendra avant de se consumer tout à fait, avant de s'épuiser en paroles, avant d'avoir brûlé tout espoir.

— Alors tu l'as vu, ton promis ? On le dit étrange. Cela faisait bien longtemps que ton père n'était pas revenu dans cette vallée, depuis ta naissance en fait. Tu sais que tu es née ici ?

— Je suis née ici ? laisses-tu échapper aussitôt.

— Eh bien, voilà que mon rêve prend voix ! Et quelle grosse voix tu as pour une si petite fille ! Tu existes vraiment, tu pourrais donc m'aider ! Faisons un marché, veux-tu, si tu m'aides, je te raconte ton histoire, sinon je me tais et j'emporte le secret de ta naissance dans ma tombe !

— On n'approche pas un fauve blessé. Ce serait idiot. Cela m'est égal que tu meures.

— Mais tu aimerais bien savoir pourquoi tu es née ici, hein ? Tu aimerais que Bouc te raconte l'extraordinaire histoire de ton père.

— Non. Les histoires de mon père ne m'intéressent pas. Elles sont prévisibles, je sais comment elles se terminent. Toutes.

— Oh non, ce n'est pas vrai. Tu es beaucoup trop sévère. Ton père est un homme extrêmement surprenant.

— Je sais bien qu'il couche avec toutes les femmes, qu'elles s'en plaignent ou pas. Et qu'il les blesse toujours d'une manière ou d'une autre. Je sais bien qu'il est capable d'abandonner sa propre fille dans un lieu où elle ne connaît personne, capable de la fiancer à un idiot qui se prend pour un chien, capable de coucher avec une dame à la barbe de son mari. Et j'ai aussi compris que si je m'approche de toi, je mourrai.

— Tu ne mourras pas. Je te l'ai juré. Et tu serais bien étonnée si je te décrivais l'homme qu'était ton père autrefois. Mais puisque tout cela ne t'intéresse pas…

Tes loups sont là qui grognent toujours aussi fort pour te rappeler le danger. Et les animaux de la nuit commencent à sortir de leur terrier tout autour de cette minuscule clairière où tu es assise, tout autour de ce cercle de lumière que dessine le feu, et ton ombre que les flammes jettent sur les arbres ou sur la terre te semble parfois démesurée.

Tu voudrais tant que Bouc t'en dise davantage sur ta naissance.

— Commence un peu ton histoire et je verrai bien si je la connais, si elle me donne envie…

— Avant le fléau, Hautefeuille et Haute-Pierre, ces deux seigneurs dont les châteaux se font face, sur les hauteurs, chacun d'un côté de la vallée, organisaient ensemble une grande joute chaque année, le tournoi de la Beaume. Et ton père adorait les lices, comme il aime aujourd'hui les champs de batailles. C'était un champion célèbre et recherché, le meilleur du pays assurément. Et il était d'une telle beauté. Nul ne comprenait d'où lui venait ce charme… Mais la première fois qu'il est venu aux Murmures, deux ans avant ta naissance, sa réputation n'était pas faite et sa première épouse, la mère de ton frère, était encore vivante…

C'est plus fort que toi, tu es suspendue aux lèvres de cet homme. Et tu n'entends pas les trilles du rossignol, la nuit est là, mais tu ne t'en soucies plus, tu es si bien dans le rond de lumière, si bien dans la voix grave de Bouc, comme sous une couverture, si bien, que tu pourrais t'endormir si l'histoire t'intéressait moins, comme sous une couverture qu'il te retire soudain en se mettant à murmurer.

— Parle plus fort, tu marmonnes dans ta barbe, je n'entends rien.

— C'est que je m'affaiblis et que ma voix ne porte plus, la nuit la souffle comme bougie. Parler me dessèche. Approche-toi.

— Non, je demanderai ailleurs la suite de cette histoire, elle n'appartient pas qu'à toi. Mon passé te survivra. À moins bien sûr que tu ne l'inventes pour me forcer à te libérer.

— Il me semble que je n'ai plus de salive dans la bouche, plus de sang dans les veines. J'ai si froid, je ne suis pas certain de pouvoir tenir une heure de plus. Si je commence cette histoire tout de suite, je n'aurai sans doute pas le temps de l'achever. Je suis si faible. Ma voix s'éteint. Mais écoute, voilà le chant du rossignol qui apaise la souffrance, c'est un baume pour les mourants, les malades, les fiévreux. Presque aussi doux que pourrait l'être une caresse de ta main. Le chant du rossignol emporte toutes les douleurs. Le chant d'un ange…

Alors il se tait, sa tête s'affaisse et il ne bouge plus.

Tu remets un fagot dans le feu, et il fait bien trop noir maintenant pour espérer en ramasser d'autres, et tu sais qu'il faudrait beaucoup plus de bois sec pour tenir le feu en vie toute la nuit.

Tu écoutes la flambée crépiter et tu regardes ses flammèches danser dans l'air entre toi et le corps de Bouc qui ne remue plus du tout.

Voilà un bon moment que l'homme ne parle plus et qu'il reste immobile, la tête penchée en avant. Tu souffles sur les braises pour qu'elles s'embrasent de nouveau et ton visage est si près du feu moribond que tes joues te brûlent.

S'il est crevé, Bouc n'a plus besoin de la cape qu'il porte par-dessus sa cotte, il n'aura plus froid, lui, cette nuit, alors que toi si. Tu auras froid et peur et, quand le feu sera éteint, tu n'y verras plus rien et il te sera difficile de récupérer cette cape dans le noir absolu. Tu ne seras plus bonne à grand-chose tellement tu seras terrifiée et ce n'est pas ta petite chemise qui parviendra à te réchauffer.

Alors tu décides de bouger et tu t'approches tout doucement de Bouc, bien que les loups grognent toujours non loin de là, dans l'ombre. Tu t'avances très prudemment à quatre pattes pour t'assurer qu'il ne respire plus. Et il a l'air tout à fait mort. Tu tires sur sa cape, mais il est allongé dessus et il faudrait le déplacer un peu pour la décoincer.

Tu t'approches encore davantage, sans faire le moindre bruit, tandis que les loups grognent de plus belle.

Tu te tournes vers eux pour leur murmurer de se taire. Tu es si près de Bouc maintenant que tu perçois soudain la chaleur de son corps et que tu vois sa poitrine se soulever : le cadavre respire. Tu veux te reculer, mais il est déjà trop tard, Bouc n'a plus de forces, mais il en a tout de même assez pour se jeter sur toi, t'attraper et te plaquer contre lui.

— Alors, gamine, on détrousse les morts ? Mais le bon vieux Bouc n'est pas encore complètement refroidi. Il ne parvient pas à se tenir sur ses jambes ou à libérer sa cheville, mais il peut encore étouffer une petite souris comme toi. Ne te débats pas comme ça ou je t'égorge ! Voilà, calme-toi ! Vois, je partage mon manteau avec toi ! Et tu auras moins froid contre moi, qui suis chaud comme une braise, que toute seule, livrée aux morsures de la nuit… Là, reste tranquille, là, contre moi, comme une bonne petite fille ! Toute maigrichonne, tellement fragile, une toute petite vie !

— Lâche-moi ! Tu pues !

— Te lâcher et pourquoi ? Je ne suis plus grand-chose, presque un cadavre, et pourtant j'ai encore un peu de puissance en ce monde, puisque je te tiens, toi, et que je peux te soumettre et faire de toi ce qu'il me plaît. Te trancher la gorge, t'embrasser, te raconter une histoire en te berçant, te dévorer. C'est que j'ai la réputation d'être un ogre et de manger les petites filles, le sais-tu ? Mais tu as de la chance, je n'ai pas vraiment faim ce soir et cela me rassure moi aussi de te sentir là contre moi, avec ce petit corps qui tremble de tous ces os et qui s'arc-boute. Toute en nerfs, tellement ardente. Je me contenterai de lécher tes larmes, car j'ai encore soif et que j'adore le goût des larmes sur le visage des enfants. C'est salé sur la langue. Je ne planterai pas mes dents dans ton cou, même si le sang tiède est doux aussi, même s'il enflamme intimement. Je me contenterai de réchauffer mes mains, que la mort gagne déjà, de les réchauffer sous ta chemise. Je me contenterai…

Et il appuie la lame de son épée contre ta gorge, tu la sens barrer ton cou d'une ligne glacée. Alors tu ne bouges plus, tandis que la langue chaude et mouillée de l'homme se promène sur tes joues et tu voudrais t'essuyer le visage, qu'il couvre de salive, mais tu n'oses pas. Tu te persuades qu'il s'affaiblit et que sa main est un astre froid qui bientôt s'éteindra. Tu te dis qu'il cesse déjà de la promener sur ton corps, que ses forces s'épuisent et tu la sens immobile sous tes fesses. Immobile, froide, morte.

— Ta mère a accouché ici, sur l'une des berges de la rivière. Elle a mis au monde deux petites filles. L'une était un joli poupon doré et l'autre un tout petit être affreux, trop rachitique pour téter, qui n'aurait sans doute pas survécu si on ne l'avait pas confié à la cuisinière des Murmures. Cette femme a installé le minuscule monstre dans une boîte en bois pleine de laine et lui a fait laper à la cuillère le lait qu'elle tirait de ses propres seins. Une créature inachevée, sortie trop tôt, qui a dû passer plusieurs jours près du feu ou dans le four à pain comme un petit gâteau sous la surveillance de cette cuisinière ou de sa mère. C'était horrible, cette peau aussi rouge que celle d'un souriceau, ces yeux démesurés, ce crâne chauve et déformé. L'autre poupard était si beau, si lumineux, qu'il rendait sa sœur plus laide encore. Vous étiez tellement différentes toutes les deux qu'on aurait pu douter que vous soyez vraiment sœurs.

— Et tu vas me dire que père a voulu noyer la plus petite dans la rivière en la voyant tellement difforme. On m'a déjà raconté des histoires semblables.

— Non, pas du tout, ton père s'est précipité sur sa femme, en la découvrant inanimée sur la berge, et il l'a enlacée en pleurant et en crachant dans la Loue, il a lancé des pierres à la rivière, en l'insultant. « Sale bête ! hurlait-il comme s'il tentait de garder les eaux à distance. Sale bête ! N'approche pas de ma femme ! Qu'as-tu fait pour qu'elle accouche dans ton lit ? Tu as voulu la noyer, mauvaise ! »

— Et qu'avait-il contre la rivière ?

— Oh là ! Mais tu veux tout savoir, petite fille ! Sais-tu que tout se paie ? Tu ne sauras que ce que je voudrais te dire.

— D'autres me raconteront quand tu seras mort.

— Mais rares sont ceux qui savent et plus rares encore ceux qui accepteront de parler. Tu es à ma merci, petite fille. Et ce pouvoir-là me plaît davantage encore que celui de l'épée.

Alors Bouc lâche l'épée qu'il tenait contre mon cou et pose sa deuxième main sur ma joue.

— Tu aimes les histoires que te raconte le Bouc avant de dormir ? Hein, mon Oiselot. Dis-moi, avoue que tu les aimes. Fais-moi ce plaisir-là. On ne sait pas qui va s'endormir en premier. Toi ou moi. Nous sommes tous deux pris au piège, tu sais.

Avec une vigueur nouvelle, la deuxième main de l'homme

passe alors sous ta cotte et ta petite chemise, et elle commence à caresser tes cuisses maigres et tes tétons qui n'ont pas poussé, et la main est si froide que tu te raidis davantage encore. Bouc s'enfle de désir, c'est comme un jet ardent qui l'agite, comme un énorme spasme. Vie et force lui reviennent soudain par bouffées. Tu l'entends se parler à lui-même.

— Je renais !

Alors, frénétique, il s'empare de toi aussi bien que son impatience lui permet de le faire – tu t'es laissé surprendre, pauvre idiote, surprendre par un début d'histoire, tu as baissé la garde – et il te tient au-dessus de lui en riant et il t'assoit sur son corps, toi qui, entre ses mains, n'es rien qu'un fétu, qu'une plume, et il remonte tout à fait ta cotte et la déchire à moitié comme on ouvre un rideau, il ne semble plus souffrir du tout, mais il continue de rire, et toi, tu as froid soudain et tu te sens si nue, si minuscule et si vulnérable que tu ne parviens même plus à te débattre comme il faut et que tu pleures comme une toute petite fille, sans rien faire d'autre que hoqueter, tellement tu as peur de ce qu'il va te faire, car il s'apprête à te faire du mal, beaucoup de mal, tu l'imagines bien, mais tu ne sais plus comment échapper à toute cette force qu'il a soudain retrouvée. Son épée est abandonnée le long de son corps, mais ses mains te ligotent, une main lui suffit à te maintenir en place, et tu ne vois pas ce qu'il fait avec son autre main. Son épée est abandonnée juste là, tu pourrais t'en emparer, mais tu connais le poids d'une épée et tu te sais incapable de la soulever à bout de bras.

Tu n'es pas morte encore, non, ni même blessée, tu ne dois pas renoncer face à ce corps prêt à s'éteindre, tu ne t'endormiras pas la première, toi qui ne sais pas encore écrire ton nom jusqu'au bout.

Tu es Chardon !

Avant que sa deuxième main ne revienne, tu dégages l'un de tes poignets et tu griffes l'ogre au visage, tu vises ses yeux, mais tes coups le font rire plus fort encore et ne l'arrêtent pas. Il te tient de nouveau à deux mains et te soulève au-dessus de lui. Tu sens qu'il tente de te fourrer sa chose dure dans le corps en te plaquant de nouveau à califourchon sur son bassin. Tu gigotes dans tous les sens, en hurlant et en appelant tes loups aux crocs d'azur. Tu les appelles à l'aide. Mais ils ne viennent pas, ces loups, qui ne courent que dans ta tête, et soudain, tout s'arrête.

Plus rien ne se passe.

Rien.

Les mains de Bouc se sont immobilisées et sa tête s'est abandonnée sur le rocher.

Il sourit.

Tu te dégages des bras de l'ogre, tu reprends ta place à distance, assise de l'autre côté du feu, tremblante, recroquevillée dans ta chemise déchirée, ta petite chemise qui est ton ciel, déchirée, et tu insultes tes loups en pleurant de rage. Ces trois loups inutiles qui ne te protègent pas plus maintenant que lorsqu'ils n'étaient que broderies sur ton habit. Tu les entends gémir doucement dans le sous-bois tandis que le feu s'éteint, il ne reste rien qu'un petit tas de braises. Tu sens les loups s'approcher maintenant qu'il fait plus sombre, ils frottent leurs museaux contre toi en pleurnichant pour se faire pardonner.

Comme leur fourrure est épaisse, douce et chaude !

Ils te rassurent tant, ils effacent le cauchemar !

Tu voudrais qu'ils restent à tes côtés et qu'ils te protègent de la nuit, de la peur et du froid, mais ils rejoignent aussitôt l'ombre absolue des bois et tu te retrouves plus seule que jamais, face à la dépouille de Bouc et à un feu agonisant. Tes loups refusent de revenir dans le rougeoiement des braises. Tu renonces à les faire sortir des sous-bois, à les faire sortir de ta tête, et tu trembles un moment, avant de te décider à regagner les bras du cadavre encore tiède, des bras devenus inoffensifs, et tu t'enroules dans la cape de Bouc que tu ne parviens pas à dégager de sous son corps. Et tu penses que tu as gagné la bataille, que tu as survécu, qu'il s'est endormi en premier et que tu trouveras bien quelqu'un pour te raconter ton histoire jusqu'au bout.

Tu es fière, tellement fière soudain d'avoir vaincu ce monstre et de faire ce que tu veux de son misérable corps, devenu pantin. Tu es si fière d'être vivante.

Plus le feu faiblit et plus tu te rapproches du cadavre en songeant que, ce matin encore, tu espérais t'enfuir avec lui et que, désormais, c'est chose faite.

Pourtant tu ne lui as pas donné de baiser, tu ne lui en donneras jamais, il n'a rien obtenu de toi, et il est condamné à t'aider pour rien.

Et tu t'endors.

La petite fille

Mes loups de sable sont là.
Armés d'azur, ils me frôlent.
Ils me veillent.
Ils tournent et retournent dans le cercle du feu éteint.

Leurs yeux sont des flammes bleues et, des ténèbres de leur fourrure, où mes mains s'enfoncent parfois, je ramène quelques-uns des fils noirs dont ils étaient faits, hier encore, je récolte des brins sombres et brillants dont je pourrai faire des écheveaux.

Et peigne, peigne la toison,
Et tourne, tourne le fuseau
Et mouille, mouille la laine du bout des doigts,
Et le fil se fait sans y penser.

J'utiliserai ce fil-là, qui est un peu magique, pour broder mon nom en entier, pour le broder sur ma petite chemise déchirée. Oui, je la ravauderai en écrivant, quand je saurai mon alphabet.

Mes loups me soufflent leur haleine chaude au visage.

J'ouvre les yeux.

Pas de trace de mes loups.

C'est un grand cheval couleur terre qui baisse la tête vers moi et pose ses naseaux de velours sur ma joue.

Par-delà la feuillée, le jour grisaille.

Je n'ai plus envie de pleurer, mais j'ai faim et froid, et je ne suis qu'une petite fille. L'immense cheval a des yeux bleus et doux, il me pousse du bout du nez en soufflant comme s'il voulait me donner du courage. Les bras de Bouc se sont raidis, un peu. Je me dégage doucement de son étreinte glacée.

Mais pourquoi ai-je tant d'attention pour cette ordure ?

On dirait que j'ai peur de réveiller son cadavre.

Non ! Je ne crains pas les morts, j'en ai déjà vu d'autres, des pendus, des pourris, et, celui-là, je le crains moins qu'un autre puisque je l'ai vaincu. Alors, je lui crache au sourire et je me tourne vers son si beau destrier qui gratte la cendre de son sabot.

— Tu es une brave bête. Mais tu as retrouvé ton maître un peu tard. Oui, oui, je me lève et nous allons chercher notre chemin ensemble. Sortir de cette forêt tous les deux. Regarde comme je suis déchirée, mes habits, mes jambes ! Je dois récupérer cette cape. En poussant le cadavre de ce côté, il dégringolera du rocher et il libérera la cape. C'est incroyable que cet homme-là ait réussi à crever le sourire aux lèvres, alors qu'il a perdu sa dernière bataille. Je le sais bien, j'étais en première ligne. C'est que je suis Chardon, tu sais ?

J'ai bien du mal à déplacer l'affreux colosse, ce corps lourd et inerte finit par rouler et il tombe au sol, la face contre terre. C'est mieux ! Comme ça, je ne vois plus son vilain sourire !

— Voilà, sa cape écarlate est à moi désormais et, toi aussi, tu es mien, et, si j'avais la force de la soulever, je lui volerais son épée. Mais ce couteau me suffira. J'aurais aimé le voir cette nuit, je l'aurais pris à pleines mains et je le lui aurais planté dans le ventre et il n'aurait pas souri en crevant. Je sais que j'en aurais été capable, mais je ne l'ai pas remarqué dans son étui sombre, et je n'ai pas eu d'autre arme que mes ongles. J'ai abattu cet ogre à coups de griffes, en visant les yeux, ces yeux qui brillaient comme feux. Je sais que je pourrai me défendre, maintenant, que j'en ai la force, puisque j'ai combattu cet homme-là et que j'ai survécu à cette horrible nuit. Il va falloir qu'on trouve un rocher ou une souche pour que je parvienne à me hisser sur ton dos. Tu es si grand et moi tellement petite. Bien ! Suis-moi ! Tu es un beau cheval, le plus beau ! Tu as la couleur sombre et profonde de la terre juste après les labours. Je ne connais pas ton nom, alors je t'appellerai comme ton maître, puisqu'il n'a plus besoin de nom et que c'est un nom de bête. Tu seras Bouc et tu feras tout ce que je te demanderai, tu m'obéiras. Et je ne verrai plus que toi quand j'entendrai ce mot. Tu effaceras ton maître de ma mémoire.

Ce gros arbre déraciné est parfait et Bouc reste en place, gentil, à mon écoute. Il cherche à m'aider.

— Me voilà sur ton dos, mon beau, tout doux ! Oui, nous allons retrouver notre chemin ensemble, mais s'il te plaît, garde ton calme, oui, reste au pas. Et allons par là, tout droit ! Ne t'inquiète pas des loups qui courent devant nous, ce sont des amis. Ils sont pleutres, ils ne servent pas à grand-chose en cas de bataille, mais ils savent mieux que nous où nous devons aller. Allons, marche et suis-les.

Nous avançons par la forêt et nous devons sans cesse prendre garde aux ronces et aux branches basses, tandis que mes loups nous attendent ou reviennent en arrière pour nous guider et mon grand cheval ne les craint pas du tout puisqu'ils sont dans ma tête.

Je ne sais pourquoi je suis ces pauvres loups décousus, qui ne savent que courir les bois depuis qu'ils ont quitté mon habit et ne nous conduisent nulle part. Mais je ne dis mot de mes doutes à Bouc, je ne veux pas l'inquiéter.

— Je suis tellement fatiguée, je ne voudrais pas me laisser bercer et m'endormir. Ce ne serait pas la première fois que je tomberais de cheval et je sais que tu m'attendrais car tu es une bonne bête, mais tu es si haut et j'ai eu tant de mal à m'installer sur ton dos… Si nous rejoignons le monde des hommes un jour, ils riront bien de nous voir ensemble : un tout petit oiselet aux jambes en sang sur un immense cheval de guerre comme modelé dans de la glaise ! Quel couple étonnant nous formons !

Il est mort, la face contre terre, mort, une épée inutile au côté, mort, et je me souviens même qu'il a pleuré avant de s'affaisser sur son gros caillou, pleuré de tristesse à l'idée de quitter ce monde formidable où tout est possible pour un géant en armes, où la violence l'emporte le plus souvent, où les enfants perdus dans les bois n'ont aucune chance de passer la nuit s'ils ignorent qu'ils peuvent être chardons.

Mais il est parti en emportant mon histoire et je voudrais tant en savoir davantage sur ma naissance, sur ma mère, sur ces deux petites filles, sur cet homme qu'était mon père autrefois. M'a-t-il menti pour m'appâter ?

— Écoute ! Tu entends cet air de pipeau ? C'est la même mélodie, celle qui nous a accueillis hier. Te souviens-tu ?

Comme le monde a changé en un rien de temps ! Comme j'ai grandi ! Il me semble plus petit.

Les loups courent droit sur la musique, je savais bien qu'il fallait les suivre.

— Continuons !

C'est Aymon, l'enfant chien, qui joue de la flûte perché très haut dans le houppier d'un tilleul. Il s'interrompt en voyant mes loups arrêtés sous son arbre, bondit de branches en branches et saute au sol, égrenant dans les airs son rire argentin de petit enfant. Il les caresse tous les trois, ces loups noirs qui courent dans ma tête. Il s'agenouille à leur côté et enfouit son lumineux visage dans la touffeur de leur fourrure épaisse, il les enlace, et mes fauves plissent leurs yeux d'azur sous sa caresse. Les boucles d'or du garçon ensoleillent leur pelage. Ils se laissent embrasser par Aymon qui se tourne vers moi et me sourit de ce merveilleux sourire qu'ont parfois les idiots, et je suis touchée, infiniment touchée par la lumière de ce sourire.

J'ai quitté les enfers !

La vieille âme

Aymon a tenu l'immense destrier par la bride et il vous a arrachés à la forêt en fredonnant une chanson sans parole. Toi qui jamais ne lâchais prise, tu t'es laissé porter par ce cheval et guider par un idiot. Une petite brume à fleur de terre voilait la surface du monde. Pieds et sabots s'y dissolvaient, si bien que ni le garçon ni le cheval ne semblaient toucher le sol. Vous flottiez dans ce petit matin, encore à moitié effacés par la nuit. Tu t'es abandonnée à ces deux êtres, épuisée et confiante.

Le temps était clément.

Tu as tendu le cou vers le ciel d'où s'écoulait une lumière oblique, une bruine de clarté, tamisée par les superpositions de feuilles pâles, une onde hypnotique dans le balancement du pas de ton si grand cheval.

Tu n'avais pas eu tort de trembler en arrivant la veille dans cette étrange vallée et c'était sans doute le diable que tu avais affronté cette nuit-là. Oui, le diable, agile et filou. Tu avais bataillé contre ce Bouc et tu l'avais vaincu.

Tu étais vivante et le diable était mort. Et toi, petite Minute, tu lui avais tout volé, jusqu'à son nom, et, plus jamais, tu ne serais cette fillette terrifiée que tu étais la veille encore.

Tu avançais dans le paysage renaissant, au rythme tranquille du cheval, et la voix d'Aymon, cette voix pure et fragile de jeune garçon, te soufflait une paix inouïe dans l'âme.

Le chant d'un ange…

Aymon ne t'a pas aussitôt conduite au château. Il a préféré te mener ailleurs. Peut-être a-t-il senti que tu avais besoin de reprendre ton souffle avant d'affronter de nouveau le monde des hommes. À moins qu'il n'ait répondu au désir de la Loue elle-même – lui qui voyait et entendait ce que nul autre ne pouvait voir ou entendre, lui qui caressait des loups qui ne couraient que dans ta tête – et le cheval de guerre a avancé sur le chemin caillouteux avec une grande délicatesse, comme s'il avait lui aussi compris que c'était de cela que tu avais soif. De douceur, d'attention, d'harmonie.

Tu t'es réveillée tout au fond de la vallée, face à la rivière, dans le clapotis des eaux, sur une petite plage où les rayons du soleil ne pénétraient pas encore. La brume s'était retirée, abandonnant derrière elle quelques longs filaments cotonneux. La Loue faisait danser la clarté du ciel et les arbres dans son lit et tout semblait en place, orchestré par son mouvement.

Aymon t'a tendu la main pour t'aider à descendre de ton si haut cheval. Tu t'es laissée glisser dans ses bras maigres et, dès que le destrier s'est senti déchargé de cette enfant qui lui avait paru plus lourde que son ancien maître en armes, Bouc, la tête basse, épuisé de t'avoir portée en prenant garde à chacun de ses pas, est allé boire à longs traits dans le cours d'eau.

Tu avais dormi un moment, ce n'était déjà plus le matin que dans cette gorge, le soleil avait réchauffé l'air et la terre sur les hauteurs, seule la vallée, étroite et encaissée, avait retenu un peu de la froidure de la nuit, et l'eau était pure, transparente et glacée.

Le corps enroulé dans la cape du diable, tu as froissé la rivière en y trempant tes minuscules pieds nus et la fraîcheur de l'onde t'a fait rire aux éclats. Tu as cherché Aymon du regard qui, déjà, s'était plongé tout entier dans la Loue et nageait au milieu du cours d'eau. Seule sa tête se tenait hors des eaux vertes et il arrivait qu'il disparaisse absolument sous la surface. Il t'a fait de grands signes pour que tu le rejoignes. Tu n'as pas ôté ta petite chemise, tachée de boue, de cendre, de sang, tu as juste retiré la cape de Bouc et les restes de la cotte et du surcot déchirés d'où les loups s'étaient enfuis, tu as tout posé en tas sous un saule où voltigeait un essaim d'éphémères, avant de revenir vers la Loue, soudain étincelante du soleil qui pointait à l'est au-dessus des falaises et parvenait enfin à filer un rayon jusqu'à son cœur. Sur cette plage où vous étiez, l'herbe fine, rase et douce formait comme un tapis encore gris de rosée et les cailloux blancs ne blessaient pas les pieds.

Tu as de nouveau goûté l'eau du bout des orteils, elle t'a paru moins froide, alors tu as continué d'avancer à petits pas vers le milieu du cours d'eau en tendant les bras en croix pour garder l'équilibre. Tu as marché dans ton reflet en regardant tes pieds sous la surface. Tu ne savais pas nager, mais la rivière ne semblait pas bien profonde, ni bien large, et cette fraîcheur, qui te passait dans le corps, t'était un feu de joie. Tu espérais rejoindre Aymon qui taquinait joyeusement le courant, se laissant entraîner quelques secondes, avant de lutter en nageant de toutes ses forces pour revenir à ta hauteur. Il plongeait, s'amincissait sous l'eau, s'écaillait en filant, puis jaillissait dans une pluie d'éclaboussures. Tout était simple, transparent et vibrant.

La puissance de la Loue était colossale, mais elle n'en laissait rien paraître, et, quand tu es tombée dans ce trou d'eau où la rivière t'attendait, quand tu as perdu pied et que ton corps entier a été soudain aspiré vers le fond, quand ta tête s'est retrouvée sous l'eau et que tu n'as plus pu respirer, tu as ouvert les yeux sur le monde aquatique et tu n'as ressenti aucune crainte. La rivière t'était mystérieusement familière, elle t'offrait le plus fascinant des spectacles. L'eau transparente virevoltait de bancs d'ombres mouchetés, dont le mouvement seulement laissait deviner la présence, de longs serpents à collier orange sinuaient en surface dans le bleu du ciel, d'énormes truites piquées d'or t'observaient, bouche bée. La rivière, pleine de vie et de soleil, te berçait joyeusement, te tenait dans ses grands bras mouvants, sans serrer ton petit corps gracile, elle nettoyait tendrement tes blessures, tes jambes ensanglantées, tes mains et ton visage que le feu de la nuit avait salis, elle te caressait les joues, le cou, effaçant la marque de l'épée, elle jouait gentiment avec ta longue chevelure rouge. L'eau passait entre tes mèches comme des doigts, elle te peignait, démêlait tes cheveux que le vent avait noués. Tes mèches ardentes flottaient tout autour de ton sourire et des algues vertes venaient s'unir à ta crinière feu, formant des lacs d'amour. Tu te sentais si bien que tu aurais pu t'endormir, bercée par les courants profonds.

Tu as fermé les yeux quelques secondes et tu as senti qu'on t'effleurait le front pour y déposer un baiser d'amour. Depuis la mort de ta mère, nul ne t'avait jamais embrassée et tu ignorais même si ta mère l'avait jamais fait. Tu savais qu'elle vous avait aimées, toi et ta jumelle, car tu ne pouvais pas t'imaginer une mère dure et insensible, mais tu n'avais aucun souvenir d'elle. Le cœur gonflé d'amour, tu as oublié qu'il te fallait remonter en surface pour respirer. Tu aurais voulu rester éternellement dans ces lumineuses profondeurs, étreinte par les eaux de la Loue, à savourer ce baiser si plein d'amour maternel.

C'est Aymon qui est venu te chercher et qui t'a tirée hors de l'eau. Il t'a aidée à recracher la rivière qui t'était entrée dans la gorge, avant de t'allonger sur la berge soudain inondée de soleil.

La Loue avait méticuleusement blanchi ton linge, débarrassé ta petite chemise de la boue, de la cendre et du sang qui la tachaient.

En reprenant ton souffle, tu t'es persuadée que tu avais une mère et qu'elle vivait dans cette rivière.

Et, tout à ton bonheur, tu n'as même pas pensé que la mort t'avait frôlée, même pas imaginé que cette eau avait cherché à te noyer et qu'Aymon t'avait sauvée. Tu aurais replongé aussitôt, si tu en avais eu la force.

La vieille âme

Notre père avait quitté les Murmures sans même attendre ton retour. Il s'était contenté d'assurer à Haute-Pierre, ce bon gros seigneur qui n'était pas le diable, que tu reviendrais, tout en pestant contre son homme qui tardait tant à le rejoindre. Ce Bouc ne valait rien en temps de paix ! Ils se retrouveraient directement à Hautefeuille.

Le maître des Murmures avait sûrement pâli en entendant le nom de Bouc. Mais avait-il reproché à notre père d'avoir ramené le diable sur ses terres ? Sans doute s'était-il contenté de lui rappeler que cet homme n'était pas le bienvenu en ce pays et qu'il ne le protégerait pas en cas de souci, que le temps et la peste n'avaient pas tout effacé et que l'on se souvenait de lui, encore.

Père lui a garanti que tu n'étais pas fille à te perdre longtemps, bien trop maligne et peureuse pour ça, qu'il te connaissait, que tu t'étais cachée tout près, que la nuit te ramènerait au bercail, qu'il suffisait d'attendre.

Le soleil s'est couché sans que tu reparaisses. Alors Haute-Pierre a posté deux gardes à la porte et il a écouté la nuit, tendant l'oreille au moindre grattement. Tu ne ferais peut-être pas plus de bruit qu'une petite bête et il ne voulait pas qu'on te laissât dehors.

Le guetteur a crié qu'il voyait l'aube. Le gros homme a alors perdu l'appétit et il a envoyé des hommes retourner les bois alentour pour te retrouver.

Sa femme lui répétait que ton père t'avait reprise, qu'il n'avait pas respecté sa parole, qu'aucune alliance n'était plus possible avec cet homme, qu'il avait trop changé, que la vie l'avait ravagé.

Mais Haute-Pierre ne l'entendait pas. Songeait-il à Bouc qui hantait peut-être de nouveau la forêt ?

Soudain, le guetteur a crié qu'Aymon te ramenait et le seigneur est sorti dans la cour pour t'accueillir.

On s'est inquiété de te voir revenir au château pieds nus, les jambes griffées et les habits déchirés, sur ce cheval de guerre, aux yeux bleu ciel et à la robe couleur terre, que nul ne semblait pouvoir approcher hormis Aymon et toi.

Avant même de mettre pied à terre, tu t'es adressée au seigneur. Avec calme et fermeté, tu as dit que tu t'étais sauvée, tu as dit avoir eu si peur, toute seule, perdue dans les bois, que plus jamais tu ne t'échapperais. Tu as dit avoir trouvé ce destrier dans la forêt et tu as déclaré que, si nul ne venait le réclamer, il serait tien désormais, tu as ajouté qu'il se nommait Bouc.

C'était la première fois que tu prenais la parole aux Murmures et ta grosse voix rauque d'enfant butée semblait tellement assurée que nul ne t'a contredite, même si Bouc, le compagnon de ton père, n'était pas un inconnu pour les gens de ce pays et que ce nom était devenu celui de l'ogre dans les contes qu'on racontait à la nuit. Tu as promis que, plus jamais, tu ne chercherais à t'enfuir, même sur le dos de ton grand cheval, tu l'avais fait une fois pour toutes et l'envie t'en était passée. Tu as ajouté que, comme ton père, tu n'avais qu'une parole.

Haute-Pierre a aussitôt accepté tes conditions, bien qu'une telle monture ne fût pas adaptée à une femme, pas convenable pour une gamine comme toi, pour un Oiselot tout déplumé. Il a souri de tous ses mentons en voyant ta détermination et il s'est contenté de préciser qu'il serait tout de même dans l'obligation de restituer le cheval à son propriétaire, si celui-ci se présentait. Le gros homme n'imaginait pas qu'une telle bête ne serait pas réclamée, que tu l'avais obtenue en joutant cette nuit-là, que tu avais gagné ton combat contre le diable agile et filou. Il ignorait tout ce que cet accord impliquerait dans la suite de notre histoire. Pour l'heure, la paix de sa famille lui coûtait cette promesse, ce cheval éphémère était un prix acceptable.

Alors seulement, tu es descendue du destrier que ce retour dans le monde des hommes rendait nerveux et qui ne cessait de piaffer, dansant sur place et menaçant de mordre ou de botter ceux qui voulaient l'approcher. Avec ton aide et celle d'Aymon, Colin aux yeux sombres a finalement réussi à toucher ce fauve, à le calmer et à le conduire aux écuries.

Haute-Pierre s'est senti soudain joyeux, le déjeuner avait été morne, mais puisque tout était rentré dans l'ordre, il pourrait se remettre tranquillement à table et il ne doutait plus que tu serais la bru idéale, malgré ton sale caractère, ou peut-être grâce à lui. Le regard que tu portais désormais sur son fils était un fort joli présage. Vous vous étiez rencontrés seuls dans la forêt comme dans une chanson de toile et vous aviez déjà fait un bout de chemin ensemble. Il savait qu'on ne pouvait marcher aux côtés d'Aymon sans en percevoir la grâce.

Les femmes se sont chargées de toi, elles t'ont soignée, lavée, habillée, nourrie, mise au lit. Puis, Aiglantine s'est assise à tes côtés et, tout en brodant, elle a chanté :

Douce dame jolie
Pour Dieu, ne pensez pas
Que nulle autre que vous
Ait pouvoir sur mon cœur

Sans vous ma maladie
Guérie
Ne sera nullement
Sans vous douce ennemie
Qui jouit
Ainsi de mon tourment
Mains jointes, je prie
Votre cœur qui m'oublie
De me tuer, ma mie
J'ai langui trop longtemps

Aymon était reparti se percher dans ses arbres.

En fermant les paupières, tu as remarqué que sa tignasse étincelante y avait déposé comme une tache blonde.

Ce petit soleil ne m'a jamais quittée.

Par-delà la mort, il m'éclaire encore et me réchauffe l'âme.

La petite fille

Il pleut depuis des jours. Toute cette eau a dissous la forêt, les roches, les vignes. Quand nous ouvrons les volets de bois de notre chambre, et dégageons le cadre tendu de parchemin huilé, nous n'y voyons goutte. Au sommet de la grande tour, l'air est blanchâtre, épais, humide, il pourrait nous noyer. Le gouffre mâche un brouillard laiteux qu'il crache jusque sur les hauteurs où nous sommes. Le ciel, trop lourd, ploie, il dégringole et se prend dans les branches. Les nuages piégés peinent à regagner la voûte céleste. Aymon grimpe dans tous les arbres pour tenter de les libérer. Aymon, mon chasseur de brouillard, mon grand souffleur de brumes, essaye de réparer les nuées déchirées.

Il pleut sur la vallée, mais sans tristesse.

Je regrette seulement de ne pas avoir pu retourner me baigner dans la Loue avec Aymon.

Le jour est si faible qu'il ne traverse pas les vitraux des croisées de la grande salle. Dehors, l'obscurité est blanche. Quand je passe dans la cour pour me rendre à la chapelle ou aux écuries, je ne vois pas mes mains en plein jour, elles pourraient faire n'importe quoi, on n'en saurait rien. Même pas moi.

Il pleut depuis que mon père m'a abandonnée, mais je suis heureuse de vivre ici, dans cette arche !

C'est qu'on m'apprend à lire !

Quand je suis revenue aux Murmures, sur le dos de mon grand cheval, on ne m'a pas obligée à me défaire de ma petite chemise déchirée que la rivière avait blanchie. On m'a juste proposé de me la remplacer par une autre, mais les femmes ont compris mon refus et n'ont pas insisté. J'attends de savoir écrire mon nom pour la raccommoder moi-même bien soigneusement. Au fil rouge.

C'est qu'aujourd'hui on m'apprendra à écrire aussi !

Aiglantine m'a donné deux des robes qu'elle portait enfant, deux jolies cottes bleues, dont le tissu ne gratte pas, et Margot, sa suivante, les a si bien reprises qu'elles me vont parfaitement. La catin, qui hurlait comme une chienne sous les reins de mon père, m'a promis de me faire tailler mes propres habits au plus vite. Elle ignore que je n'ai jamais rien eu de si beau à me mettre sur le dos du temps où je vivais au château de mon père et qu'on m'y habillait en vilaine. Mon bliaut de mauvaise laine est une vieille peau, abandonnée pour toujours. À peine un souvenir, qui s'estompe déjà.

Ici, plus de père !

On ne m'impose rien aux Murmures, et les deux filles, dont je partage la couche, ne se plaignent pas de ce que je dis la nuit. Peut-être que je ne cause plus en dormant, peut-être que le sommeil est plus profond ici qu'ailleurs et que nul ne m'entend, ou que le jaillissement de la cascade gonflée de pluie étouffe mon flot de paroles, qu'il noie mes confidences nocturnes. À moins que le bonheur ne m'ait guérie, tout simplement.

C'est qu'on m'apprend à lire bien que je sois une fille !

Maître Claude est chargé de mon éducation. Père dirait

qu'il est de ces gens qu'on oublie, que l'on rencontre cent fois pour la première fois. Rien en lui n'accroche le regard. Sa taille est moyenne, sa carrure des plus courantes. Il n'est ni chauve, ni barbu, ni brun, ni blond, ni vieux, ni jeune, ni rien de particulier. Son habit même pourrait aussi bien être celui d'un autre, de n'importe qui, et quand je tente de me le figurer en pensée, je ne me souviens que du drap sombre dans lequel sa cotte est taillée, je ne vois de lui qu'une couverture noire, d'un noir mité de gris.

Tout à l'heure, je vais tracer mes premières lettres sous ses yeux !

On ne rencontre Maître Claude que dans la salle d'étude où il dort, vit et nous reçoit chaque jour, Aymon et moi. Il n'existe vraiment que dans cette pièce où il nous apprend à reconnaître les petites lettres qui tremblent à la lueur des bougies. Ailleurs, il n'est qu'une ombre.

La voix de Maître Claude est celle des livres qu'il nous lit, elle ne râpe pas l'oreille, n'agite pas l'air, ne gronde personne. Pourtant, tout ce qu'il dit me reste en mémoire, ses mots deviennent les miens.

Le diable, agile et filou, est mort dans la forêt, je l'ai tué ! J'ai gagné le droit de lire et d'écrire.

Notre maître s'efface dans l'ombre des chiffres et des tables, disparaît derrière les chroniques, les poèmes et les psaumes.

« Il sera le précepteur de votre fille », a dit Haute-Pierre le premier jour, et j'ai alors compris que je resterais aux Murmures, que je n'y étais pas seulement de passage. Je me suis cabrée sans réaliser ce que l'on me proposait, sans entendre que l'on m'offrait d'apprendre, qu'il n'y avait pas de badine, ici. Pas de badine ! Ni pour ceux qui veulent s'instruire, ni pour ceux qui s'y refusent ! Jamais Maître Claude ne frapperait Aymon qui ne sait rien, ne travaille pas, n'apprend pas.

Ici, l'on peut pester éveillé, parler à satiété, dire ce qui nous chante en plein jour !

Comme chaque matin, je déjeune à droite d'Aiglantine que nous taquinons, son père et moi, à propos de son promis, le fils aîné du seigneur de Hautefeuille. Elle rougit et se réfugie dans une chanson, qu'elle fredonne tout bas, comme pour ne plus entendre.

J'aime d'un amour profond.
Hélas ! J'ai tant de peine !
Mon cœur en souffre toujours.
Hélas ! j'ai tant de peine !

Les repas durent longtemps. Haute-Pierre y tient, il aime manger avec nous, rester des heures à table et se goinfrer même les jours maigres. Il vit en grand seigneur. Je préférerais qu'il nous mette à la diète, comme mon père le faisait, tant je suis impatiente d'accompagner Aymon dans la petite pièce dévolue à l'étude où notre professeur passe ses journées à parcourir les cartes du monde, à voyager sans fatigue, à découvrir des espèces nouvelles dans son bestiaire, à mesurer la terre en long, en large et en travers. Maître Claude nous enseigne que le temps s'inscrit au ciel, nuit après nuit, et que les constellations tournent autour d'une étoile immobile qu'il me montrera, quand les cieux seront de nouveau purs comme une onde. Il dit que les corps astraux influent sur nos existences, que le ciel nocturne est un livre sombre où dansent des signes de lumière.

Il y a plusieurs livres rangés à plat dans un coffre, on raconte

– et les gens ici sont moins menteurs qu'ailleurs – que notre maître peut les recopier de mémoire. L'un d'eux est toujours ouvert sur son lutrin. Mais je suis trop petite pour l'admirer tout à mon aise, quand je m'approche du livre, il m'arrive au front et je n'en vois plus que la tranche épaisse et irrégulière et les multiples rubans colorés lestés de plomb qui se glissent entre les pages de peau.

Aujourd'hui, le maître nous accueille avec sa gentillesse habituelle et Aymon gagne sa place – le minuscule banc où il s'est sans doute assis lors de sa première leçon et qu'il n'a jamais voulu quitter depuis –, il replie ses jambes maigres, ces longues jambes qui poussent à vue d'œil, et il nous regarde en souriant un instant, avant de tendre au maître son abécé de bois où toutes les lettres sont gravées et d'attendre sa part en imitant parfaitement le bourdonnement de l'abeille. Notre professeur ne manque jamais d'enduire nos tablettes de miel pour nous encourager à suivre la forme de chaque lettre du bout du doigt en les prononçant une à une. Je dis : « Croix de par Dieu ABCDEFGHIKLMNOPQRSTVXYZ », tandis qu'Aymon suit ma lecture en léchant son abécé. Il s'applique infiniment à sa tâche.

Je ris beaucoup de le voir se régaler à sa façon de nos leçons. Il lit avec sa langue. Moi, j'ai tant d'appétit pour les lettres et les mots que rien ne sert de me les badigeonner de miel. L'alphabet s'est fixé dans ma tête en sept jours, ces sept jours qu'il a fallus à Dieu pour créer le monde. À mes yeux, les lettres sont de sucre et d'or, elles ont la couleur dorée des cheveux d'Aymon, elles sont ma liberté à venir, elles feront de moi ma maîtresse et, bientôt, je pourrai broder BLANCHE au fil rouge sur ma petite chemise. Signer, réparer, écrire. Et mon nom ne sera plus seulement prononcé par la voix forte de mon père, mon nom sera inscrit par ma main sur des parchemins où je reposerai éternellement. J'ai compris que je dirigerai un jour le domaine où nous sommes, que j'en serai la maîtresse à la place d'Aymon qui jamais ne saura ni lire ni écrire et se contentera de courir la campagne. C'est pour cela que l'on m'a fait venir si tôt, pour m'instruire avant que je ne devienne sa femme et, finalement, bien qu'il soit tellement sot, je le préfère au diable agile et filou.

— Aymon est une belle âme, le Verseau dans son décan lui offre une force d'empathie exceptionnelle. Mais il peine à apprendre, soupire le maître. J'ai tout essayé, depuis cinq ans. Il reste plus longtemps en place, maintenant que tu es là. Il aime te regarder apprendre. D'habitude, il se contente de lécher sa tablette et repart courir les bois. Aujourd'hui Blanche, comme promis, tu vas écrire. Voici une tablette de buis couverte de cire rouge et un style en fer. Avec son bout pointu, tu t'exerceras à dessiner les lettres, l'autre extrémité, en forme de spatule, te permettra d'effacer ton travail en étalant la cire. On tient ce petit outil entre le pouce, l'index et le majeur, comme ceci. Nous allons tracer des lignes de *ί*. Pour commencer, grave des barres bien droites en partant du haut. Penche ton style. Montre-moi… Bien. Respecte le même espacement entre tes barres. Les vides, quand on écrit, doivent être aussi larges que les barres. Le vide sépare et unit. C'est lui qui rend la lettre lisible tout en l'attachant à la suivante pour façonner un mot. Un vide deux fois plus large marquera la limite entre deux mots.

— Je connais mes lettres par cœur, maître, je m'en suis imprégnée en gardant mon abécé de bois accroché à ma taille. Je l'ai lu et relu. Le jour avec mes yeux, la nuit avec mes doigts.

— C'est parfait, Blanche. Pour l'instant nous ne voyons

que les petites lettres, d'autres suivront qui sont plus grandes…

— J'en connais déjà quelques-unes. Je voudrais tant lire le psautier de dame Aélis !

— Chaque chose en son temps, petite fille. Maintenant, efface ta ligne. Nous allons refaire ces i, en leur ajoutant des apex, ces petits losanges qui empâtent les lettres en haut et en bas de la barre et qui les équilibrent. Pour le psautier, nous attendrons encore. Tant qu'il y aura du miel sur vos tablettes de bois, nous n'y toucherons pas.

— Je sais déjà broder mon initiale. Le grand B, je l'ai appris toute seule. Je l'ai volé à mon père qui ne voulait pas d'une fille instruite.

— Sans doute, mais tu vas d'abord travailler le petit c. Pour ce faire, il faut tracer la même barre, bien droite, mais les deux empâtements sont dans le sens de l'écriture cette fois et légèrement plus longs, effilés comme des cils. Et n'oublie pas que l'œil a besoin de vides réguliers, mais étroits, il ne doit pas s'écrouler dans un abîme entre chaque lettre. Le mot fait corps et le texte doit apparaître comme une masse sombre quand nous plissons les yeux. L'écriture est un art. Il faut prendre son temps, petite, la main aussi apprend, autant que l'œil, et il arrive qu'elle soit plus lente.

Aymon, fasciné, a abandonné sa propre tablette, il me regarde écrire avec bonheur, en mordant un peu sa lèvre du dessous comme s'il s'appliquait à tracer les lettres avec moi. Ma ligne de c achevée, il m'applaudit et tape des pieds en riant. Dans ses yeux brillants, je reconnais ma joie et j'aimerais l'embrasser. Emportée par son bonheur, je me lance dans les boucles du grand B. Comme je suis fière de montrer à mon précepteur et à Aymon, qui m'admire, ce que je sais déjà !

— Blanche, sois patiente ! Tes *b* sont tracés à l'envers. Tu t'emmêles. Contente-toi des *i* et des petits *c*.

— Mais je n'ai besoin ni de *i* ni de *c* pour écrire mon nom, et je veux l'écrire en grand !

— Tu te trompes, le *c* est dans ton nom. Regarde. Je t'écris Blanche en petites lettres. Le *c* est là, devant le *h*. Fais ce que je te dis et ne va pas au-delà !

Et le maître, qui vient d'effacer mon nom et mon sourire, m'abandonne de nouveau face à la cire rouge.

Aymon m'observe tristement, les épaules tombantes, les mains sur les genoux, avec son air abruti.

— Cesse de me regarder comme ça, imbécile ! Retourne dans tes arbres, ou au chenil, toi qui ne sais ni *a* ni *b* !

Des flèches sifflent entre mes dents.

Aymon se lève en hurlant et s'échappe de la salle d'étude où il n'a rien à faire.

Qu'il aille brailler ailleurs !

Je suis bien contente de l'avoir fait fuir ! S'il ne vient plus, nous n'aurons plus les doigts collants de miel et je pourrai toucher au psautier.

La petite fille

Je sors enfin de mon cours d'écriture, je dévale les escaliers, je traverse la grande salle en sautant d'une dalle à l'autre – j'évite toujours les dragons et les griffons – et je me rue au-dehors.

Me voilà au grand air !

Respirer !

La pluie a cessé et la brume a enfin levé son siège.

J'aimerais hurler comme le fait Aymon dès qu'il est contrarié, faire sortir la peine et la colère qui m'enflent le cœur. J'aimerais pleurer aussi, mais je ne sais pas bien comment m'y prendre, les larmes restent coincées dans ma gorge.

Le vent sauvage des hauteurs chasse cette affreuse tablette de cire où ma main et mon esprit sont restés enfermés trop longtemps !

Tenter de tracer ces lignes de bâtons, de *ı* et de *c* m'a prodigieusement énervée. Après le départ d'Aymon, ma main n'a plus répondu à mon esprit et mon esprit s'est agacé de la voir tellement maladroite. L'envie m'a prise de me sauver à mon tour, d'insulter mon maître et d'envoyer sa patience, sa gentillesse, son abécé au diable.

Je n'en peux plus d'être patiente et de m'appliquer.

Je veux tout le miel aujourd'hui !

Je suis revenue à l'âge où l'on me tenait assise pour m'apprendre à broder.

Et ces yeux de chien battu qu'avait Aymon en me regardant ! J'aurais aimé les lui arracher. Foi de Comtois !

Je n'ai jamais été une bonne brodeuse, mon esprit ne se fixe pas dans ma main.

J'ai mal à la tête, aux yeux, au poignet. Une ampoule blanche a poussé sur la peau de mon index.

Nourrice me consolait : je n'étais pas soigneuse, mais j'avais d'autres qualités !

Elle ne m'a jamais dit lesquelles.

Écrire est un exercice douloureux et contraignant ! Moi qui pensais que cela m'affranchirait ! Le vent m'offre bien plus de plaisir que l'air mort de la salle d'étude !

Les prés, les forêts, le monde du dehors ne me limitent pas comme ce misérable jardin de cire rouge où je dois dessiner mes barreaux en prenant garde aux vides. Si mes traits étaient plus espacés, je pourrais me faufiler, m'échapper entre les lettres, rêver en plein milieu d'un mot. Mais l'écriture que mon maître m'enseigne est si serrée que l'air n'y entre pas. Il reste dans la marge, là où poussent les drôleries, l'herbe étoilée et les rinceaux. C'est là qu'il ferait bon vivre avec Aymon s'il n'était pas si sot.

Je cours jusqu'aux écuries en agitant les bras dans tous les sens. Les chevaux sont là-dedans, ils ne font pas de bruit. Seule la voix de Colin s'échappe. Il chante pour occuper le silence et sa chanson s'éparpille dans le vent.

Les jambes écartées, je m'appuie sur les bourrasques qui gonflent mes habits, je tombe dans les vides de cire rouge, je ne suis pas droite comme un I, mais penchée en avant et je vole.

Le vent s'adoucit. Les nuages ont enfin repris de l'altitude. Ils ne mangent plus la terre, ni l'érable, ni même le haut des collines. Je tourne sur moi-même en regardant en l'air jusqu'à ne plus savoir où je suis. Je fore le ciel qui se troue de bleu et le tournis m'arrête, je pars sur le côté. Je ris de me voir chanceler et je m'adosse au mur de l'écurie, le temps que mon ivresse se calme. J'entends Colin chanter :

La belle si tu voulais, nous dormirions ensemble
Dans un grand lit carré, tendu de toiles blanches
Aux quatre coins du lit, un bouquet de pervenches…

Le vent est complètement retombé, il n'a plus la force de me porter. Je veux rejoindre Bouc et lui dire à quel point je déteste Maître Claude, sa couleur de parchemin, sa douceur fade et ses livres qu'on ne peut pas toucher !

Parmi les chevaux, on se retrouve. Leur odeur épaisse et franche me rassure. Crin, crottin, sueur, paille, foin. Un parfum âcre. Les chevaux sentent tellement meilleur que les hommes.

… Au-dessus du grand lit, le ciel est d'un bleu tendre
Et autour de ce lit, y a la forêt qui chante…

Depuis mon arrivée aux Murmures, je viens chaque jour m'occuper de Bouc. Je le brosse, je m'assois dans la paille, je lui cause et Colin, le palefrenier aux yeux sombres, répond parfois à la place de ma bête sans que cela me fâche. D'ailleurs, c'est étrange, mais Bouc a désormais la voix grave de Colin dans tous nos dialogues imaginaires et nous parlons beaucoup. Il est mon confident.

Dans le mitan du lit, la rivière est profonde
Tous les chevaux du roi viennent y boire en bande…

J'aime surtout quand Colin s'apprête à donner aux chevaux leur ration d'avoine. Alors qu'ils l'entendent préparer le repas, leurs têtes se relèvent et se tournent vers lui, leurs oreilles se redressent, leurs yeux s'arrondissent tous ensemble et s'allument dans l'ombre. Un instant, tout s'arrête. Puis, leur souffle s'enfle et le lieu gronde. J'aime quand leur humeur s'échauffe, qu'ils s'agitent à l'attache, piétinent la paille, se bousculent, j'aime entendre leurs hennissements graves qui se répondent et raclent les oreilles. Un même sang coule dans tous leurs corps. Sous leur peau, les chairs frémissent. Ils se métamorphosent en fauves. Les sabots tonnent, un frisson parcourt leurs échines et cette agitation empoussière l'air des écuries. Bouc surtout effraie, il faut lui donner sa part en premier, sinon on ne peut plus l'approcher, il abattrait les murs d'un coup de pied ou emporterait son anneau de fer. Après leur repas, tous se tranquillisent, cessent de tourner, de frapper du sabot, de gratter la paille, ils se rendorment, en bonnes bêtes rassasiées. Leur fougue se replie au cœur de leur poitrail. La tête basse et le regard éteint, ils tiennent alors plus de l'âne que du lion. Sauf Bouc, bien sûr, qui reste sur le qui-vive et garde toujours quelques braises dans l'œil bleu.

Mais pour l'heure, Colin harnache deux chevaux en poursuivant sa chanson :

… L'alezan s'est noyé, le plus beau de la bande
Si le roi le savait, il nous ferait tous pendre
Et nous y dormirions, jusqu'à la fin du monde…

Il me salue avec la même familiarité qu'au premier jour.

— Le temps est clair. *Saint Mathias disperse la brume quand il ne casse pas la glace*. Bouc pourra passer le reste de sa journée au pré avec les autres. Il devient de plus en plus nerveux à être tenu enfermé. Je te laisse te charger de lui, les gars le craignent et je ne peux pas m'en occuper.

— Pourquoi ?

— Je sors avec Aiglantine et Aymon. L'Enfant ne refuse jamais une promenade à sa sœur et cela fait tellement plaisir à son père de le voir en selle.

— Et comment cet imbécile pourrait-il tenir un cheval, lui qui ne sait pas se tenir lui-même ?

— Je marche à ses côtés en menant sa bête par la bride, me répond Colin.

Je le suis et je l'observe de loin tandis qu'il aide Aiglantine et son frère à se mettre en selle.

Comme cet abruti d'Aymon a l'air ridicule assis sur le dos de son cheval ! Autant que sur son banc avec son abécé !

Je le déteste lui aussi, sans même savoir pourquoi.

Ai-je seulement besoin d'une raison pour détester quelqu'un ?

Ils quittent la cour du château tous les trois et passent sous la herse. Colin à pied et les deux autres à cheval. Colin a repris sa chanson :

La belle si tu voulais, nous dormirions ensemble
Dans un grand lit carré, tendu de toiles blanches
Aux quatre coins du lit, un bouquet de pervenches...

Aymon ne pleure plus, mes mots de tout à l'heure se sont déjà effacés, rien ne se grave bien longtemps dans son esprit de cire. Je les regarde s'éloigner dans la chanson de Colin avant de regagner l'écurie.

Me voilà près de Bouc et son regard doux de bête ne m'apaise pas. Je me déteste et je hais mon maître. J'en veux au monde entier de ne pas apprendre aussi vite que je l'imaginais.

J'ai trop chaud dans cette étable pleine de bêtes et de paille !

Je déborde de rage.

Il faut que je sorte moi aussi, que je gagne la rivière, Bouc me conduira. Je veux me laisser bercer par les eaux vertes. Rien d'autre ne pourra éteindre le feu qui m'habite.

Je suis une mauvaise élève. Mauvaise !

La petite fille

J'ai harnaché Bouc.

Ici, comme chez mon père, on laisse les filles trousser leur cotte et monter à cheval à califourchon. C'est bien l'une des rares choses que père m'ait autorisées à faire comme un homme.

Je suis seule avec toi, mon grand cheval. Tu respires l'air vif du dehors comme moi tout à l'heure, tes naseaux se dilatent, tu souffles bruyamment et tu piaffes. Toi aussi, tu as été tenu trop longtemps enfermé et tu as besoin de courir tout ton saoul. Mais j'ai un peu peur de te laisser aller, je préfère te retenir, mon doux, t'enfermer dans un cercle. N'oublie pas que tu as une petite Minute de rien du tout sur le dos, un Chardon qui ne sait même pas écrire et qui volerait, si tu le décidais. Je sens ta bouche entre mes doigts, au bout des rênes, tu devras me comprendre à mi-mot. Je ne te monterai jamais comme ton ancien maître. Il va falloir que tu entendes mes mains de fillette, mes épaules fragiles, mes jambes maigres et mon poids d'Oiselot. Mais je sais que tu m'appartiens, je sens ta puissance contenue, à l'écoute.

Voilà, nous sommes ensemble, je te tiens, sans tirer sur les rênes, tu arrondis l'encolure, tu te rapproches de mes mains !

Nous sommes tendus, mais relâchés. Je pense à Aymon qui sait être la feuille qu'il regarde, à Aymon qui se change en oiseau, en chien ou en poisson, je t'écoute comme il t'écouterait, et je comprends ton envie de fouler le paysage librement dans une course énorme, de devenir le vent, alors je te laisse partir pour le plaisir de traverser le monde à ton rythme, pour le plaisir d'être toi un instant, de devenir cheval, de m'oublier. Et je crie comme crierait Aymon sur cette terre que nous foulons, lancés ensemble au galop dans les grands prés qui s'étalent en plateau au-dessus des rochers. Tu es à la fois en avant et en arrière de moi, tu me portes et je suis ton centre, je n'ai pas peur, puisque je deviens toi, je sens chacune de tes formidables foulées. J'entre tout entière dans la merveilleuse sauvagerie du moment qui s'étire.

Sur le côté, à l'orée du bois, j'aperçois trois ombres noires qui courent sous les arbres. Mes trois loups de sable tentent de ne pas se laisser distancer, ils n'ont pas quitté la forêt. Je me souviens alors que nous allons quelque part, je ralentis l'allure pour trouver le chemin qui descend dans la vallée. Tu agites la tête de bas en haut alors que je repère la route et nous nous engageons dans la pente au pas.

Le soleil de midi frappe l'air transparent.

C'est l'été, soudain.

Je n'en veux plus à personne et peu m'importe de peiner à dessiner des bâtons réguliers dans la cire. Je suis heureuse de nouveau, heureuse d'avoir été cheval.

Et toi, ma bête, que deviens-tu quand je tourne cheval ? Peut-être es-tu la terre que tu foules et dont tu sembles pétri ; peut-être es-tu le pré, les bois, le chemin qui penche et les rochers qui tombent à pic ; peut-être t'éparpilles-tu dans chacune de tes foulées jusqu'à disparaître tout à fait, jusqu'à te fondre au paysage dans le vertige de ta course…

C'est que tout en ce monde se compose de la même matière et qu'Aymon seul le sait.

Ma rêverie m'a ramenée en arrière sur le grand pré et c'est toi, mon cheval, qui nous as conduits jusqu'à la plage de la dernière fois. Décidément, il semble que je ne saurai jamais le chemin pour venir jusqu'ici, que je m'endors toujours un peu en route. Je descends et te dessangle, mais je ne t'entrave pas.

J'enlève ma cotte bleue et j'avance vers la rivière dans ma petite chemise trempée de sueur. Plus de vent, ni de nuages au ciel, mais la Loue, qui s'agite à mes pieds, n'est pas aussi belle que dans mon souvenir. La rivière verte, lisse et tranquille s'est changée en un torrent boueux. Les pluies l'ont engraissée. Emportée par sa masse, elle court si vite que je sens sa force dès que j'y trempe le pied. Aujourd'hui, la Loue est pleine de creux et de bosses et je m'avance avec prudence dans les caux épaisses et glacées où mon ombre est chahutée. Pas de reflet dans ce miroir brouillé, tout ce qui entre dans cette eau y disparaît. Je plonge mes pieds et mes mains dans la rivière furieuse sous le soleil et c'est comme si je n'avais plus ni pieds ni mains, comme si l'eau me les avait coupés. Pourtant, je sens le courant filer entre mes doigts ouverts.

Je reste immobile dans le mouvement de la rivière, tandis que ma pensée part, au fil de l'eau.

— Que fais-tu, mon enfant ?

La vieille âme

À ces mots, tu sursautes et tu manques de tomber dans la rivière. Tu te retournes et découvres une géante, vêtue de vert, étendue sur la berge. Son corps est à la fois la montagne et le gouffre, ses courbes sont tranquilles et son regard inquiet.

— Je me baigne.

— L'eau est mauvaise aujourd'hui. Ne t'y risque pas, petite fille, la Loue t'emporterait malgré elle. Elle est comme un cheval emballé et ne se maîtrise plus. Tu ne serais pas la première qu'elle noierait sans le vouloir.

Les cheveux de la dame sont cachés par un fichu vert et ses formes sont aussi douces et rondes que les galets blancs qui roulent sous tes pieds, aussi vastes qu'un pays de collines. Elle a le téton plus gros que les servantes de ton père et parle assez fort pour dominer le brouhaha de la rivière. Elle dit les mots sans faire le moindre geste, comme si son souffle risquait de te pousser dans le vide, comme s'il fallait ne pas déplacer l'air du tout pour t'épargner.

— Si tu fais un pas de plus, tu tomberas dans un trou d'où tu ne ressortiras jamais.

Tu ne bouges pas d'abord et tu sens que l'eau cherche à te renverser, à te faucher par les pieds. Alors tu reviens vers la plage sans sortir de la rivière tout à fait. Le regard de la dame se tranquillise.

— Sais-tu seulement nager ? te demande la géante de sa voix claire.

— Je veux apprendre.

— Tu t'y prends mal. On n'apprend pas si vite. Observe ceux qui savent, répète les mouvements, mais ne plonge jamais seule dans une eau agitée et profonde ou l'on retrouvera ton petit corps gonflé comme une outre à des lieues d'ici. Quel est ton nom ?

— Blanche.

— Autrefois, on me nommait Bérengère. Mais aujourd'hui, je ne sais plus quel nom me donnent les hommes. Si personne ne me nomme plus, je prendrai celui que tu me donneras, Blanche. Oui, je crois que j'aimerais beaucoup que tu me donnes un nom.

La femme se lève, gigantesque beauté. Elle déplie gracieusement ses rondeurs dans le paysage comme un être surnaturel. Elle appartient à cette terre, certaines de ses formes sont modelées dans la continuité des rochers, des nuages, des arbres, la traîne verte de sa cotte coule jusqu'à la Loue, elle devient plus terreuse à mesure qu'elle se rapproche de l'eau troublée. Sous le soleil, le tissu est plein de remous et de reflets confus et il touche sa chair de si près qu'elle paraît presque nue.

— Tu me trouves belle ?

— Oui, Madame.

La dame laisse échapper un petit sourire de contentement. La sincérité de ta réponse ne fait aucun doute. Elle s'immobilise un temps pour te permettre de la contempler tout ton saoul et il te semble que le courant se calme soudain, que la Loue elle-même, charmée, cesse de s'emporter un instant, qu'elle s'éclaircit et s'aplanit. Les yeux de la femme passent sans y penser sur la surface de la rivière qui ne reflète que les grands arbres et le bleu du ciel. Elle a un brusque geste d'exaspération de la main qui chasse ce reflet où elle n'est pas et relance la fureur des flots.

— Ne te baigne pas quand l'eau est folle. Dès que la Loue se sera apaisée, demande donc à ce garçon qui s'imagine poisson de t'apprendre à nager. Mais pas aujourd'hui. Aujourd'hui, restez tous les deux à distance. La rivière est assassine. Elle dévorerait ses propres petits.

La Dame verte s'en va, somptueuse et nonchalante, en longeant le cours d'eau. Son être ondule en rythme, ses mouvements coulent, harmonieux comme une danse. Elle disparaît dans un coude de la Loue, alors que tu sors de l'eau glacée et reviens sur la berge.

La vieille âme

Oui, la mystérieuse dame a disparu au moment même où Aymon est arrivé sur la grève, courant dans le soleil, ivre de la pente qu'il avait dévalée d'un trait, comme il savait le faire, en riant tout du long. Tes trois loups de sable le suivaient langues pendantes. Dans son élan, il t'a souri et s'est entièrement dénudé sous le soleil en chantant la chanson de Colin.

La belle si tu voulais, nous dormirions ensemble
Dans un grand lit carré, tendu de toiles blanches
Aux quatre coins du lit, un bouquet de pervenches…

Tu es restée figée, face à son corps blanc, avant de te détourner brusquement sans même savoir pourquoi.

Tu n'as pas pensé à lui interdire la rivière.

Tu as fixé un moment les eaux folles, sans les voir, tes yeux étaient tournés vers l'intérieur, vers cette nudité dont ton esprit était plein.

Tout entière à ta rêverie, tu te remémorais, tu explorais cette image fraîche encore, mais volatile, tu la rangeais, tu la gravais, tu l'encadrais.

L'éclat de sa chevelure, le parfum de sa chair en sueur, sa maigreur pâle ressurgissent quand tu causes, mon enfance, ou quand, pur esprit, je me promène sur les berges de la Loue. Cette scène est comme une barque amarrée à la grève, elle est accrochée là, sous le soleil, pour l'éternité au fond de ma mémoire. Fidèle et toujours prête à m'embarquer. Je sais que si nous comparons ton présent et mon passé, cette image a sans doute été déformée. Mais est-ce vraiment le temps qui altère les souvenirs ? Peut-être que cette vision, tellement nette, s'est modelée en mythe au moment même où tu l'as fixée, petite fille.

La rumeur de la Loue n'entrait pas dans ton esprit, tu n'as pas voulu que sa fureur s'imprimât avec le reste. Tu as bâillonné un instant la rivière. Tu n'as gardé que la chanson d'Aymon.

Au-dessus du grand lit, le ciel est d'un bleu tendre
Dans le mitan du lit, la rivière est profonde…

— Je suis un poisson ! a crié Aymon dans ton dos, en interrompant sa ritournelle, et le fracas des flots s'est engouffré dans ta tête immédiatement après cette phrase.

Assourdissant.

Toutes les digues que tu avais érigées pour tenir le drame à distance avaient soudain lâché. Ta rêverie n'était qu'une tentative désespérée de suspendre le cours du temps, de repousser le désastre déjà inscrit dans l'eau épaisse. Mais le temps, ralenti un instant, s'était accumulé derrière cette image arrêtée et voilà qu'il repartait plus rapide, plus violent, et qu'il la renversait, la submergeait, tandis que la rivière elle-même grondait plus fort d'avoir été bâillonnée une minute.

Quand tu t'es retournée, Aymon n'était plus sur la plage. Sans se soucier de la force du courant, il avait plongé dans la Loue pendant l'ellipse et il ne restait sur la grève que ses vêtements entassés à côté des tiens.

Tu lui as crié de revenir, de ne pas s'abandonner aux eaux mauvaises. Mais déjà son corps était emporté par les flots beiges et blancs qui avalaient jusqu'à ses boucles blondes. La minute qui vous séparait était définitive et tu ne pouvais plus l'atteindre. Déjà Aymon disparaissait et tu hurlais impuissante, depuis la rive, tu hurlais à la rivière en crue de le lâcher. C'était horrible de ne pouvoir remonter le fil du temps perdu !

La tête d'Aymon, recrachée par une vague, est soudain revenue à la surface, ses yeux étaient comme deux étoiles noyées et sa bouche s'est ouverte en grand pour respirer, avant d'être rattrapée par une langue d'eau et emportée dans un nouveau tourbillon. Le jeune homme, ballotté, glissait si vite dans le lit agité de la Loue que tu as dû renoncer à le suivre en courant le long de la berge.

Haletante, tu es revenue sur tes pas, tu as récupéré les habits d'Aymon, enfilé ta cotte et repris ta poursuite à cheval. La Loue, même en crue, n'était pas si large et tu te répétais qu'il savait nager.

Bouc galopait aussi vite que le terrain le lui permettait, au côté de la rivière, sans parvenir à rattraper cette minute, à rejoindre la vague qu'il poursuivait.

Mais Aymon était un peu poisson !

Tu as alors songé à cette vie que tu avais ici et tu as soudain réalisé que, si l'Enfant mourait, tu ne resterais pas aux Murmures. Par sa faute, tu ne saurais jamais écrire ton nom jusqu'au bout, ni lire dans les astres, tu devrais rentrer chez ton père et broder et filer tout le jour en chantant, tout le jour, à côté des bâtardes qui n'osaient rien dire ni penser de peur d'être battues et qui se dévidaient dans leurs chansons de toile, tout le jour, et qui s'entortillaient le cœur en attendant un amour qui jamais ne viendrait, en attendant tristement que rien n'arrivât vraiment, en attendant comme les chansons leur demandaient d'attendre. Tout le jour…

Tes pauvres sœurs t'avaient-elles déjà changée en chanson pour nourrir leur éternelle broderie, leur éternelle rêverie ?

L'avenir que tu t'étais inventé ces derniers jours n'était qu'un rêve de cire rouge que les vagues effaceraient, il mourrait avec cet idiot persuadé d'être chien, oiseau ou poisson. Oui, ton père viendrait t'arracher à ce château pour te donner ailleurs, à quelque seigneur incapable de voir les loups qui couraient dans ta tête, et tes loups de sable, eux-mêmes, seraient rabattus sur le tissu, on les renfermerait dans ton surcot, on les ligoterait à coups d'aiguilles, ils redeviendraient fils noirs et fils d'azur soumis aux mains tristes des brodeuses et à leurs fables douces-amères.

Ce fils de garce mettait en péril et ta vie et la sienne !

Non ! Aymon ne pouvait pas mourir, il connaissait trop bien la rivière ! Mais les flots s'enflaient d'ombres et de remous blancs, et les lames râpaient les berges au passage, emportant la terre, la changeant en boue, dévorant le chemin où ton cheval s'enfonçait.

Tu n'aurais plus la joie d'entendre Aymon t'applaudir, il ne te conduirait plus par la forêt en chantonnant, tu ne ressentirais plus ces émotions qui le débordaient, et qui, en t'envahissant, t'ouvraient au monde.

Cheval et rivière, tous deux blancs d'écume et bruns de terre, râlaient côte à côte. Emportant chacun un enfant dans sa course sauvage, ils crachaient une même morve verte. Mais le brave Bouc, tout de nerfs, de muscles et de sang, se laissait distancer par la vague de boue qui emportait les berges sous ses sabots et le forçait à s'enfoncer dans l'eau jusqu'au poitrail et à s'en dégager en bondissant vers la terre ferme. Si bien que le cheval perdait du temps à sauter d'îlot en îlot, à éviter les trous et les racines que les flots semaient dans leur sillage. Et parfois sa course paraissait tellement saccadée qu'on aurait pu croire que c'était le temps qui s'enlisait, puis faisait des bonds en avant, pas le cheval. Son mouvement se décomposait, se raidissait, s'exagérait comme celui d'une vieille mécanique déréglée, tandis que la rivière, elle, continuait de dérouler sa vague. Fluide. Rien ne pourrait jamais l'arrêter, que la mer.

La petite fille

Je ne vois plus rien que des bosses et des creux d'eau boueuse.

Aymon est un poisson !

Où les poissons se cachent-ils quand la rivière se fâche ?

Nous irions plus vite en prenant le chemin de l'eau. Plus vite en flottant qu'en galopant dans la boue. Mais Bouc refuse d'entrer dans la Loue, j'ai beau lui tordre la bouche, il poursuit la vague tout droit depuis la berge.

Aymon ne se noiera pas, car il est la rivière autant que le poisson. Il ne se noiera pas !

— C'est l'idiot qu'est tout nu dans l'eau glacée et qu'est en train de se noyer !

— Eh, Jacques, viens donc le voir, ce pisseux ! Cette fois, il ne rit plus du tout !

Des jeunes garçons se massent en grappe près d'un moulin à l'entrée du village, ils s'appellent les uns les autres de leurs voix aiguës, l'attroupement s'épaissit, d'autres enfants dévalent les sentiers pour les rejoindre.

— Ventredieu, il s'agrippe comme un beau diable à une branche coincée entre deux rochers !

— Il tiendra pas, le courant est trop fort et il est tellement bête qu'il pense pas à se rapprocher de la rive.

— Eh, l'idiot ! Puisque tu sais rester si longtemps sous l'eau sans respirer, c'est que tu appartiens un peu à la rivière.

Aymon est là, à portée de pierre, et son visage fait peur. Il n'est plus ni rivière, ni poisson, il n'est plus rien que cette branche qui le soutient et peut casser d'un moment à l'autre. Aymon a perdu sa lumineuse beauté, il n'a plus que la peau sur les os du visage, une peau grise tendue à se rompre. La rivière a sucé sa chair, sa joie et sa clarté, elle l'a vidé comme l'araignée vide sa proie. Aymon nous tend son regard terrifié de tout petit garçon. J'enfonce mes talons dans les côtes de mon cheval pour le lancer vers lui, mais Bouc résiste, recule, piaffe, refusant toujours de se plonger dans les eaux folles pour le secourir.

Les enfants, impatients de voir Aymon se noyer, commencent à ramasser des cailloux et à les lui lancer pour le forcer à lâcher prise. Le plus grand, celui que les autres nomment Jacques, est leur capitaine. C'est lui qui vise le mieux et qui excite les autres.

— Tu n'as qu'à te changer en poisson, une bonne fois pour toutes ! hurle-t-il.

— Et cherche plus à revenir parmi les hommes, t'y as pas ta place.

— Ou bien fais-toi crapaud, puisque tu coasses mieux que tu parles.

Bouc réagit avant moi, je le sens bondir entre mes jambes.

— Il paraît que ta mère t'a trouvé une petite fiancée. Si tu t'en tires, crapaud, on viendra tous t'écouter coasser le jour de tes noces, crie cet affreux Jacques en jetant une dernière pierre, tandis que Bouc charge le groupe d'enfants avec une telle violence que plusieurs d'entre eux se retrouvent au sol leurs cailloux encore en main sous nos sabots.

Pas de quartier dans l'esprit de la bête qui piétine ces petits corps comme s'ils étaient une troupe d'hommes en armes. On l'a dressé à tuer et je ne le retiens pas, qu'il les massacre donc à coups de dents et de sabots ! Qu'il les écrase tous !

La dernière pierre de Jacques a atteint Aymon à l'œil, elle lui a projeté le visage sur le côté et il a lâché la branche, il va mourir par leur faute !

Nous abandonnons les enfants qui bougent encore pour poursuivre son pauvre corps.

Aymon ne parvient plus du tout à résister au grand désordre de la rivière, il est charrié avec le reste.

Je manque d'air soudain, je ressens sa peine et cette terreur qui criait dans son œil quand il regardait les garçons sur la berge, quand il les regardait lui lancer des cailloux, sans comprendre, cette terreur me submerge. Je suis Aymon qui ne peut plus ignorer la cruauté humaine, je sens son dernier souffle et cette eau qui l'aspire. L'air me manque et j'ai froid d'avoir reçu cette pierre au visage.

C'est la mort qui vient, la sienne, la mienne.

Était-ce cela que ressentaient les pendus ? Je ne savais pas, je n'ai jamais cherché à comprendre. Je jetais des pierres avec les autres alors. Il me semble que je sens maintenant ce que c'est de mourir, qu'Aymon m'offre sa mort comme un dernier présent.

Aymon me coupe le souffle. Et il disparaît sous les flots. Il disparaît…

Suis-je modelée dans la même pâte que toutes ces filles qui brodent, en chantant leurs terribles chansons ?

Suis-je de celles qui regrettent éternellement un bonheur perdu avant d'avoir été goûté ? Est-il possible de tant s'attacher à un idiot ?

Bouc poursuit sa course, bien qu'il n'y ait plus rien à poursuivre.

La vieille âme

Bouc avait vu tant d'hommes crever sur les champs de bataille qu'il savait reconnaître un cadavre. On l'avait habitué à marcher sur les corps, à ne plus détester s'empêtrer les pieds dans les entrailles molles des morts, à supporter les craquements des crânes qui cassaient sous ses sabots.

J'exagère un peu, mais à peine. C'est que je m'emporte parfois en racontant avec toi et que c'est désormais le seul plaisir qu'il me reste. Je ne me lasse pas de dire nos souvenirs, de chanter à deux voix cette histoire dont j'oublie toujours la fin, de nous revoir chevauchant cette bête dont la robe de terre semblait recouvrir autre chose qu'un cheval.

L'homme qui l'avait dressé n'avait pas compté son temps pour parvenir à plier cet animal prodigieux sans éteindre son feu, il avait peiné à changer cette bête en un instrument de carnage. Un tel monstre valait toute une armée.

Bouc savait mieux que toi, petite fille, mesurer le danger ; il refusait d'entrer dans les eaux folles, mais comme il n'avait pas flairé la camarde encore, et qu'il aimait déjà Aymon lui aussi, il a poursuivi sa course jusqu'au village.

Plus rien ne bordait le lit de la Loue qui avait emporté ses berges dans sa colère. Les eaux, grosses de tout ce qu'elles avaient récolté dans leur pente, léchaient le tablier de bois du pont et se bousculaient pour passer en dessous.

Aymon, vivant, s'accrochait à la pile centrale avec le peu de forces qu'il lui restait. Encore quelques foulées…

Trois jeunes gens couraient sur le pont, tu as vu leurs silhouettes s'arrêter et se pencher par-dessus le garde-fou. Le plus grand a tendu son bras de solide gaillard de quinze ans, tandis que les deux autres maintenaient leur ami pour qu'il ne basculât pas. Le garçon est parvenu à arracher Aymon, épuisé et nu, aux eaux épaisses. Il a tenu dans ses bras son corps à la maigreur d'insecte, avant de retirer sa propre tunique de laine, d'allonger le jeune noyé et de le frotter avec le tissu rugueux pour le réchauffer et lui faire rendre eau, vase et peur sur le plancher du pont.

Tu es arrivée à leur hauteur au moment où Aymon regardait son sauveur avec une expression que tu ne lui avais encore jamais vue. Son beau visage, griffé et tuméfié, rayonnait d'un tel étonnement. Après que le jeune homme lui a pris les mains et lui a souri pour le rassurer, Aymon, aux joues creusées et aux traits ravinés par la rivière, a fondu en larmes en se réfugiant dans les bras de son sauveur.

— Eh bien, Éloi, le pauvre diable a eu chaud, a plaisanté Pierre, l'un de ses deux amis. Sans toi, cordieu, il en mourait de se prendre pour poisson. Il a l'air d'être sacrément reconnaissant. Ventre Saint-Jacques ! Sûr que tu vas être bien vu au château après un tel exploit !

Éloi, ému, a continué de réchauffer le jeune miraculé contre son propre corps.

Aymon était sauvé, mais sauvé par un autre et tu aurais tant aimé être cet autre qui l'avait repêché. Tu t'en voulais d'arriver trop tard et tu lisais dans le regard de l'idiot un amour magnifique pour celui qui lui avait tendu la main.

Il n'avait pourtant rien fait, ce gars-là, que le cueillir au passage ! Il était au bon endroit au bon moment, rien de plus ! Il n'avait pas chassé une vague sur plusieurs lieues, ni écrasé les gamins qui lui jetaient des pierres, ni tenté de faire entrer dans l'eau brune un cheval buté, il n'avait pas eu le souffle coupé, il ne s'était pas noyé aux côtés d'Aymon, il n'avait pas cru le perdre pour toujours.

Certes, tu méritais plus que lui d'être aimée, mais tu avais rêvassé, pauvre sotte, tu avais rêvassé au moment où tu aurais dû l'empêcher de se baigner. Tu t'étais détournée le temps de nous fabriquer un souvenir et, sans cette minute perdue en rêverie, toute l'histoire eût été autre, peut-être.

Le désastre n'était pas celui que tu redoutais. Le désastre prendrait son temps. Les étoiles seraient encore au ciel au-dessus de ce pays qui penchait, ce soir-là, et les suivants aussi, mais elles n'y tiendraient plus qu'à un fil. Cette course vous avait irrémédiablement cousus les uns aux autres, Bouc, Éloi, Aymon et toi, et tu verrais bientôt les astres tomber un à un, et certains regagneraient l'éther dans les étincelles d'un gigantesque brasier. Il ne s'agissait plus que d'être un peu patiente.

Les yeux d'Aymon ne revenaient pas vers toi, les yeux d'Aymon ne quittaient plus le jeune homme, torse nu sous le soleil, qui lui avait offert sa cotte, son bras et son sourire.

— J'ai ses vêtements ici ! as-tu dit sans descendre de cheval. Pouvez-vous vous charger de l'habiller ?

— Oui, mais laissons-le un moment se réchauffer dans mes bras. Le pont tiendra, et mieux vaut lui donner le temps de reprendre son souffle et ses esprits, t'a répondu le bel Éloi, aux yeux roux bordés de cils immenses, qu'Aymon ne lâcherait plus jamais. Il a dévalé le cours d'eau depuis le moulin ?

— Non, depuis une petite plage de galets blancs au pied de la falaise où est perché le château des Murmures.

— Depuis la grève aux fées ! Diable ! C'est que tu dois être vraiment moitié poisson, mon garçon, si tu as réussi à te tenir vivant jusqu'ici, a dit le jeune sauveur en sifflant d'admiration.

— Il vaudrait mieux qu'il démêle ce qu'il est de ce qu'il n'est pas et qu'il comprenne une bonne fois qu'il est un homme avant de crever de se croire autre chose, as-tu ajouté avec ta raideur de petite fille sèche tandis que Bouc, la robe luisante d'eau et de sueur, baissait la tête et allongeait l'échine pour souffler un peu de son haleine chaude dans le cou et les cheveux d'Aymon.

— C'est vrai, s'il se jette un jour du rocher au Moine en se prenant pour un aigle, nous ne pourrons rien pour lui, t'a répondu Éloi avec son sourire insolent. Ni toi, ni moi.

— Mon cheval a refusé d'entrer dans la Loue pour aller l'y chercher. Sans quoi je l'aurais sauvé avant toi.

— La rivière est profonde et vive par ici, mais il est rare qu'elle s'emporte aussi fort. Tu aurais été entraînée avec ta monture. Ton cheval est puissant, il s'en serait tiré mais, petite comme tu es, les eaux t'auraient dévorée. Ta bête a bien plus de jugeote que toi. Tu peux la remercier. C'est toi qu'elle a protégée.

Les gamins du moulin accouraient, Jacques en tête avec les plus vaillants. Le reste de la troupe déconfite suivait clopin-clopant. Toute la bande hurlait contre ton cheval, l'accusant d'être assassin. Frondes et lance-pierres étaient sortis. Tu as pensé qu'il valait mieux mettre Aymon en croupe au plus vite et déguerpir. Mais il refusait de se détacher d'Éloi auquel il chantait tout bas cette chanson de Colin qu'il avait déjà aux lèvres en plongeant dans la rivière et il le serrait si fort dans ses bras que son sauveur riait, un peu gêné par tant d'effusion.

Les enfants ont vu les deux garçons presque nus enlacés sur le pont et cette image a immédiatement inspiré Jacques.

— Et regardez ! Maintenant, l'idiot se pense fille et il se cherche un amant !

— S'il vous plaît, rhabillez-le, as-tu insisté. Voilà les enfants du moulin qui ont voulu le tuer à coups de pierres tout à l'heure. J'ai peur qu'ils ne nous cherchent noises.

— Ils n'oseront rien devant nous. Mais donne-moi ses vêtements ! Ils sont plus secs que ma tunique et lui tiendront plus chaud. Le pauvre tremble si fort.

Les enfants étaient bien une quinzaine à réclamer la tête de ton cheval ou à tenter d'humilier Aymon ou les deux à la fois. Tu ignorais tout de ces vauriens, tu n'avais retenu que le nom de leur chef, Jacques, tu venais d'arriver dans ce pays, tu ne connaissais encore que le château des Murmures, perché sur son éperon rocheux, et la grève aux fées sans même réellement savoir comment passer de l'un à l'autre. Éloi a aidé Aymon à se vêtir sans le brusquer, tandis que ses deux amis allaient au bout du pont à la rencontre de la meute de gamins pour les calmer.

— Il va falloir l'installer sur le dos de Bouc.

— De Bouc ?

— Oui, sur le dos de mon cheval.

— Ton cheval s'appelle Bouc ?

— Oui.

— Quel affreux nom pour un cheval ! Ici, c'est le nom de l'ogre qui dévore les petites filles dans les histoires à la veillée. Descends de ta bête, je vais prendre ta place le temps de hisser l'Enfant.

Les gamins ne s'apaisaient pas et déjà de nouvelles pierres fusaient autour de vous malgré les efforts des deux amis d'Éloi.

— Tu disais qu'ils n'oseraient pas.

— Je me trompe souvent. Partons tout de suite, mais nous devrons franchir leur ligne, ce pont est le seul moyen de traverser la rivière aujourd'hui !

Pour aller au plus vite, vous êtes restés tous les trois sur le dos du cheval et Bouc, que la bataille effrayait moins que les eaux de la Loue, a chargé les enfants une nouvelle fois, passant leur barrage en trombe, avant de poursuivre sa course tout droit.

Au passage, la bête a eu le temps de remarquer Jacques qui ajustait son tir, la bête a vu la pierre partir. Le choc lui a projeté la tête vers la droite, lui imprimant violemment l'image du coupable dans la mémoire. Bouc n'a pas fait d'écart, mais il n'oublierait pas le visage de ce gamin d'à peine dix ans qui avait failli l'éborgner.

Vous étiez si légers tous les trois qu'il aurait pu en porter une dizaine comme vous. L'animal s'était changé en un porteur d'enfants. Sûr qu'il serait allé chercher Aymon en enfer, si tu n'avais pas été sur son dos, si tu l'avais laissé s'en charger seul. Il y serait allé en brave bête généreuse dont les hommes avaient essayé de faire autre chose pendant des années.

La petite fille

Les enfants du moulin distancés, Bouc a ralenti l'allure pour parvenir à gravir la pente raide qui conduit au-dessus de la falaise de Haute-Pierre.

Je ne veux plus jamais retourner à la rivière.

— Je vais devoir rester avec vous jusqu'au château, finit par dire Éloi.

— Pourquoi ?

— L'Enfant s'est endormi, si je descends, il tombe.

— Vous l'appelez tous l'Enfant…

— Je sais qu'il est Aymon de Haute-Pierre, l'héritier des fiefs de son père, Jehan de Haute-Pierre, chevalier, seigneur de Haute-Pierre, de Lods et de Moustier, je sais qu'il est le futur maître. Mais pour nous autres, il est le Simple ou l'Enfant, c'est comme ça qu'on le nomme quand on parle de lui.

— Les gamins disaient l'idiot.

— Oui, il arrive qu'on le désigne comme ça aussi.

— Et moi, je m'appelle Blanche et je vous forcerai tous à le respecter.

— Si tu le dis.

— Et ce Jacques qui a failli le tuer, je le ferai pendre avec tous les autres, avec tous ceux qu'il a poussés à nous lancer des pierres.

— Oui.

— Et je condamnerai la rivière aussi, j'assécherai sa source, je comblerai son lit.

— Je suis pressé de voir ça.

— Tu ne me crois pas, mais sache que je suis celle qui épousera Aymon et que l'on m'apprend déjà à lire et à écrire.

— Et moi je ne suis qu'Éloi, l'apprenti charpentier, et bientôt je bâtirai ma maison, moi qui ne sais ni lire ni écrire. Je n'aurai pas besoin de faire pendre de sales gamins pour inspirer le respect. Tu dis beaucoup d'âneries, Blanche qui saura bientôt lire. Mais je me tais pour éviter d'être pendu avec les autres.

— Tu fais bien ! Car je me crois capable du pire.

— Méfie-toi ! Depuis la pestilence, les bras manquent et il est plus difficile de garder ses serfs sur ses terres quand on est mauvais maître. Les hommes s'enfuient chez d'autres seigneurs qui les accueillent avec joie et ne les rendent plus. C'est qu'il y a tant de tenures libres qu'ils cherchent tous des bras. Tu régneras sur un désert. Et puis, de toute façon, les vieux disent que l'Enfant ne sera jamais le maître de ce pays qui penche vers sa rivière, qu'il y a des signes qui ne trompent pas.

— Des signes ?

— Oui, depuis toujours, on reconnaît les seigneurs des Murmures à leurs mains percées. C'est écrit dans leur devise : *Ces mains percées d'où jaillit la rivière*. Il y a le plus souvent une belle histoire autour de l'aventure qui leur a ouvert la succession en leur ouvrant les mains, la plupart ont été blessés dans la paume au combat, mais on raconte que Jehan, notre seigneur actuel, se serait fait dévorer les mains par les faucons de son père. Moi, je ne crois pas à tous ces contes et je n'ai jamais vu des oiseaux à ce point fauves, j'imagine qu'ils doivent se faire ça de père en fils, ils se marquent dans leur chair pour s'offrir le pouvoir. Les nobles ne pensent pas comme nous.

— Mais Aymon n'a pas les mains percées…

— Non, justement, aucune cicatrice. Son père l'aime trop, il n'a pas pu lui faire de mal. On dit qu'il le protège de sa mère qui voudrait s'en charger. Aymon ne sera pas même chevalier, il n'a jamais été page ou écuyer, il ne sait rien faire d'autre que courir les bois et y jouer du pipeau. Comment pourrait-il diriger des hommes, tenir ses terres, nous protéger ? Comment l'imaginer une épée à la main ?

— C'est moi qui la tiendrai !

Si cette légende est vraie, je lui trouerai moi-même les paumes. Je me sens capable de tout pour rester ici avec lui et être ma maîtresse et punir tous ceux qui ne seront pas avec nous, à nos côtés, comme il faut. Alors je préfère ne plus rien demander à Éloi, ne plus lui poser de questions sur ce que croient les gens, ne plus entendre leurs doutes qui me pousseraient à être plus cruelle encore quand il en sera temps, quand je pourrai rendre la justice. Nous continuons en silence jusqu'à ce qu'Éloi commence à chantonner.

Au bord de la rivière m'en allant promener,
Dans mon chemin rencontre une fille qui pleurait.
— Qu'avez-vous donc, la belle ? Qu'avez-vous à pleurer ?
— C'est que mon anneau d'or dans la Loue est tombé !
— Ne pleurez pas, la belle, je vous l'irai chercher !
Il ne vous en coûtera rien d'autre qu'un baiser.
À la première plonge, Galant n'a rien trouvé…

À la deuxième plonge, Galant l'a repéré.
À la troisième plonge, le galant s'est noyé !
Au bord de la rivière, m'en allant promener,
Dans mon chemin rencontre une fille qui pleurait…

Je dis :

— J'ai rencontré une femme magnifique sur la grève aux fées.

— Vraiment ?

— Oui, une géante vêtue de vert.

— C'est la Dame verte. Sûrement. Celle de la chanson. C'est étrange que tu l'aies vue, on dit qu'elle ne se montre jamais aux femmes.

— La Dame verte ?

— Une fée qui noie les hommes dès qu'ils essayent de la toucher. Elle est si belle, paraît-il, que tous les gars, vilains, serfs ou princes, se laissent tenter par ses manières. Ces imbéciles croient toujours qu'elle les aimera plus que les autres et qu'elle leur laissera la vie sauve. Mais, à ce qu'on raconte, elle n'en a jamais épargné qu'un. Un chevalier.

— Et lui, elle ne l'a pas trouvé à son goût ?

— Bien sûr que si, elle en est même tombée amoureuse. Il ne ressemblait à aucun autre homme.

— Oh ! Raconte-moi !

— Je ne suis pas bon conteur, il y a des anciens au village qui connaissent cette histoire beaucoup mieux que moi. Des vieilles surtout qui ont vu ce chevalier et qui redeviennent toutes jeunes filles quand elles parlent de sa beauté.

— S'il te plaît. Raconte !

— Nous arrivons au château et je ne peux pas rester, j'ai du travail au village.

— Qu'est-ce que tu fais ?

— Je suis apprenti charpentier, je te l'ai dit. Tu n'écoutes pas, Blanche qui saura bientôt lire et fera pendre tout le monde.

— J'ai entendu, mais qu'est-ce que tu charpentes ?

— Avec mes deux amis que tu as vus sur le pont, nous restaurons les toits du prieuré. Mon père m'a donné à un compagnon de Pontarlier qui sera bientôt maître. Je suis à son service depuis trois ans, il est resté ici où il y a de l'ouvrage après avoir participé à la construction de notre église.

— Et ton seigneur a accepté de t'affranchir ? La liberté ne t'a pas coûté trop cher ?

— Mon père n'a pas osé en parler encore, mais il a fait tant de fils, tous épargnés par le grand mal, qu'il peut bien en donner un ailleurs. Mes frères m'en veulent un peu de ne plus suer à leur côté sur nos ouvrées, mais je peine aussi en maniant la doloire, l'herminette et la besaiguë, et je leur ai construit une grange.

— Et tu aimes ton travail ?

— C'est beau de construire des toits, de mettre les hommes à l'abri sous des charpentes. Et puis, en apprenant à travailler le bois, je me libère de la terre, j'échappe à la vigne qui nous courbe et nous casse, je m'affranchis de toi, d'Aymon et de son père. Tous tes caprices de petite fille qui saura bientôt lire ne me concerneront plus. C'est rassurant.

— J'apprends à lire et à écrire pour me libérer moi aussi.

— Te libérer de quoi ?

— De mon père, je crois. Je suis une bonne élève, je travaille dur et j'ai tué le diable pour avoir le droit d'écrire.

— Tué le diable ?

— Oui, tué, dans la forêt. Je l'ai vu pleurer des larmes noires avant de mourir et je lui ai volé son cheval et son couteau.

— À toi de me raconter, maintenant…

— Une autre fois. Nous sommes arrivés, il va falloir rendre Aymon à son père. Il dort toujours ?

— Oui. Il dort dans mes bras.

— Mais sa tête est sur mon épaule.

Nous nous taisons en passant la porte du château.

La petite fille

Aymon ne s'est pas réveillé, il a été porté jusqu'à sa couche tandis que je racontais à Haute-Pierre ce qui était arrivé, sans omettre l'épisode des enfants, mais je n'ai pas donné de noms, pas parlé de Jacques. Je compte me charger de lui moi-même, plus tard. Je n'ai pas dit : c'est celui-là qui a lancé la pierre ! Le cheval et l'Enfant semblent avoir été frappés au même endroit par la même pierre. J'espère qu'aucun d'eux ne perdra son œil, que leur regard ne s'éteindra pas.

Je les ai ensuite quittés pour ramener Bouc aux écuries.

Comme Colin et Aiglantine n'étaient pas encore rentrés de leur promenade, je n'ai trouvé personne pour se charger de mon cheval qu'ils fuient tous comme la peste. Qu'ils aillent au diable !

Éloi est reparti à pied au village sans que j'aie pu le saluer et je ne suis pas certaine que Haute-Pierre ait seulement pensé à le remercier. Ce garçon-là est étrange qui n'a même pas cherché à tirer profit de cette aventure. J'ai nettoyé l'œil de Bouc aussi bien que j'ai pu, puis j'ai couru au logis pour prendre des nouvelles d'Aymon.

Je me suis faufilée dans sa chambre. Maître Claude, qui

a étudié la médecine, mettait des onguents sur les plaies de l'Enfant en assurant qu'il n'avait rien de grave, qu'il suffisait de le laisser se reposer et qu'il finirait par revenir à lui. Tout le monde est ensuite sorti de la pièce, sauf Haute-Pierre et moi. C'est que je suis si petite, j'ai appris à observer sans être vue, à me faire oublier, à disparaître dans le moindre recoin.

Haute-Pierre est assis à côté de la couche d'Aymon, il lui caresse la main en lui causant doucement comme si celui-ci pouvait l'entendre et le comprendre.

— Quand on est un homme, on n'assiste pas à la naissance des enfants. Les femmes nous chassent pour célébrer ensemble ce grand mystère de la vie. C'est à se demander si les enfants ne se font pas sans nous. Pour tes frères et sœurs, je ne me suis pas posé de questions, j'ai joué mon rôle, j'étais ailleurs, à la guerre derrière Jean de Chalon, en révolte contre Eudes, à la chasse, sur mes terres, menant mes hommes, suivant mes chiens, et j'ai laissé ma femme se dépêtrer de toutes ces choses du corps sans même trembler pour elle alors qu'elle m'était si précieuse. C'est à peine si j'y ai pensé. On est venu m'annoncer que j'avais une fille, puis un fils, puis une fille, puis un fils encore, mais celui-là n'a pas vécu un jour. À chaque fois, j'ai été fier et j'ai fêté la nouvelle comme il se doit, en homme de ma condition. Mais, va savoir pourquoi – peut-être parce que ce dernier petit était mort tandis que je bataillais, mort avant que j'aie pu le voir –, j'ai guetté la naissance suivante, j'ai été attentif aux moindres signes, aux chuchotements des femmes, au versant féminin et secret de cette maison, à chaque mouvement de ta mère. Je voulais être présent cette fois-là et, malgré les interdits, malgré les contes, malgré toutes les malédictions promises à celui qui verrait sa femme en couches, je suis resté derrière la porte de la chambre où ta mère hurlait quand tu es né, mon fils, l'oreille collée au bois, je suis resté et j'ai tout entendu : les gémissements d'Aélis, les prières de la sage-femme, le bruit de l'eau dans la cuvette, j'ai entendu ton cri aussi, et ce tout premier cri était déjà un chant à mon oreille. Je n'ai vécu et ressenti cela pour aucun autre de mes enfants et, pourtant, j'ai tenté d'être le père de chacun d'eux. Et je n'étais pas seulement derrière la porte, ce jour de neige où tu es né, j'étais à tes côtés, au plus près de toi, aussi près que je pouvais l'être du grand mystère de la création, si bien que j'ai entendu le monde se déchirer dans ce dernier cri de ta mère qui a précédé le tien. Tu vivais, et une immense joie m'a submergé. Comme tout cela était puissant ! Contre le bois de cette porte, j'en ai pleuré de t'imaginer naître. Être père ne paraît pas bien compliqué, il suffit d'être celui qui se fait obéir, celui dont on ne discute pas les décisions, il suffit d'être à l'image de son propre père. On ne ressent rien dans son corps, on ne porte pas de fruit, on ne donne pas un morceau de sa chair pour forger un enfant, on ne risque pas sa vie en la donnant. Être père n'est pas une affaire naturelle. Je ne me souviens pas vraiment du mien, il était une grande figure absente, un mythe construit par la parole de ma mère et par celle de ses gens, mon père était un modèle, un nom, un château, une terre, de grandes batailles, mon père contenait son propre père et le père de son père, mon père était l'incarnation d'une lignée que j'ai appris à respecter, à vénérer. J'ai songé alors que, depuis des générations, les hommes de ma maison devenaient pères en observant, en construisant ou en renversant leur propre père, pas en se penchant sur leurs enfants. À ta naissance, mon père venait de mourir et je m'étais étonné de ne pas avoir été ému par sa disparition, de ne rien ressentir, son nom était le mien et je prenais sa place, mais il ne me restait rien de lui, pas le moindre petit souvenir de complicité ou de tendresse. J'ai alors tenté de saisir en quoi consistait ce titre de père, titre ô combien discutable puisque Dieu est notre père à tous. Pour la première fois, j'ai douté de mon pouvoir, de ma capacité à être un père et pourtant jamais je ne m'étais senti tellement à ma place, tellement juste, collé au bois de cette porte. Quand elle s'est ouverte et que les femmes m'ont laissé entrer dans la chambre, quand j'ai vu ce tout petit être dans son berceau au plus près de l'âtre, quand nous nous sommes regardés pour la première fois, mon cœur a bondi dans ma poitrine et le sang m'est monté aux joues. J'ai promené mes énormes doigts rêches sur ton minuscule visage si bien dessiné, sur ta peau douce et claire de jeune pousse, puis j'ai glissé mon index dans ta main et tu l'as serré en souriant aux anges. Nos doigts ont conversé longtemps, ainsi que nos regards. Tu me disais : « Je suis là ! » et je te répondais : « Moi aussi ! » en pleurant d'émotion. Je t'ai ensuite pris dans mes bras avec précaution. Comme je me suis senti raide et maladroit, tandis que, contre ma poitrine de soldat, tu agitais tes petites mains avec grâce ! Ta mère s'est plainte qu'une fois de plus je la négligeais, que je ne l'avais pas même embrassée. Je me suis tourné vers elle un peu confus, j'étais incapable de te reposer, je ne savais pas comment m'y prendre. Avais-je seulement porté l'un de mes enfants avant toi ? Je ne m'en souvenais pas. J'ai alors choisi d'endosser le rôle de Joseph, plutôt que celui de Dieu, je me suis questionné sur ce que je ressentais et non sur ce que je représentais. Tu m'as révélé à moi-même, mon fils. Grâce à toi, je me suis offert la joie d'être un homme aimant et imparfait. Imparfait du fait même de ton existence et affaibli par mon amour. J'ai laissé Geoffroy mener des hommes en mon nom, j'ai abandonné cette vie de soldat que j'avais cru aimer jusque-là, et je t'ai observé grandir. Chacun de tes émerveillements m'a été un délice. Tu m'as permis de comprendre qu'on pouvait jouir du bonheur d'un autre. Ta joie découlait de ta façon de regarder le monde et de t'en imprégner. Oh oui, la joie m'est venue de toi, mon enfant, mon éternel enfant ! Tu es la feuille que tu contemples, l'oiseau que tu suis au ciel, tu ressens dans ton corps les maux de ceux qui souffrent, tu ris avec celui qui rit. Tu n'as pas de bornes et tu t'effaces pour devenir ce que tu regardes. Tu es au monde, tu es le monde. Ton frère et ta sœur aînés ont été emportés par le grand mal, je n'ai pas pu les retenir. Joseph est un impuissant. L'amour et la tendresse sont impuissants. Ta présence seule m'a un peu soutenu. Je ne supporterais pas de te voir partir à ton tour, mon fils.

Dans mon petit coin d'ombre, coincée entre le coffre et le mur, je ne pleure pas. Non, je ne pleure pas, mais l'envie me prend de serrer ce père-là dans mes bras, de le consoler et d'être consolée. Comme je l'aime d'être capable d'aimer ainsi !

La vieille âme

Haute-Pierre avait accepté de s'effacer pour veiller sur son enfant, il avait choisi de l'accompagner sans chercher à le soumettre. Comment aurait-on pu plier un garçon comme Aymon sans le briser ?

Père vous avait si souvent répété à toi, à ta jumelle, à ton frère, à toutes ses bâtardes, qu'il était le maître, que tu te figurais tous les pères à son image.

Tout en lui vous hurlait : « Je suis ton père et tu m'obéiras, sinon gare ! Tu seras ma chose à défaut d'être ma chair. Tu es sorti de son ventre à elle, pas du mien. Tu es sa côte à elle, pas la mienne. À mes yeux, tu restes un étranger ! Admire-moi, crains-moi, prolonge-moi, mais ne t'avise pas de vouloir me surpasser. Tu n'as le droit d'aller que sur les territoires que je t'ai donnés, pas au-delà, et pour vivre dans ce jardin que je t'ai dessiné, tu dois respecter mes règles. Et ne viens pas te plaindre, petit être, le ventre de ta mère était bien moins vaste ! »

Sur la terre du père, si petite fût-elle, une menace pesait : sous peine de mourir, il fallait obéir, ne pas chercher à devenir son égal, lui laisser la connaissance et l'implorer, le remercier de nous avoir créé un monde à défaut de nous avoir offert son ventre ou ses bras. Le vrai jardin d'Éden était perdu, comme toujours – n'y a-t-il de véritable éden que perdu ? –, ce paradis qu'avaient dû être le corps, le regard, la tendresse de notre mère et dont nous avions été exilées à jamais.

Jamais notre père ne se serait contenté de la place de Joseph. Jamais, il n'aurait pu imaginer que l'enfant était un dieu et que sa vocation était d'initier ce petit dieu, de lui apprendre à être un homme sans l'abîmer.

Mais voilà que tu découvrais qu'il existait au moins un père aimant et vulnérable. Haute-Pierre avait accepté de perdre le centre, de faire ce pas de côté et, en laissant son fils contempler le jardin sans entraves et sans crainte, en lui donnant la main pour le rassurer, en le regardant regarder, il avait redécouvert le monde à hauteur d'enfant par les yeux d'Aymon, revécu et réparé sa propre enfance à travers lui.

Le lendemain, Aymon dormait toujours.

Tu t'es glissée de nouveau dans sa chambre. Tu as ouvert les courtines bleues, censées protéger l'Enfant des vents coulis et des quauquemares. Son sommeil était si profond qu'il n'avait pas bougé d'un pouce pendant la nuit. Posé sur l'oreiller blanc, son beau visage était tout cabossé, sa paupière et sa tempe, toujours enflées, tournaient au mauve.

Sur un banc à droite du lit, on avait disposé une bassine en faïence pleine d'eau claire et un linge. Tu as trempé le linge dans l'eau et humecté les lèvres craquelées et desséchées d'Aymon. Sa respiration était tellement légère que tu as soudain pris peur. Affolée, tu t'es assise sur le lit au plus près de lui et tu as approché ton oreille de sa bouche pour t'assurer qu'il vivait encore.

Son souffle doux t'a apaisée.

L'effroi est retombé si brutalement, que tu t'es sentie trop faible pour regagner le banc. Avec précaution, tu t'es alors allongée au bord du corps maigre, blessé et couvert d'un drap de lin. Étendue sur cette étroite bande blanche, à la lisière du lit, dans la chaleur d'Aymon, tu as pensé qu'il lui faudrait un peu de temps encore pour se remettre de sa presque noyade, pour effacer la pluie de pierres.

Tu as calqué le rythme de ta respiration sur la sienne. Malgré l'épaisseur des murs, le soleil entrait dans la pièce par la fenêtre ouverte sur la vallée, ses rayons traversaient la chambre jusqu'au mur du fond, filant une bande de lumière horizontale où moucherons, poussières et pollens dansaient, le parfum de la forêt flottait tout autour de vous. Sur le ciel du lit, les nœuds dans le bois dessinaient des bonshommes. Tu t'amusais de leurs grimaces. L'un d'eux avait des yeux immenses et il te souriait.

Quel bonheur que de s'abandonner à la grâce d'un instant sans espérer d'au-delà !

Ce moment était parfait !

Aujourd'hui, il me revient, intact, me semble-t-il.

La mémoire est une alchimie merveilleuse, certains souvenirs nous donnent l'illusion du réel. Pourquoi retenons-nous cette minute plutôt qu'une autre ? Ce minuscule détail-là ? Cette légère brise agitant le voile bleu du lit ? Comment arrivons-nous à nouer plusieurs sensations les unes aux autres ?

Il ne faut pas tenter de fouiller l'éclat de ces réminiscences, car à y regarder de plus près, le souvenir délicieux, tellement tangible, n'est qu'un trompe-l'œil de fortune, bricolé à partir de lambeaux de sensations. Il nous fait croire que tout y est, mais nous ne saisissons la totalité de l'instant qu'à partir d'une trame élimée dont nous négligeons les trous.

Moi, qui ne suis plus rien que cette fragile mémoire, me voilà blottie dans la chaleur d'Aymon, tout comme je l'étais ce jour-là, sa respiration fredonne dans mon oreille, la lumière fait jongler ses poussières, tandis que je m'assoupis dans le parfum que la forêt souffle sur les courtines.

Le rayon de soleil s'est incliné jusqu'à tomber au sol. Ton inquiétude a grondé de nouveau. Le moment était passé !

Ces éternités-là ne durent jamais.

Aymon s'était-il réfugié dans le sommeil pour oublier la violence de la rivière et la cruauté des enfants, pour oublier la douleur et la peur, pour oublier que jamais il ne serait poisson ? Frôler la mort lui avait peut-être arraché sa grâce. Reviendrait-il intact de ce voyage ? Se réveillerait-il un jour ?

Je ne suis pas certaine que tu aies prié. Mais sans doute l'as-tu fait. Si tu causes si peu de Dieu, mon enfance, c'est peut-être que notre père avait pris toute la place ou décidé que celui qui lui avait volé sa part de bonheur ne valait rien.

Soudain, tu as entendu des pas lents derrière la porte.

Quelqu'un venait.

D'un bond, tu as quitté ta rêverie et, sans même penser à refermer les courtines bleues, tu as gagné le coin d'ombre entre le mur et le coffre où, comme la veille, tu t'es recroquevillée, espérant surprendre une nouvelle fois les mots de Haute-Pierre, ces mots doux et bons à entendre qui te réconciliaient avec les pères.

La porte s'est ouverte et tu t'es penchée pour identifier le visiteur. Tu as été déçue en reconnaissant le vieux jardinier. Il s'est assis à cette même place qu'occupait Haute-Pierre la veille et il a regardé Aymon sans rien dire, si bien que tu as vite commencé à trouver le temps long et regretté de ne pas être ailleurs. Tu as remarqué que le plafond de la pièce, vert d'eau, était couvert de poissons bleus et or. Tu as commencé à les compter pour te désennuyer.

Le vieillard a fini par parler, mais sa parole était lente et trouée de silences.

— Le jardin t'attend, l'Enfant.

Ses phrases restaient parfois en suspens de longues secondes et tu attendais qu'il en vînt à bout, tout en continuant de compter les poissons qui nageaient dans le ciel de la pièce.

— Sans toi, j'ai peur que rien ne s'y épanouisse. Les roses se sont refermées, elles retiennent leur parfum.

On disait qu'en vieillissant le temps s'accélérait, pourtant à regarder les vieux, à marcher à leur côté, à les écouter, comme la vie paraissait lente !

— Le jardin fane et il me semble que la forêt elle-même souffre de ton absence et que tout défleurit.

Il fallait s'échapper. Tu étouffais dans le rythme du jardinier. Tu espérais que les mots lui viendraient soudain, d'un trait, qu'il s'en irait et te libérerait.

— Les saules de la grève aux fées perdent leurs feuilles dans l'eau et chaque feuille tombée est un reproche muet à la rivière. La Loue se désole d'être une coulée sauvage, mon enfant. Elle est parfois dangereuse malgré elle et t'a renversé sans le vouloir. Mais, tu le sais, l'arrivée de ta petite fiancée et de son père l'a comme enragée. C'est qu'elle a tant aimé cet homme-là du temps où il venait participer au tournoi de la Beaume, tant aimé, et qu'elle s'imaginait qu'il lui présenterait ses hommages, qu'il passerait un moment sur ses berges en souvenir de leurs amours anciennes, qu'il s'abandonnerait peut-être dans son lit comme autrefois. Il n'en a rien fait et, loin de lui offrir ne serait-ce qu'un regard un peu doux, il l'a humiliée. En passant à cheval sur le pont de Moustier, juste après avoir quitté les Murmures, on dit que sire Martin s'est arrêté pour fixer les eaux un moment, sans que l'on puisse décider s'il sondait les profondeurs de la rivière ou s'il n'observait que son propre reflet en surface, évaluant les outrages du temps, mesurant combien il avait changé en dix ans, et ceux qui l'ont vu alors disent qu'il a craché dans les belles eaux vertes avant de piquer des deux et de s'éloigner. Il a humilié la Loue qui l'avait jadis épargné par amour. Toute femme offensée peut devenir sauvage, surtout si elle est une rivière turbulente et puissante.

Tu avais cessé de compter les poissons sur le plafond vert d'eau. Voilà que tu croisais de nouveau cette histoire. Ce conte mystérieux déplié, replié, dont Bouc et Éloi t'avaient déjà offert quelques bribes. Ce chevalier, cet homme beau à se damner que la Dame verte avait aimé, ce héros-là était donc ton père. Ce père que tu haïssais. Et se pouvait-il que l'immense femme vêtue de vert que tu avais rencontrée sur la berge fût une incarnation de la rivière ? Se pouvait-il qu'elle t'ait mise en garde contre elle-même ?

Le vieux jardinier avait repris son souffle et il parlait de nouveau.

— Je peine à rétablir l'équilibre. Le mieux serait que tu reviennes à toi au plus vite, ton rire nous manque et je sens ce pincement au creux de ma poitrine, cette tristesse que j'avais juste avant que le grand mal ne se jette sur le monde et que toi seul es parvenu à dissiper quand tu as décidé de faire tes premiers pas vers moi dans le jardin, quand tu m'as tendu les bras en riant. Je la reconnais, cette tristesse qui est un hiver du désir.

Il n'a plus rien dit sur ton père, sur cette histoire qui te passionnait tant. Il n'a plus fait que geindre sur ses fleurs, sur les violettes qui n'étaient pas venues encore, pas plus que les tulipes ou les œillets. C'était un fatigant inventaire de chaque arbuste, de chaque racine, de chaque tubercule.

— … L'érable prend une couleur inquiétante, ses feuilles l'abandonnent. Il t'attend comme un homme désœuvré, les bras ballants, sans joie. Si les étourneaux reviennent, ils achèveront de le dénuder dans un froissement d'ailes. Je les guette avec angoisse. Notre petit monde espère ton regard. Pas de printemps sans l'Enfant. Pas de printemps. Quel terrible présage ! Je ne vois plus vraiment avec mes yeux usés par l'âge, ce que je vois ne ressemble pas à ce que voient les autres. Parfois, j'aimerais ne plus rien voir du tout, tant le futur s'obscurcit. J'ai souvenir de ces deux terribles années de disette que nous avons traversées quand j'avais ton âge et pendant lesquelles je n'ai jamais su ce que ma mère mettait dans notre soupe pour nous tenir en vie, j'ai souvenir aussi de ces saisons de pestilence qui ont emporté tous les êtres qui m'étaient chers, et voilà qu'un autre temps de misère s'annonce. La mort aiguise sa faux, je l'entends la nuit, quand le château dort. Elle arrive portée par le vent qui se lève.

La petite fille

Aymon dort depuis trois jours. Il respire, son cœur bat, ses yeux bougent sous ses paupières, mais il reste étendu sur le dos et nous nous succédons à son chevet pour lui faire téter un linge imbibé d'eau, de vin et de miel. Maître Claude a perdu sa belle assurance quand il marmonne qu'il n'a pourtant rien de sérieux et qu'il faut surtout continuer de le faire boire.

Je m'inquiète terriblement pour lui, mais je poursuis mon apprentissage pendant son sommeil pour devenir Blanche qui sait lire et écrire, Blanche qui fera pendre Jacques et les autres, Blanche la femme d'Aymon, celle qu'il regardera de nouveau avec admiration quand il se réveillera, s'il se réveille un jour.

Comme c'est étrange de se retrouver à la place dont on a rêvé, d'avoir un si bon maître, tellement doux et modeste, et de ne pas se sentir aussi bien qu'on le devrait !

C'est que je ne suis pas une bonne élève et que les lettres me résistent.

Maître Claude ne comprend pas pourquoi j'ai tellement de mal à écrire soigneusement et à assembler les lettres comme il faut pour en faire ce qu'il nomme des syllabes.

Je voudrais tant me sentir libre d'apprendre. Mais on me l'a interdit si longtemps que cet interdit m'est passé dans le sang. Je tremble dès que je tente de dessiner les lettres sous le regard de mon maître. J'ai peur de le décevoir et peur de réussir. Peur de satisfaire le diable et de déplaire à mon père qui m'a abandonnée. Car le diable, agile et filou, est revenu depuis qu'Aymon dort. J'ai cru le tuer dans la forêt, mais non, le monstre que j'ai abattu n'était qu'un homme. En le frappant avec son propre couteau pour l'empêcher de sourire, je n'ai fait que couper l'un des bras du Malin qui en a sans doute quantité d'autres. Le diable ne peut pas plus mourir que Dieu, il est tapi en chacun de nous. Parfois, dans cette salle d'étude, je le sens perché sur mon épaule qui ricane et se réjouit de me voir écrire. Sa présence me gêne, m'empêche de m'appliquer, fait trembler ma main, le style, les lettres. Si j'avais du sel, je lui en lancerais des pincées pour l'aveugler.

Maître Claude a beau me raconter toutes ces belles histoires de saints et de saintes qui ont su lire au berceau, je ne doute pas de ce que père m'a gravé dans le crâne. Je suis de cire, mais ce qui a été inscrit en moi ne s'efface pas aussi facilement que sur la tablette. Une femme qui sait lire et écrire est à coup sûr le diable dans la maison ! La cire dont je suis faite a une mémoire, elle se souvient des déformations qu'on lui a imposées.

Mais je suis Chardon !

Il est là dans la salle d'étude, il est terré dans tout ce qui se lit et, dans les étoiles au ciel, il est aussi. Apprendre à lire sans le craindre, ce serait peut-être leur enfoncer à tous les deux, à mon père comme au diable, un même poignard dans le cœur.

La petite fille

Avide d'amour, la rivière crie, hurle comme fauve dans mes rêves, elle me demande, m'exige, me convoque. Elle cherche en moi un peu de l'homme qu'elle a tant aimé. Mais je sillonne les alentours du château sur mon cheval, je parcours les chemins sans tenter de regagner la grève aux fées. Plus jamais je ne veux regarder les eaux folles, même depuis ma fenêtre. J'ignore ses cris d'amour et ses reproches, je n'écoute que mon cœur, je la déteste d'avoir failli tuer Aymon, je la hais de l'avoir endormi. Elle peut crever d'amour ou de rancœur, elle peut tempêter, tourner en rond ou remonter son cours, elle n'arrivera jamais jusqu'à moi. Qu'elle s'assèche à force de pleurs !

Je passe beaucoup de temps avec Aiglantine que sa mère ne laisse plus sortir de la tour pour la punir de ne pas être revenue au château plus vite le jour de la noyade de son frère. Nous brodons ensemble nos trousseaux. Aiglantine ne parle pas et ne fait que chanter, comme les bâtardes. Je brode des rinceaux et des drôleries en attendant de savoir écrire pour de bon et, plusieurs fois par jour, je rends visite à Aymon.

— J'aime être à tes côtés, Aymon. J'aime m'étendre contre toi, à la lisière du lit, et regarder les poissons nager dans le ciel de ta chambre. J'aime cette paix que je goûte dans ton souffle. Les marques sur ton visage ont presque disparu, il ne reste qu'une petite étoile de chair rose au coin de ton œil. Bouc a la même. Mais tu as tant maigri en six jours ! Ton père a fait quérir une vieille cuisinière, un peu sorcière, qui se cache dans les bois. On dit que les filles rouges qui hantent la forêt sont ses enfants défuntes et qu'appelées par le parfum de ses plats elles reviennent chaque soir se coucher côte à côte dans leur grand lit. On dit que la cuisine de cette femme peut réveiller les morts et que tu l'aimais beaucoup quand elle travaillait au château. On espère que son art pourra te ramener à la vie. Si j'osais, je te donnerais un baiser comme dans les contes… Ce ne serait pas pécher puisqu'un jour je serai ta femme…

On tape à la porte. J'ai le droit d'être ici, mais je me sens toujours en faute. Alors, je préfère me cacher et surprendre encore quelque secret.

J'ai déjà gagné ma place contre le mur, quand Aiglantine entre dans la chambre. Elle vient souvent chanter des chansons à son frère. Ce n'est pas ma favorite. Je préfère écouter Haute-Pierre parler de son amour ou Maître Claude lui faire la lecture. Quant au vieux jardinier qui se lamente sur ses fleurs, j'espère toujours qu'il reparlera de mon père. Mais il n'en dit plus rien et quand il vient, je compte les poissons en rêvant. Aélis, elle, reste impassible et muette aux côtés de son fils en lui donnant à boire et en brodant une grosse rose noire sur une toile blanche.

Aiglantine s'est assise sur le banc. Elle porte autour du cou un étrange bijou, c'est une sphère dont l'or est si finement ciselé qu'il semble de la dentelle et ce qu'abrite ce pendentif diffuse un parfum d'aubépine. Où qu'elle passe, elle laisse un peu de ce parfum traîner derrière elle.

En sa présence, la chambre devient jardin.
Elle s'accompagne de son luth pour chanter :

Le samedi au soir fin de semaine
Gaiete et Oriour, deux sœurs germaines
Main dans la main s'en vont à la fontaine
Vante l'ore et li raim crollent
Tout doucement s'endorment les amants

Jeune Gérard s'en vient de la quintaine
Il voit la belle Gaiete à la fontaine
Et dans ses bras doucement il l'emmène
Vante l'ore et li raim crollent
Tout doucement s'endorment les amants...

Soudain Aiglantine pleure et interrompt sa chanson. Elle pose quelque chose sur le lit d'Aymon.

— Tiens, je t'ai rapporté ton pipeau. Je te déteste de t'être noyé ! Tu ne pouvais pas être sage pour une fois et nous attendre tranquillement dans ton tilleul ! Colin se sent responsable de tout ça, mais pas moi ! Non, pas moi. Je t'avais confisqué ton pipeau pour t'empêcher d'en jouer dans la vallée et que personne ne remarque que tu n'étais pas avec nous. Par ta faute, mère m'a à l'œil désormais, elle m'a longuement interrogée sur cette dernière promenade. Au retour, nous t'avons attendu un moment sous le tilleul, puis nous nous sommes décidés à rentrer sans toi et nous avons dit que tu nous avais échappé, mère n'a pas admis que j'aie continué à parcourir les bois seule avec Colin si longtemps. J'ai peur qu'elle ne se doute de quelque chose. Ne comprends-tu pas qu'en refusant de te réveiller, tu nous prives de nos derniers bonheurs ? La date de mes noces approche, dans deux mois, je serai la femme de Guillaume de Hautefeuille. Crois-tu que je survivrai quand la Loue me séparera de Colin à jamais ? Je te déteste, oh oui, je te déteste d'avoir manqué mourir alors que j'étais dans ses bras. Il nous avait fait un grand lit d'herbe et de fleurs sauvages. Aux quatre coins du lit, il avait disposé un bouquet de fleurs d'aubépine. Comme dans la chanson, le ciel était notre plafond. Je ne m'appartiens pas davantage qu'un serf et jamais je ne m'affranchirai ni de ma condition, ni de mon amour. Mon amant est si doux, il sent les chevaux et tous les chevaux du monde me ramèneront à lui, toujours. Quand je serai mariée, je ne pourrai pas vivre avec ce parfum-là en tête. Parfois, je me raisonne, je me dis qu'il m'oubliera, qu'il prendra la suite de son père, dirigera les écuries de cette maison, qu'il épousera une bonne grosse fille d'ici. Elle lui donnera des enfants et l'un de ses fils tombera peut-être amoureux de l'une de tes filles, amoureux fou, et ils chanteront tout le jour pour que nul ne devine qu'ils se parlent d'amour. Mais, en secret, chaque printemps, les aubépines lui causeront de moi. Non, je ne peux pas nous imaginer l'un sans l'autre. Le lit de la Loue ne nous séparera jamais, nous y dormirons ensemble jusqu'à la fin du monde.

La vieille âme

Les hommes du seigneur de Haute-Pierre n'ont jamais trouvé la masure de la vieille cuisinière, puisque sa chaumière était ailleurs, en un lieu oublié derrière cette frontière d'épines sauvages que la peste avait tracée en créant ses déserts. Mais, en marchant par le pays à sa recherche, ils avaient crié son nom au vent, « Guillemette ! », et fait courir le bruit qu'on la demandait aux Murmures. Comme les bruits et les chansons galopent partout, en tous sens, même en forêt, qu'ils s'insinuent jusque chez les morts, comme rien ne les arrête et qu'ils circulent librement d'un monde à l'autre, elle a entendu qu'on la cherchait, elle a deviné ce qu'on attendait d'elle et elle s'est rendue aux Murmures.

La harde de fillettes qui l'accompagnait s'est éparpillée entre les troncs juste avant que leur mère ne sortît du bois et ne s'avançât avec son grand chien blanc vers l'enceinte de cette forteresse où elle n'était plus entrée depuis si longtemps.

Aymon dormait toujours et il n'avait rien avalé depuis dix jours que le vin, la soupe et l'eau sucrée qu'on lui faisait passer dans la bouche à l'aide d'un linge. Arrivée dans la cour, la vieille femme a dételé son étrange chien aux yeux rouges, qui acceptait d'être harnaché comme un âne depuis que le vrai baudet était mort de tristesse, et elle a demandé qu'on descendît en cuisine la grande panière qu'il avait traînée jusque-là.

Elle s'est laissé conduire au chevet d'Aymon qu'elle a observé un moment. Les femmes le tenaient propre et il gardait son merveilleux visage d'ange malgré sa maigreur. Elle est ensuite sortie de la chambre pour gagner ces cuisines qu'elle avait quittées presque dix ans plus tôt. Son chien la suivait partout comme une ombre blanche. Il s'est arrêté sur le seuil de la salle basse et il a flairé l'endroit exact où il attendait sa maîtresse autrefois ; alors il a tourné plusieurs fois sur lui-même et s'est pelotonné dans le souvenir d'un temps perdu, tandis que la cuisinière aux cheveux d'argent pénétrait dans son ancien domaine.

Les ustensiles qu'elle utilisait jadis n'avaient pas bougé. En promenant son regard, elle retrouvait ses préférés là où elle avait pris l'habitude de les ranger à cette époque où, dans la vallée, elle était considérée comme la pâtissière la plus talentueuse du Saint-Empire.

Elle s'est réjouie de voir qu'en cuisine au moins tout était resté tel qu'elle l'avait laissé. Aymon était presque un jeune homme désormais, son père était méconnaissable tant il s'était épaissi à manger plus que de raison des plats trop gras, préparés par un imbécile qui n'y entendait rien, mais la petite marmite et son trépied de fer étaient intacts à droite du feu, dans l'énorme cheminée. Il lui a semblé que ce monde souterrain l'attendait, immobile, depuis son départ. Elle a même retrouvé, parmi les louches disposées en bouquet dans leur pot de terre vert, celle que son dernier amant, un saucier emporté par le grand mal, comme tant d'autres, lui avait offerte un matin, douze ans plus tôt. La rose gravée au couteau sur le manche d'une simple louche avait gardé le parfum giroflée de cet homme et le souvenir de ses caresses lui revenait soudain en tête sans qu'elle y fût préparée. Elle a même cru reconnaître, dans la foule des cuillères, celle où la plus petite des jumelles du chevalier Martin avait lapé son lait. Elle revoyait cette minuscule créature inachevée qu'elle avait tenue au four, comme un petit gâteau, en attendant qu'elle fût finie.

Le maître queux qui officiait d'ordinaire aux Murmures avait reçu l'ordre de libérer les lieux, il n'était pas question qu'il l'encombrât. On se souvenait de sa susceptibilité, on n'avait pas oublié les esclandres de celle qui s'était fâchée avec tous les chefs de cuisine du pays et avait quitté tant de châteaux, avant de se trouver mieux qu'ailleurs aux Murmures où nul ne s'était soucié qu'elle fût une femme et où elle avait pu diriger cette salle basse à sa guise sans avoir d'autres hommes sur le dos que ceux qu'elle se choisissait comme amants. Jamais rien ne lui avait été imposé ici, son talent avait trouvé l'espace nécessaire à son épanouissement et elle serait restée jusqu'à sa mort aux Murmures, si ses filles n'étaient pas mortes avant elle.

À contrecœur, le nouveau capitaine des marmites lui avait abandonné son domaine et sa petite troupe : ils étaient huit à attendre ses instructions dans un coin de la salle. Elle ne les avait pas même remarqués d'abord tant ils étaient silencieux et immobiles. Trois d'entre eux avaient déjà travaillé avec elle du temps de la splendeur et des tournois de la Beaume, ils la revoyaient avec émotion et mesuraient, à la couleur de ses cheveux et à cette bosse qui lui courbait le dos, comme le temps avait passé. Les autres se réjouissaient à l'idée de partager un moment avec cette vieille femme qui était une légende et ils se donnaient un air sérieux pour être à la hauteur de ce privilège. Ils s'imaginaient déjà raconter leur aventure au village.

La cuisinière les a tous salués, les regardant comme elle avait regardé les poêlons et les louches, peut-être même avec un peu moins de douceur et d'affection. Soudain, elle s'est adressée à l'ancien bûcher – qui avait bien plus changé que les objets et n'a pas osé lui dire qu'il était rôtisseur désormais – et lui a demandé qu'on fît chauffer le four à la bonne température pour y cuire des tourtes et qu'on allumât un feu pour la soupe.

Elle n'était pas venue aux Murmures les mains vides, elle avait apporté avec elle un panier plein de pots fermés que son grand chien blanc avait traîné depuis cet autre monde où ils vivaient, et quand le plus jeune marmiton a mis le nez dans celui qu'elle venait de poser sur la table, il s'est senti transporté en automne. Les châtaignes cuites dans le miel libéraient un tel parfum, qu'il n'a pas résisté à l'envie d'y mettre le doigt.

La cuisinière voyait tout, mais elle ne lui a rien reproché : elle n'était là que de passage et ce n'était pas à elle de se charger de l'éducation de ce petit chapardeur. Elle s'est même amusée à l'observer lécher son index : elle savait que le carrelage de la cuisine se couvrait tout à coup pour lui de feuilles rouges et de bogues à moitié éclatées, que les couleurs d'octobre ambraient soudain les murs, que l'humus de la grande forêt lui chatouillait les narines. La surprise se dessinait sur les traits du marmiton à mesure que les vents d'automne lui agaçaient le bout de la langue.

Elle l'a laissé se remettre de ce voyage gustatif et ouvrir le deuxième pot. Là d'incomparables boudins noirs étaient conservés, leur saveur se mêlait à celles des pommes cuites et d'épices venues d'ailleurs, qu'elle avait trouvées Dieu sait où, et tout cela a libéré dans l'esprit du garçon des souvenirs de neige et de monde en hiver. Il s'est revu couché tout contre ses frères et sœurs, comme une portée de chatons, lové dans la chaleur de leur présence, il a entendu le souffle des bêtes qui exhalaient leur haleine tiède dans la pièce unique où elles dormaient avec sa famille.

Comment ce simple pot pouvait-il contenir tous les feux de Noël, les nuits interminables, la tendresse des siens, la douceur des bêtes, le froid du dehors, le givre et les arbres dénudés ?

Tout en s'interrogeant, le marmiton venait de soulever le couvercle du troisième pot, dont le parfum a aussitôt jailli dans la pièce, libérant l'énergie d'un fulgurant printemps : c'était une profusion de fleurs, de couleurs et de fruits, de la violette et des cerises, des ruisseaux gonflés d'une eau fraîche et vivifiante, c'étaient les troncs où la sève revenait, son cœur s'emplissait d'un sang neuf, son sexe lui-même s'enflait de désirs.

Le printemps l'a laissé hors d'haleine et, pour calmer cette éperdue jeunesse, il a ouvert le dernier pot. Alors, pris de langueur, il s'est cru endormi à l'ombre d'un tilleul, dans le bourdonnement des abeilles, tout près d'un panier plein de myrtilles, de groseilles et d'un bouquet de menthe. Sa mère l'a embrassé au front tout en lui fredonnant une berceuse, il a rouvert les yeux sur la blondeur des blés. L'air était lourd de soleil. C'était l'été. Sur le chemin du retour, il s'est plongé dans les eaux vertes et lumineuses de la Loue, il n'était pas vraiment pressé de rentrer, de revenir à lui dans la salle basse, de laisser échapper ce goût, il en cherchait un petit rien sous son ongle, une dernière trace…

Une année entière avait filé sous le nez du jeune marmiton. Dans chaque saison, il avait trempé son doigt, et les conserves de cette cuisinière aux cheveux d'argent l'avaient mené par le bout de la langue.

Il y avait du miracle dans tout cela !

Comment de vulgaires pots de terre pouvaient-ils enfermer les saisons et les déverser dans les cœurs ?

Le petit gars se sentait tout chose d'avoir ainsi voyagé dans le temps, comme plus vieux d'une année, et il n'a plus cherché à fourrer son nez dans les autres récipients par peur de vieillir davantage.

Tel était l'art de cette femme, un art que tous auraient voulu pénétrer, mais que nul ne parvenait à reproduire. À son contact, on apprenait à associer les goûts et les parfums, à mesurer la force du feu et celle des épices, à respecter les proportions les plus justes, mais toujours quelque chose échappait, bien qu'elle ne se cachât pas pour composer ses plats. Ce quelque chose ne tenait à rien de précis, il était son palais et son nez, cette sensibilité qu'elle avait au moindre écart de goût, cette mémoire des sens, son propre plaisir à pétrir pâte et images ensemble, à touiller ses souvenirs, à humer les grands vents et les plus infimes parfums, à rêver les arômes, à goûter chaque seconde. Dans sa cuisine, elle savait dissocier les fumets et pouvait suivre plusieurs cuissons à la fois. Elle avait cent nez au-dessus de cent poêlons, et cent mains qui agitaient cent cuillères. Sans qu'elle eût jamais besoin de courir, ses jambes la portaient d'un bout à l'autre de la pièce.

Le plus difficile restait pour elle d'accepter de déléguer, puisqu'elle cuisinait seule désormais et que les autres ne faisaient qu'approcher une perfection qu'elle atteignait chaque jour dans sa masure en concoctant les repas de ses filles mortes. Elle ne voulait pourtant pas laisser tous ces gens désœuvrés dans son ombre.

La cuisinière s'est tournée vers la grande jarre où reposait la farine blanche, elle en a extrait deux grosses louches et elle a montré au jeune marmiton, encore habité par son extraordinaire voyage, comment s'y prendre pour pétrir une pâte à tourte goûteuse et légère. Le petit lui a permis de reprendre contact avec le monde des vivants, alors seulement elle a réussi à donner à chacun une tâche précise. Hommes et femmes ont couru de droite et de gauche, ravis de lui être utiles, ils ont osé quelques questions et la cuisine a repris son allure de fourmilière.

C'est un festin que l'on a porté dans la chambre d'Aymon et tu as vu son corps frémir. Il a ouvert la bouche et s'est laissé nourrir pour la première fois depuis des jours. Son palais se ranimait, bien que l'esprit n'y fût pas. Il ne parlait pas, ne pensait pas, mais il mangeait. Ses sens s'éveillaient et c'était déjà un progrès considérable.

La vieille cuisinière qui le nourrissait à la cuillère avait demandé à rester seule avec lui le temps de son repas, et bien qu'elle ne fût pas vraiment comme les autres, bien qu'elle vécût en marge et côtoyât des fantômes, elle n'a pas dérogé à la règle commune et s'est mise à penser à voix haute :

— Tu es le seul petit homme que j'ai vu naître d'un peu près et dont j'ai suivi les premiers repas. Et pourtant, j'en ai fait des enfants, j'ai passé presque le tiers de ma vie grosse, avec tous ces fruits dans le ventre, qui mettaient tant de temps à tomber. Mais je n'ai jamais eu de fils. Elles se sont nourries de mon sang, de ma chair, de mon lait, toutes ces petites filles, et c'était comme si j'étais incapable de concevoir un garçon. Quand l'âge critique est arrivé, je ne m'en suis pas doutée. Pour moi, ce n'était rien de ne plus avoir de fleurs, rien qu'un nouvel enfant à venir, mais après plusieurs mois mon ventre ne s'arrondissait pas. J'ai dû alors me résoudre à ne plus saigner, à ne plus fructifier. Plus de petits pour remplacer les morts, plus d'enfants pour m'emplir, pour combler le vide. Et d'autres de mes filles sont mortes encore. Quatorze fois, j'ai vécu l'enfer pour leur donner la vie et, même si je me mélange, si je ne sais plus qui m'a fait souffrir ci ou ça, les souvenirs sont là qui me viennent dans le désordre, mais ils sont là. Quatorze fois, je suis morte en les voyant mourir. Te rends-tu compte que de toutes ces fillettes, si pleines de vie, il ne m'en est resté aucune ! Comment un tel désastre est-il possible ? Certes, je ne me suis jamais mariée, les pères se sont succédé dans mon lit et je ne me suis pas embarrassée d'eux, ni de ce que pouvaient penser les gens, je me sentais au-delà de leur jugement, j'aimais ma liberté autant que mes enfants, mais je ne peux pas imaginer que le ciel m'ait punie pour ma légèreté. Je ne crois pas que ses foudres m'étaient destinées, je ne suis pas si importante aux yeux de Dieu et s'il nous a conçus tellement sensuels, ce n'est pas pour que nous nous privions d'admirer sa création et d'en jouir. Mes filles sont tombées une à une, car elles sont nées au plus mauvais moment. Sais-tu que ma petite dernière est morte de tristesse en même temps que mon pauvre baudet ? J'ai quitté les Murmures après que le grand mal a emporté coup sur coup ses cinq dernières sœurs, je me suis isolée pour protéger cette unique enfant vivante qu'il me restait, je voulais lui consacrer tout mon temps, mais elle est morte de rien. Je l'ai vue s'éteindre peu à peu. Elle est morte de cette solitude dans laquelle je l'avais enfermée pour la soustraire au monde. Je la soupçonne d'avoir voulu rejoindre les autres. Mon désert ne lui disait rien, elle qui aimait tant jouer avec ses sœurs et vivre dans leurs pas, elle a suivi leurs fantômes. Je n'ai pas réussi à emplir son univers, à lui donner envie de poursuivre son chemin parmi les vivants. C'est que la peine me débordait, j'étais sans doute devenue vénéneuse.

Et là, elle a remarqué ta présence.

Qu'a-t-elle entendu, vu ou senti ?

Je n'en saurai jamais rien. Mais en revoyant cette scène aujourd'hui, je suis certaine qu'elle n'a ensuite parlé que pour toi.

— Douce, Bonne, Claire, Colombe et Belle ont été emportées par la pestilence, Agathe et Violette sont tombées ensemble de la falaise alors qu'elles jouaient à se tenir la main en courant au bord du vide, Aube s'est noyée dans la Loue, une fièvre a dévoré Hermine, on a dit que Judith avait croisé un loup dans la forêt après le dernier tournoi de la Beaume, mais tout le monde sait que ce loup était un homme, Marguerite est partie bébé pendant son sommeil, Rose et Souveraine en naissant, et la petite dernière, Bonjour, la seule qu'il me restait, est morte de tristesse. Il faudra que tu viennes un jour jusqu'à ma maison, l'Enfant. Les hommes de ton père ne savent pas suivre la voie des parfums, ils cherchent des traces au sol, ces imbéciles. Les chansons, les parfums peuvent être des chemins, ils nous ouvrent des espaces invisibles. Sais-tu que j'essaye de faire de ma demeure le palais des enfants ? Je voudrais tant en avoir de nouveau quelques-uns à choyer. Des petits bien vivants qui joueraient avec mes fillettes mortes.

Le chien blanc s'était allongé contre toi et il gémissait doucement en poussant ta main du bout de sa truffe dès que tu arrêtais de lui gratter le cou, si bien que, craignant que ses pleurs ne révélassent ta présence, tu as dû le caresser sans interruption pendant que sa maîtresse nourrissait Aymon.

— Viens donc t'égarer de ce côté-là du monde avec ta petite fiancée, j'ai tant d'histoires à vous conter. Je vous attendrai. J'ai réveillé ton corps. Tu ne mourras pas de faim, cher ange. Maintenant, je dois rentrer m'occuper de mes petites furies. Venez donc tous les deux me rendre visite, quand tu seras réveillé pour de bon. Si tu choisis de dormir trop longtemps, la petite de sire Martin peut venir seule. Je l'accueillerai en souvenir de sa mère Marie qui était la meilleure des femmes. La dernière fois que Marie est passée aux Murmures, j'avais encore neuf de mes enfants, mon amant saucier et du lait plein les seins. J'en avais plus qu'il n'en fallait et ma poitrine explosait. Il suffisait que je presse mon téton pour le faire jaillir et la plus petite de ses jumelles, celle qui est née trop tôt, lapait mon lait dans la louche comme un chaton, avec sa langue miniature. Ils l'ont nommée Blanche alors qu'elle était rouge pivoine. Nul ne pensait qu'elle survivrait, mais moi, je la voyais se battre, s'accrocher à la vie avec une telle force que je me doutais bien qu'elle deviendrait un beau petit gâteau. Elle a tant hurlé de sa voix nasillarde que les gens d'ici ont été ravis de la voir partir enfin, au bout d'un mois, quand elle a pu téter sa mère et quitter la chaleur du four où je la tenais à bonne température comme dans un ventre. C'est la veille de son départ qu'on a retrouvé le corps de ma Judith dans la forêt. Marie m'a bercée toute une nuit…

Tu n'as osé ni te montrer, ni faire entendre ta grosse voix rauque. Mais, après que la cuisinière est repartie, avec son chien blanc, tu as couru jusqu'au four à pain, pour voir à quoi ressemblait ce ventre où tu avais passé ton premier mois dans ta petite boîte en bois.

Ta mère était la meilleure femme du monde, avait dit la cuisinière…

La petite fille

J' voudrais être mariée, j'irais peut-être plus aux champs !
Voilà la belle mariée, elle va toujours aux champs.
Adieu, nos amourettes, adieu, pour longtemps !

Derrière l'énorme croupe du cheval de Haute-Pierre – seul ce monstre peut supporter son poids –, Bouc avance au pas, avance dans la chanson des vignerons, avance en dansant pour se retenir d'aller trop vite. Il paraîtrait presque léger à sautiller comme il le fait.

Je voudrais être enceinte, j'irais peut-être plus aux champs !
Voilà la belle enceinte, elle va toujours aux champs.

Sa crinière et sa queue s'agitent, si bien que mon cheval semble en flammes dans ce chemin qui descend tranquillement au village de Moustier et traverse des coteaux plantés de vignes où femmes et enfants travaillent à cueillir les bourgeons encombrants.

Je voudrais être accouchée, j'irais peut-être plus aux champs !
Voilà la belle accouchée, elle va toujours aux champs.

Leurs mains courent dans les ceps et leurs voix se répondent. Leurs regards nous fixent au passage, ils nous observent sans interrompre ni leur chanson, ni leur ouvrage.

Je voudrais être vieille, j'irais peut-être plus aux champs !
Voilà la belle vieille, elle va toujours aux champs.

Et d'ouvrée en ouvrée, la chanson se poursuit, tandis qu'entre les sarments des yeux me dévisagent par en dessous, moi, l'étrangère. Je ne leur en veux pas de me traiter en bête curieuse, j'aurais fait pareil chez mon père. C'est qu'en nos petits pays, il est rare de voir un visage neuf, surtout une tête de fille. Ils pourront jaser ensuite et critiquer mes cheveux rouges, mes taches de son, ma jeunesse, ma cotte bleue, mon cheval de guerre couleur terre, qui s'empêche de charger en dansant, je leur donne de quoi causer pour les jours qui viennent.

Je voudrais être morte, j'irais peut-être plus aux champs !
Voilà la belle morte, enterrée dans son champ.

C'est un peu lourd pour mes épaules d'Oiselot, tous ces regards, j'aimerais me réfugier dans le parfum de ma petite chemise, la tirer au col et la remonter sur ma bouche, sur mon nez, comme je l'ai toujours fait, mais je me souviens que j'ai grandi, alors je me retiens et je ne tente pas de me glisser entre Haute-Pierre et son sergent Geoffroy. J'affronte les grappes d'yeux et je me tiens bien droite sur mon cheval, qui ne sait pas marcher autrement qu'en dansant, je m'enfle autant que possible, pour faire oublier que je ne suis qu'une petite Minute. Le menton relevé, le regard fier, je me pavane dans cette robe bleue qui n'est même pas la mienne. Je porte mon futur titre de châtelaine comme un costume trop ample sur mon corps d'Oiselot. Je ne suis plus cette sauvageonne que j'étais, il y a un mois à peine, j'écris mieux depuis que j'ai compris ce qui m'empêchait d'apprendre. La patience de mon maître m'aide à oublier mon diable de père et tous ses interdits. D'après mon maître, le diable n'a que la force qu'on lui donne.

— Ils sont tous vignerons depuis toujours et ils chantent leur champ ! finit par dire Haute-Pierre en riant. Les gens d'amont n'ont pourtant pas de champs, c'est le principal travers de notre terre en pente. Seuls la vigne, le bois et les bêtes nous font vivre dans cette vallée étroite.

— *Dans notre gorge, rien ne vient bien que le vin !* renchérit Geoffroy en chantonnant à son tour.

— En allant vers Ornans, l'étau des montagnes se desserre peu à peu et l'on peut cultiver du blé ou de l'avoine. Mais ici, la terre penche trop, rien ne pousse que le raisin, cette plante capricieuse et fragile. Plus en aval, ils peuvent se permettre d'être mauvais vignerons et de planter des sacs à vin, mais, ici, nous sommes condamnés à rester les meilleurs, si nous voulons échanger notre vin contre du pain. Si nous voulons manger et ne pas nous contenter de boire ! Vois, les ceps disposés en espaliers et en quinconce s'enflent de lumière et ne se font pas d'ombre. Nous sommes du beau côté de la Loue, nous avons le soleil ! Hautefeuille n'a pas cette chance ! Pas de soleil sur son versant, mais il a beaucoup plus de terres par le haut, sur le plateau. Il boit notre vin comme tant d'autres. Aux beaux jours, le vent n'entre pas dans cette gorge étroite qui retient la chaleur du jour, si bien que, dès le printemps, le temps est plus clément dans notre vallée qu'ailleurs.

— Mais quand il pleut trop, les choses se gâtent ! La boue dévale ces pentes et arrache tout, pêle-mêle, poursuit Geoffroy.

— Après les orages, les gens d'ici remontent la terre, à la hotte et au seau, ils refaçonnent les coteaux, replantent les ceps, réparent le pays pour qu'il s'incline comme il faut. Sans nous, il n'y aurait plus de terre sur ces rochers depuis longtemps, rien n'y pousserait. Quel laboureur transporte ainsi son champ sur ses épaules ? Les vignerons d'ici sont les meilleurs et les plus courageux qui soient. Ils rient de leur sort, et chantent en mourant, mais jamais on ne les enterre dans les vignes, leurs corps couleraient avec la boue jusqu'à la Loue.

Des hommes creusent de profondes saignées dans la terre pour que les eaux s'écoulent mieux la prochaine fois qu'il pleuvra, qu'elles trouvent leur chemin jusqu'à la rivière ; d'autres restaurent des murets pour soutenir leurs rangées de vignes et empêcher qu'elles ne s'écroulent. Ils reconstruisent ce paysage qui ne tiendrait pas sans eux. Leur besogne ne s'achèvera jamais et, moi, je serai un jour leur maîtresse, la femme d'Aymon, le simple dont l'esprit penche autant que ce pays, je serai la femme d'un homme si faiblement charpenté que son corps se plie à toutes les métamorphoses et je devrai l'empêcher de s'ensauvager tout à fait, d'être poisson ou chien, le reconstruire chaque jour et, de mes mains, je le remodèlerai homme, comme ces vignerons remodèlent leurs coteaux.

— Je te présente nos quatre plants. Celui-là donne de petits grains noirs et juteux, serrés sur de longues grappes. Il vient toujours dix jours avant les autres, si bien qu'on le cueille très mûr, presque sec. Les gros grains ronds et dorés du Lausannois arrivent tôt aussi, il y en a de ce côté. Ici, on a planté du Bon blanc, de petits grains ovales d'un blanc verdâtre, très sucrés. Comme le Pulsar, qui est un rouge, il évite mieux les gelées de printemps.

Je ne vois aucune différence entre tous ces pieds de vigne, les rangées sont bien droites, les sarments tous aussi noueux, les hommes et les femmes, eux-mêmes, se ressemblent, qui portent les mêmes cottes brunes et me lancent un même regard de biais. Mais je serai la femme d'Aymon, je dois apprendre à lire et à écrire, je dois apprendre à mener ces gens et savoir comment vient le vin.

— Deux précoces et deux tardifs, pour tenter de passer à travers les mailles du climat et avoir quelque chose à boire en cas de printemps trop froid ou d'automne trop humide. Mais malgré ça, c'est tellement fragile, ces pépites blanches ou noires, qu'il n'est pas rare qu'une grêle nous vendange tout en une nuit. Alors, c'est une année pourrie, les serfs ne vivent qu'à peine sur leurs réserves et, moi-même, j'ai du mal à entretenir mes hommes. Quelle bonne année quand on est épargné par les caprices du ciel ! Hein, Geoffroy ?

— La vallée est en fête et, après les vendanges, on est tous à la danse ! C'est beau à voir ! Il n'a pas gelé ce printemps et le tonnerre d'hier est un bon signe : *Pluie d'orage à la Saint-Silvère, c'est beaucoup de vin dans le verre*. Pourtant les vignes sont en retard, elles se portent bien, mais elles sont comme endormies. Il faudra plus de soleil cet été pour rattraper ce temps perdu.

Sans descendre de son cheval, Geoffroy s'arrête pour parler avec un vieil homme édenté qui attend assis sur une pierre sans rien faire.

— Pas de sacs à vin sur ma réserve ! poursuit Haute-Pierre. Rien que du bon ! Pas de ces cépages qui résistent à tout, mais donnent d'affreuses piquettes. Ce que font les vilains sur leurs tenures, c'est autre chose ! Je ne le mélange pas au reste. C'est pour les paysans du plateau. Je te montrerai, Blanche, comment mener cette terre ! Nous arrivons dans le bas, à Moustier. Ce que tu vois là, sur ces deux tertres, c'est le prieuré, avec son verger et ses jardins, il dépend de Cluny. Tout ce qu'il y a de ce côté de la rivière, depuis Lods jusqu'au Châtelet, et même au-delà, de La Combe à l'ours jusqu'au Bois rouge, hommes, terres, vignes, bêtes, arbres, rivière, ruisseaux, moulins, tout ce pays penché nous appartient pour moitié au prieur et à moi.

— Les vignerons commencent à s'inquiéter : les bourgeons continuent de pousser et aucune fleur ne vient, intervient Geoffroy qui nous a rattrapés. L'ancien, lui-même, n'a jamais vu ça. Si le prieur acceptait d'organiser une petite procession sur vos terres, cela rassurerait vos gens. Sur les siennes plus en aval, tout est déjà fleuri.

— Je déteste devoir quoi que ce soit à cet homme-là, il me fait payer si cher ses services.

La pente faiblit, vignes, vignerons et chanson s'effacent. Ici, dans le fond de la gorge, le silence se fait et j'ai soudain un peu peur d'entendre la Loue m'appeler de nouveau, peur qu'elle ne me supplie de me replonger dans ses eaux glacées, peur de rêver éveillée, de me souvenir de ses caresses et de l'aimer malgré sa violence. Nous entrons dans l'ombre, il est encore tôt et le soleil est trop bas dans le ciel pour se déverser dans le fond de la vallée. J'ai froid soudain.

Nous ne sommes plus très loin de la rivière, je guette le bruit de l'eau courante, mais l'air est vide, rien ne chuchote.

L'église de Moustier est plantée au beau milieu d'un champ de croix, à quelques pas à peine du prieuré. Alors que nous traversons l'immense cimetière, Haute-Pierre brise le silence d'un murmure :

— Le prieuré récolte depuis plusieurs siècles ses morts sur toute la vallée, et même au-delà. Ça rend mieux que le vin et demande moins de travail. Ça pousse tout seul, les morts ! Ce n'est ni fragile, ni capricieux. Les gens payent cher pour se coucher ici, à l'ombre de ce cloître, non loin des saints hommes qui prieront pour eux jusqu'au Jugement dernier ! Commerce idéal que celui du dernier sommeil.

Dès que Haute-Pierre cesse de blasphémer, le silence nous rattrape. Un silence de fin du monde. Quelque chose de sacré que les bêtes elles-mêmes n'osent pas rompre. Nous laissons nos chevaux à l'attache devant le prieuré. Et tandis que je rassure Bouc d'une caresse, un chant grave et tranquille se déploie.

Preces meæ non sunt dignæ,
sed tu bonus fac benigne,
ne perenni cremer igne.

En passant dans la cour, nous entendons mieux encore les moines en prière et leur chœur sacré résonne sous d'invisibles voûtes.

Comment Haute-Pierre ose-t-il parler ainsi de ces saints hommes ? Ne craint-il pas d'être terrassé par la main de Dieu ou par la foule des morts qui patiente ici ?

J'ai perdu ma belle assurance et je me cache dans l'ombre de Geoffroy.

Inter oves locum præsta,
et ab hædis me sequestra,
statuens in parte dextra.

Ces voix soufflent une langue musicale dont les modulations plaisent à l'oreille de Dieu. Je me sens aspirée par le ciel comme si mon corps entier était tissé de fumée.

Le soleil arrive enfin au cœur de la vallée.

Confutatis maledictis,
flammis acribus addictis,
voca me cum benedictis.

Leur chant souligne et habite le silence.

Oro supplex et acclinis,
cor contritum quasi cinis…

Toute cette sérénité est soudain abîmée par de violents coups de marteau.

… gere curam, mei finis…

Je lève la tête vers le ciel d'où semble venir ce vacarme et je reconnais Éloi, marteau en main, à cheval sur la faîtière du toit qu'il restaure, lançant son bras vers le soleil avant de le rabattre avec force sur le bois qu'il travaille.

Pas de tuiles, juste une puissante ossature de chêne. Pas de chair, mais de légers nuages dans les trous, du ciel entre les poutres et les solives, du bleu entre les lames de bois du treillage que le charpentier cloue, si haut dans le soleil, qu'il ressemble à un ange terrassant un dragon. Je suis heureuse qu'Aymon ne le voie pas chevauchant le ciel sur sa coque retournée, il est plus beau encore aujourd'hui que sur ce pont le jour où il l'a rencontré et où il s'est retrouvé nu dans ses bras. Mais, au retour, sa tête était sur mon épaule.

La vieille âme

Tu t'es imposée face au chœur des vignerons, tu as affronté leurs multiples yeux, comme si ces gens-là n'existaient qu'à peine, comme s'ils n'étaient que des mains au travail sur tes terres, une horde d'ombres peinant sous le soleil. Tu as réussi à porter ta panoplie de future maîtresse à bout de bras pour te grandir, tu t'es rassemblée pour te sentir puissante malgré ta stature de poupée, mais voilà que ton image bricolée n'a pas tenu face au chant des moines, et que tu t'es recroquevillée dans l'ombre des hommes qui t'accompagnaient, effrayée par la beauté du plain-chant. Ta belle assurance est partie en fumée.

L'oraison perpétuelle des moines clunisiens pour le repos éternel des morts et leurs requiem avaient-ils plus de pouvoir que la vulgaire chansonnette des vignerons ?

Pourtant, que la vieille ait été enterrée dans son champ et son seigneur à l'ombre du prieuré n'y changerait rien : de ces champs que tu as traversés ce matin-là, champs de vignes ou de tombes, il ne reste rien aujourd'hui.

Les morts se serraient les uns contre les autres autour du prieuré, s'entassaient, débordaient du cimetière, repoussaient les vivants dans la pente. Les morts pensaient avoir trouvé le grand lit où ils pourraient dormir bercés par des prières, jusqu'à la fin du monde. Confiants, ils avaient payé d'avance les générations de moines censées se succéder en ce lieu et intercéder auprès de Dieu pour le salut de leur âme. Ils avaient abandonné une part de leurs biens terrestres ou dépouillé leurs enfants de leur héritage, afin que leur nom fût prononcé jusqu'au Jugement dernier en ce prieuré, aujourd'hui muet.

Leurs noms, leurs tombes sont désormais perdus. Cluny est tombée et, même si les vivants prient toujours pour les morts, plus aucun nom n'est prononcé et ceux qui ont payé ne sont pas mieux servis que la vieille enterrée dans son champ.

La puissance des représentants du divin sur terre est aussi temporelle que le reste, les croyances, elles-mêmes, sont temporelles. Les religions grandissent, vieillissent et, sans doute, finiront-elles toutes par tourner au mythe. Certaines s'enkystent pour survivre, d'autres luttent pour s'imposer, pour rester vivantes, puissantes, effrayantes. Il arrive que des assoiffés de pouvoir dirigent des affamés de sens, leur tracent la voie à suivre, justifient la violence, se justifient par la violence, utilisent les plus sauvages pour régner sur les craintifs et terrasser les autres.

Car qui mieux que Dieu peut légitimer un pouvoir temporel ?

Que Dieu soit muet arrange bien les choses.

Il me semble qu'une religion ne prend sens que si elle se dépouille absolument de ce pouvoir-là et ne craint plus sa fin. Quand elle ne s'impose plus par force ou effroi, alors seulement, elle devient spirituelle et précieuse. Mais comme la majorité des hommes a besoin de croire en foule, qu'elle rêve d'un père puissant, pas d'un Joseph, et que nul n'accède au pouvoir par hasard, comme ce chemin qui y mène ne rend pas meilleur et que l'heure n'est pas au dépouillement, j'ai bien peur pour vous, mes chers vivants. Moi qui suis morte, je peux rire tout mon saoul des ambitieux qui se rêvent des saints en agitant l'épée du sacrifice. Je peux rire de ceux qui utilisent Dieu comme prétexte pour asseoir leur pouvoir.

Mais j'ai bien peur pour vous, pauvres vivants, qu'un éclat de rire met en péril…

Le rire est une menace, qui grignote les certitudes, découd les lèvres, dessille les hommes, dénude les rois, le mieux est de le déclarer hérétique.

Pourtant quand, oubliant la violence et l'aigreur, je repense à la beauté de ces chants lancés dans le silence du ciel, que je revois cette vallée follement hérissée de croix et de vignes, cette rivière profonde au mitan du grand lit, quand je me souviens de ce monde penché qui réjouissait mes sens, de la bonté d'Aymon, de la lumière d'Éloi à cheval sur son toit, de l'amour de Haute-Pierre pour son fils, il me semble que Dieu existe vraiment et que, parfois, il se fait hommes.

Tu n'as pas pénétré dans le prieuré, petite fille, sur ordre du prieur, les femmes n'y entraient plus, on t'a abandonnée un moment dans la cour. Éloi qui t'a reconnue est descendu du ciel pour te saluer sans te laisser le temps de reprendre un peu d'assurance.

Il a bu et s'est rafraîchi le visage, rougi par l'effort, à la fontaine avant de se planter, grand et robuste, devant toi en s'essuyant le front d'un ample mouvement de la main. Ses cheveux mouillés dégoulinaient sur son visage souriant et toutes ces gouttes d'eau et de sueur qui coulaient sur ses tempes, ses joues, ses lèvres charnues étincelaient sous le soleil de juin.

Les moines continuaient de chanter, mais tu ne les entendais plus qu'à peine. Tu ne songeais qu'à cette main forte et calleuse capable de disputer sa proie à une rivière furieuse et tu sentais ton propre visage s'enflammer face à ce tranquille jeune homme. Il y avait quelque chose d'émouvant à l'idée qu'un garçon tellement calme, puissant et droit ait pu naître dans un pays si penché qu'il fallait sans cesse l'étayer pour empêcher qu'il ne s'écroulât.

— C'est beau de te voir clouer ces poutres au ciel, lui as-tu dit sans trop savoir pourquoi.

— Merci, Blanche qui saura bientôt lire, t'a-t-il répondu. Mais je suis bien moins proche du ciel que les moines qui vivent ici. Ce sont eux qui touchent les cieux, moi je me contente de ramper sur les toits. Bientôt, notre travail sera achevé, les couvreurs vont prendre notre suite, et il faudra que je parte avec mon maître à Pontarlier.

Le bel Éloi avait arraché le corps d'Aymon aux eaux folles, peut-être pourrait-il dégager son esprit du sommeil avant de quitter le pays. Son regard franc exhalait une force héroïque et il semblait taillé d'une pièce dans une chair massive, simple et joyeuse. Tu ne voulais pas imaginer qu'il était celui qu'Aymon attendait depuis plus d'un mois, tu ne pourrais pas supporter que l'Enfant le regardât une fois encore avec cet amour démesuré.

Éloi ne devait pas venir au château.

— Tu as peur de demander à ton seigneur de t'affranchir ?

— Je ne crains personne, ni lui, ni le prieur ! t'a-t-il répondu en riant.

— Ni les eaux de la Loue…

— Ni même la Dame qui y vit. Comment va l'Enfant ?

Tu avais repris le dessus, Chardon, et tu tenais de nouveau la tête haute, malgré la masse rouge et épaisse de tes cheveux dont aucun peigne ne venait à bout et que l'on pouvait croire aussi lourde à porter qu'une couronne de métal. Ton regard presque assuré faisait face au jeune charpentier.

— Cela fait plus d'une lune qu'il dort, comme dans les contes, mais il n'a pas trop mauvaise mine depuis qu'il mange dans son sommeil. Haute-Pierre est là, demande-lui de t'affranchir et je pourrais dire un mot en ta faveur, lui rappeler ce que nous te devons…

Les hennissements furieux de Bouc ont interrompu ta tirade. Te doutant de ce qu'il se passait, tu es aussitôt sortie de la cour du prieuré et Éloi t'a emboîté le pas. Vous avez eu le temps de surprendre Jacques, qui filait entre les croix, fronde en main, tandis que Bouc, furieux et blessé à la croupe, tirait au renard et affolait les montures attachées à ses côtés.

Il t'a fallu un moment pour calmer ton cheval aux yeux fous, tandis qu'Éloi se chargeait des autres bêtes.

— Un jour, Bouc se détachera et ce Jacques se mordra les doigts de s'être ainsi amusé à le harceler sans cesse. Depuis la crue, il lui a envoyé assez de pierres pour couvrir sa tombe.

Tu as dit cela en te jurant de lâcher toi-même ton cheval la prochaine fois qu'il tournerait fauve, de le lâcher sur ce garçon malingre et mauvais, comme on lâche un mâtin ou quelque meute vorace. À ta mâchoire crispée et à tes petits poings serrés, Éloi a sans doute deviné le fond de ta pensée. Il a souri et t'a rappelé, du haut de ses quinze ans, que Jacques était encore plus jeune que toi et que les enfants étaient souvent cruels. Il t'a ensuite remerciée de ta proposition, mais il préférait ne pas faire une telle demande à son seigneur sans que son père fût là pour l'entendre. C'était un sujet sérieux que de se libérer d'une terre, il irait dès que possible en famille au château. Puis il s'est excusé de devoir te laisser pour reprendre son ouvrage et a regagné son toit au plus près du soleil.

Ta jalousie l'emportait sur ton amour. Tu ne voulais pas qu'il revoie Aymon avant son départ.

Haute-Pierre est revenu avec le prieur, un homme maigre à la peau blême, qui t'a semblé long comme un bâton. Son visage de bois mort a à peine répondu à ton salut avant de prendre congé sèchement. Tu as pensé que ces hommes-là étaient des flûtes, des corps creux à travers lesquels les mots et la musique ne faisaient que passer sans laisser de traces. Il était pourtant difficile d'imaginer qu'un être aussi froid et raide pût souffler un chant un tant soit peu mélodieux. Le prieur a tourné brusquement les talons avant de disparaître dans un grincement de vieille porte.

— Qu'il est dur en affaires, cet homme-là ! s'est indigné Haute-Pierre. Il a accepté de mener une procession sur mes terres contre une coquette somme, et il exige de rencontrer mon fils avant. Je l'ai toujours tenu à distance d'Aymon qu'il a pris pour un possédé. Il voit le diable partout, il est aveugle à la beauté de cet enfant. Quelle tristesse de ne pas savoir contempler la création, de ne pas sentir que sa splendeur réside dans ses faiblesses !

Haute-Pierre et son sergent s'apprêtaient à sortir de la cour quand tu as désigné Éloi sur son toit :

— Seigneur, voici celui qui a sauvé Aymon et dont je vous ai parlé déjà. C'est l'un de vos serfs. Il n'ose pas vous demander la permission de devenir charpentier et de partir pour Pontarlier. Il a peur que cela coûte trop cher à son père.

Tu savais comme cet homme aimait son fils et tu imaginais qu'il allait parler à Éloi et qu'il accepterait de l'affranchir aussitôt, sans contrepartie, le dispensant de venir à pied aux Murmures. Éloi resterait à distance de ton histoire, il quitterait le pays sans vous revoir, ni toi ni Aymon, et tout serait pour le mieux. Tu pourrais enfin oublier ce regard dont la lumière te bouleversait plus que tu ne voulais l'admettre.

Haute-Pierre, qui traînait son embonpoint et soufflait à chaque pas, s'est arrêté net. Il a déplié ses dix doubles mentons, levé son visage rouge et bouffi dans le soleil et s'est protégé les yeux en mettant sa main potelée en visière pour mieux voir le jeune homme perché sur son toit. Ses énormes bagues brillaient. Il l'a observé fixement un moment avant de le héler :

— Eh, toi, là-haut ! Viens au château ! J'aimerais que tu voies mon fils.

— Tout de suite, mon seigneur ? a demandé Éloi depuis son ciel.

— Oui. Je t'attends aux Murmures.

— Et mon ouvrage, seigneur ?

— On me dit que tu es de mes hommes et que ta place n'est pas dans ce prieuré, mais sur mes terres. Si tu veux remonter un jour sur un toit, il va falloir que tu m'obéisses un peu mieux.

— Bien, seigneur.

Que voulais-tu vraiment, toi qui précipitais le désastre ?

La petite fille

Éloi est descendu tranquillement de son toit, tandis que nous détachions nos chevaux et prenions le chemin du retour.

Je voudrais être belle, aussi belle que peut l'être une petite Minute de douze ans ! En arrivant aux Murmures, je demanderai à Margot, notre suivante, de m'habiller et de me coiffer, je lui demanderai de faire de moi la femme que je serai bientôt.

Éloi est sorti de la cour du prieuré après s'être lavé les mains et le visage à l'eau de la fontaine. J'imagine qu'il a soigneusement rangé ses outils avant de partir – un charpentier prend soin de ses outils –, sans doute les a-t-il confiés à l'un de ses amis. À moins qu'il n'ait préféré prendre la route lesté de ce qui le fait charpentier.

Margot me regardera sans comprendre, avec ce sourire qui pardonne tout. Je lui parlerai des noces d'Aiglantine et je lui dirai : « Décidons ensemble d'une coiffure pour la fête, veux-tu ! Montre-moi ce que tu pourrais faire de ces affreux cheveux rouges que j'ai ! » Et derrière les courtines de tissu de notre lit, j'entendrai alors les gémissements d'Aiglantine dont le mariage approche et qui n'a plus la force de chanter. Pauvre Aiglantine ! Pauvre oiseau à la gorge coupée ! Ses mots d'amour se sont fondus en larmes. Elle ne fait que pleurer Colin, dont elle sera bientôt séparée par le lit de la Loue, et repousse nos bras et nos caresses. Et je ne sais pourquoi, voilà que j'ai soudain envie de chanter à sa place…

Mais Éloi n'est qu'apprenti encore, il ne possède rien. Les outils sont coûteux, il n'en a pas encore. Il avance donc plus léger, ou seulement chargé du bout de ficelle et de la fausse équerre que les charpentiers utilisent pour tracer sur le sol les dessins compliqués qu'ils déplient ensuite dans les airs.

Aélis s'agace infiniment des gémissements d'Aiglantine :

— Tant de pleurs vont faner ta beauté, il faut savoir les contenir pour ne pas se gâcher le teint ! Ne te plains pas, ma fille, tu aurais pu tomber plus mal. Chaque jour, ton fiancé vient aux Murmures et, chaque jour, il demande à t'entretenir en vain. Alors nous causons, il est charmant, il me dit que nous sommes si belles, toi et moi, qu'il ne peut plus se passer de nous voir. Ce mariage avec l'aîné des Hautefeuille est une très bonne alliance, crois-moi ! Je te dirai bientôt comment te l'attacher longtemps, je t'apprendrai à berner les hommes. Mais il faut d'abord sécher tes yeux. Garde tes larmes pour plus tard, ma fille. Quand ton visage ne tiendra plus et qu'il n'y aura plus rien à préserver, alors tu pourras pleurer tout ton saoul. Tu n'auras rien d'autre à faire qu'à pleurer ta jeunesse.

Éloi traverse les champs de croix. Il avance à grands pas parmi les morts. Rien ne l'effraie. Les anciens seigneurs, qui dorment là pour l'éternité, se fâchent peut-être de l'entendre marcher sur leurs têtes d'un si bon pas. Mais l'heure n'est pas aux fantômes.

Je sais qu'Aélis a tort et qu'elle ne sait pas tout des hommes, qu'ils ne sont pas toujours si simples à berner. Depuis que mon père l'a abandonnée au-dessus du vide, elle-même est si pleine de larmes qu'elle est insensible à la peine de sa fille comme au sommeil de son fils. Elle ne pourrait ajouter des larmes aux larmes sans déborder, et la crue ravagerait son beau visage impassible, ce visage qu'elle s'acharne à tenir fixe pour ne pas s'abîmer les traits, ce visage lisse et tranquille qu'elle a posé sur son âme comme un masque de marbre et qui n'exprimera jamais rien d'autre que sa beauté jusqu'au jour où il craquera et où les peines anciennes, accumulées sous sa chair, jailliront toutes ensemble, emportant pêle-mêle dans un flot de larmes la couleur de ses yeux, l'arrondi de ses lèvres et l'arête de son nez. La chair de ses joues s'amollira, la pâte se distendra, ne tiendra plus à l'os. Aucune saignée n'aura été creusée en prévision de ce jour-là qui permettrait à sa douleur de s'écouler directement jusqu'à la Loue sans tout détruire sur son passage. Alors Aélis sera comme un coteau ravagé par l'orage.

Éloi marche sans ralentir l'allure dans ce chemin pentu qui traverse les vignes, et le bruit court déjà parmi les vignerons que celui-là, qui foule leur petit pays d'un si bon pas, s'en va demander sa liberté au château, qu'il dégage ses pieds de la boue des coteaux, qu'il dégage ses bras de leur foule de bras, qu'il veut couper le lien l'attachant à la terre qui penche et passer sa vie sur les toits au plus près du ciel. Jamais plus, il ne remplira de hottes avec eux et leur regard sur lui est un adieu. Les chansons en parlent sur son passage, elles racontent l'histoire d'un qui les quitte pour suivre sa propre route, armé d'un bout de ficelle et d'une fausse équerre qu'il a taillée lui-même dans le bois d'un saule.

Nous laissons les chevaux aux palefreniers. Colin mène Bouc aux écuries. Il continue de chanter des mots doux auxquels son amante, enfermée dans sa tour, ne peut plus répondre. J'ai fini par m'habituer aux pleurs d'Aiglantine, je ne les entends plus qu'à peine, pas plus que je n'entends la cascade désormais.

Je demande à Margot de m'aider à enfiler le surcot blanc brodé qu'on m'a fait pour ces tristes noces. Je n'ai plus peur d'être mangée par l'habit. Je n'ai plus peur de grand-chose. Éloi approche.

Margot m'obéit, elle sort le peigne d'os et tire si fort sur mes cheveux en les coiffant qu'une douleur pointe dans ma hanche, comme une soudaine piqûre d'aiguille. J'étouffe un cri, mais je ne me rebelle pas, je veux être belle aujourd'hui.

Me voilà couronnée de fleurs de tissu blanc. Margot a réussi à lisser mes mèches rouges, elles sont sages et douces pour plaire à mon amour.

Éloi marche droit, sous le soleil. Il n'hésite plus et tient son équerre à pleine main pour se donner du courage. Il est déjà tellement plus libre que moi, qui vais de travers dans mon habit de fête, me coule toute blanche dans l'ombre et me glisse dans le silence de la chambre d'Aymon sans qu'on me voie.

Durant son long sommeil, ses boucles blondes ont poussé. Elles encadrent son visage délicat d'une belle lumière dorée.

C'est si doux sa peau sous mes doigts.

Je me penche sur ses lèvres entrouvertes et je lui donne un baiser, mon tout premier baiser de femme. Je sens ses lèvres tièdes contre ma bouche, je goûte leur chair tendre, son souffle entre en moi et le mien en lui, je m'emplis de son parfum de bois. Et la forêt me court soudain dans le corps, agitant ses grands bras. Mes cheveux lâchés tombent en rideau autour de nous, si bien que nos visages sont encagés de reflets roux, comme isolés du monde.

Éloi a atteint le haut du rocher de la Beaume. Il longe le précipice en tortillant sa petite ficelle entre ses doigts.

Je rassemble mes cheveux et les passe par-dessus mon épaule pour ne pas gâter ma coiffure. Je m'allonge à côté d'Aymon en espérant que ce baiser le ranimera, le remuera autant qu'il m'a remuée. Je lui prends la main.

Mon baiser, mon tout premier baiser de femme, je l'ai volé, et jamais plus je ne serai la même. Je ne suis plus ni Minute, ni Chardon. J'aime un idiot magnifique au doux visage. Je ne suis coupable de rien, j'ai tant rêvé de devenir celle que je me sens être à présent. Il va s'éveiller, me regarder, me reconnaître.

Éloi arrive en vue du château. Mais il arrive trop tard. Je suis tout contre mon amour et je sens son cœur qui bat déjà plus vite sous ma main. Il n'y a plus qu'à attendre que mon souffle se répande en lui, que mon amour lui parcoure le corps comme sève.

Éloi passe la haute porte des Murmures.

Je suis heureuse, car il me semble que nous sommes mûrs pour l'amour, pas pour cette chose que père fait avec toutes les femmes, pas pour cette violence des corps poussés les uns contre les autres qui se montent comme des chiens dans un furieux désordre jusqu'à s'entre-dévorer ; non, mûrs pour un amour précieux, qui éveille les êtres au monde, mûrs pour cet amour qui nous ouvre la poitrine en deux et jaillit de nos cœurs, de nos bouches, de nos yeux, de nos côtes, et coule comme du sang dans toutes les saignées des champs, pour cet amour qui creuse son chemin dans les vignes, dans les forêts, dans le ciel, et rend toute chose, sinon intelligible, au moins sensible. Cet amour qui me fait respirer l'espace sans retenue et accepter que la beauté du monde me transperce comme une épée. Je suis mûre pour l'amour, je ressens cette joie qu'on éprouve à n'être qu'une part de quelque chose de plus vaste. Il me semble que mon être perd ses contours et qu'il se dissémine dans chaque fleur, dans chaque feuille, dans chaque insecte. Je n'avancerai plus seule en ce monde, je serai le vol d'étourneaux, le banc de poissons, la horde de fillettes rouges. Mes envies, mes peurs, mes peines s'amenuisent, je suis mûre pour cet amour qui me soulage un peu de moi-même et, déjà, tes paupières s'entrouvrent.

Éloi est là, derrière la porte, je l'entends qui approche. Éloi et ses larges yeux francs bordés de grands cils noirs, Éloi et son sourire qui fait sourire malgré soi, Éloi dont la voix nette et douce ne laisse rien de côté et semble tout dire, malgré l'à-peu-près des mots, pas des siens seulement, de tous ces mots que l'on prononce et qui ne sont bons qu'à réduire le monde.

Éloi a traversé la vallée des morts et les chants des vivants pour arriver jusqu'ici en tortillant son morceau de ficelle et en tenant son équerre à pleine main, les seuls outils qui lui appartiennent, les seuls attributs qu'il ait trouvés pour dire haut et fort : « Je suis un charpentier. » Je l'entends parler avec Haute-Pierre et le bois de cette porte n'est pas assez épais pour les tenir à distance.

Aymon, réveille-toi, mon âme ! On vient.

Je ne peux rester plus longtemps ma joue contre ta joue, allongée dans ce grand lit tendu de toile blanche, dans ce grand lit qui est tout un pays. Mais cette fois, je ne m'effacerai pas dans mon coin, cette fois, je resterai debout à tes côtés. Je veux que tu me voies quand tu t'éveilleras par la force de mon baiser.

Haute-Pierre entre dans la chambre avec Éloi et c'est comme si on me cognait dans la poitrine. Je ne bouge pas, je ne dis rien, j'ai le souffle coupé.

— Je t'ai fait venir, car j'ai rêvé de toi, explique le seigneur des Murmures sans me voir, je t'ai vu près d'Aymon.

Je suis certain que tu vas pouvoir l'aider à revenir à lui. Regarde, le voilà qui sourit déjà. C'est la première fois depuis un mois que je vois ce sourire. Parle un peu, qu'il entende le son de ta voix.

— Et que dois-je dire, seigneur ?

— Ce que tu voudras…

— Mais je ne sais pas…

— Peu importe, l'essentiel n'est pas toujours ce qu'on dit ! Et si tu ne trouves rien à dire, chante. Regarde, ses yeux s'agitent derrière ses paupières. Blanche, je ne t'avais pas vue dans l'ombre. Que fais-tu là ?

— Je veille Aymon, seigneur.

— Chante, Éloi ! Ne te soucie pas de cette fille ! Ne lâchons pas le fil qui nous ramène l'Enfant. Et toi, Blanche, sors ! Il faut tout tenter, vois-tu ! Si ce garçon l'a déjà sauvé une première fois, je suis certain qu'il peut le faire encore, il faut les laisser seuls.

— Mais je ne veux pas sortir ! Aymon commençait à s'éveiller avant que vous n'arriviez. Le charpentier n'y est pour rien. C'est moi, regardez, c'est moi qui lui ai rendu son sourire !

— Blanche, que mon fils s'éveille grâce à lui ou grâce à toi n'y changera rien, il n'épousera pas un charpentier. C'est toi qu'il épousera et le plus important reste qu'il s'éveille. Sortons, ma fille. Mon Dieu, mais que tu es jolie avec tes cheveux sages et ta cotte blanche, une parfaite fillette !

— Je ne suis plus aussi petite que j'en ai l'air. Autorisez-moi à rester dans cette chambre ! S'il vous plaît.

— Non, sortons ! Laissons ces garçons en tête à tête !

— Mais que voulez-vous que je fasse pour l'Enfant ? demande Éloi, affolé par cette confiance.

— Chante, te dis-je. Si tu l'éveilles, je te libère de ma

terre et tu pourras courir tous les toits du monde si tu le souhaites. Si tu n'y parviens pas, je te plaquerai au sol et plus jamais tu n'arracheras tes pieds de la boue. Viens, Blanche ! Nous attendrons ensemble devant la porte.

— Je ne veux pas sortir, je ne veux pas qu'Aymon s'éveille face à ce garçon-là. Je veux qu'il me voie, moi, quand il ouvrira les yeux.

Haute-Pierre me serre le poignet et me tire hors de la chambre. Je ne peux pas résister, je suis désolée de ne pas avoir mon couteau.

La porte se referme sur le beau regard inquiet d'Éloi.

La vieille âme

Vous étiez deux, l'oreille collée au bois de la porte, un père et une fillette qui ne grandirait jamais.

Vous étiez deux, à attendre en silence.

J'ignore ce que pensait Haute-Pierre, mais toi, tu étais encore tout à ton baiser et tu ne savais plus quoi espérer. Le gros homme n'avait pas lâché ton poignet, oubliant qu'il serrait encore ce bouquet d'os si fins, bouquet de doigts perdus dans sa main, privés de sang, comme morts. Haute-Pierre te tenait, mais vous ne vous intéressiez pas l'un à l'autre, vous ne vous voyiez même pas. Vous étiez à l'affût, chacun pour soi, de ce qu'il se passait de l'autre côté de la porte et vous tentiez de ne pas respirer pour ne pas couvrir les bruits qui pourraient venir de l'intérieur. C'était un peu comme si vous étiez tous les deux couchés sur la poitrine d'Aymon à tenter de percevoir les battements de son cœur. Mais vous n'entendiez rien, pas un bruit, pas un souffle, pas un coup. Rien.

Tu as brodé sur le silence de cette porte fermée. Tu étais toujours pleine de rêveries et ce jour-là plus que jamais.

Tu as imaginé qu'à son tour Éloi approchait ses lèvres des lèvres d'Aymon que ton baiser avait commencé d'éveiller, tu as vu ce charpentier poser son délicieux sourire sur des lèvres où errait encore le goût de ta propre bouche. Puis, tu l'as vu flairer ton parfum sur la joue d'Aymon, et tu t'es demandé quel parfum tu pouvais bien avoir, toi que rien ne parfumait. Tu t'en es inventé un pour l'occasion. Tu as choisi d'y mettre quelques feuilles de menthe et un brin de muguet, du chèvrefeuille aussi et une poignée d'herbe fraîchement coupée. Éloi a humé sur la peau de ton promis ce bouquet que tu venais de cueillir, et le souffle d'Aymon, dans lequel circulait encore ton propre souffle, s'est mêlé au souffle d'Éloi, si bien que vos trois souffles n'en ont plus formé qu'un seul, qui a ramené l'esprit d'Aymon, perdu en plein sommeil, sur la rive de ce monde. Mais il ne te verrait pas sur la grève, non, il n'y verrait qu'Éloi, ce charpentier qui, cette fois encore, n'avait rien fait, qui n'était venu là que pour réclamer sa liberté et n'avait pas passé ses journées à veiller l'Enfant, à lui donner à boire, à l'aimer en secret, à espérer.

Soudain, Haute-Pierre et toi, vous avez entendu chanter à travers la porte, et cet Éloi, que tu détestais, avait une si jolie voix…

Petit encore au sein, c'est le mai,
Voici un baiser blanc au goût de lait
C'est le meilleur, c'est le plus doux
Que ta mère pose sur ton corps frais
Et qui t'ensommeille, mon oiselet
C'est le meilleur, c'est le plus doux
Que de dormir dans un baiser

… et tu as senti ton cœur s'affoler…

Enfant qui cours les bois, c'est le mai,
Voici un baiser vert au goût salé
C'est le meilleur, c'est le plus doux

Que ton père pose sur ton front gai
Pour te donner courage et fermeté
C'est le meilleur, c'est le plus doux
Que de grandir dans un baiser

… et tu as refusé d'imaginer que ces deux-là s'étaient donné…

Jeun' gars qui cours les filles, c'est le mai,
Voici un baiser bleu au goût sucré
C'est le meilleur, c'est le plus doux
Qu'une fille sur ta bouche a posé
Belle t'emmêle et tu crois bien l'aimer
C'est le meilleur, c'est le plus doux
D'être piégé par un baiser

… allaient se donner…

Maintenant voici l'heure, c'est le mai,
Du baiser rouge au goût de sang, chantez
C'est le meilleur, c'est le plus doux
Un doux couteau en ton cœur l'a planté
Tandis que nu dans ton lit, tu rêvais
C'est le meilleur, c'est le plus doux
Que de mourir dans un baiser

… se donnaient un baiser.

Alors, dans le bois de la porte, un cri a résonné et vous a fait sursauter tous les deux, ce père et toi, fillette, qui ne grandirais jamais.

— Je suis poisson !

La vieille âme

Haute-Pierre a lâché ta main et ouvert la porte en grand sur la voix de son fils.

Les yeux immenses d'Aymon fixaient Éloi qui, assis au bord du lit, lui tenait les deux mains. L'Enfant regardait le charpentier sourire avec la même intensité que lors de leur première rencontre et, pour toi, c'était comme souffrir cette scène pour la deuxième fois.

On raconterait plus tard qu'Éloi avait arraché Aymon à Morphée après l'avoir arraché à la Loue, qu'il l'avait de nouveau ramené du côté des vivants, qu'il s'était penché depuis le bord du lit, au-dessus des eaux mortes du sommeil, sans personne pour lui tenir les jambes cette fois et l'empêcher de basculer, et qu'en chantant, il avait tendu sa main vers Aymon, dont le visage transparaissait sous la surface. On dirait de ce charpentier qu'il avait eu le cran de toucher, en pleine conscience, ce fluide épais où s'enlise le rêveur, ce miroir liquide où s'animent les songes, pareils à des ronds dans l'eau dormante, qu'il était entré dans le sommeil de l'Enfant pour le tirer vers la surface, pour le forcer à s'éveiller. Éloi deviendrait le seul héros de cette histoire, ton baiser était réduit à rien, nul n'en parlerait jamais. C'était à se demander si tu l'avais vraiment donné.

Autour du lit, Jehan de Haute-Pierre sautillait sa joie. D'une impensable légèreté, il emmenait son énorme corps dans la danse. Il était un grand bal à lui tout seul.

Il a embrassé son fils, qui ne se souciait que d'Éloi et ne le quittait pas des yeux. Cette folle reconnaissance a fini par réduire l'excitation du père, si bien qu'enfin calmé, Haute-Pierre a pu parler.

— Éloi, je t'ai promis de te dégager de cette terre si tu parvenais à réveiller mon fils. Mais j'ai besoin de tes services et j'aimerais que tu travailles le bois pour moi pendant deux ans avant de partir. Tu vas commencer par nous bâtir des lices pour le mariage de ma fille, et tu nous fabriqueras de hauts échafauds où nous pourrons faire asseoir nos invités à l'ombre d'un dais. Nous profiterons de cette cérémonie pour relancer le tournoi de la Beaume. Tant pis pour la dépense ! Voilà dix ans que nous ne festoyons plus, il est grand temps de nous rouvrir au monde. Mais, dès aujourd'hui, te voilà affranchi, et je te paierai pour ton travail comme un homme libre. Et toi, mon fils, quelle joie de te revoir après cette longue absence ! As-tu la force d'embrasser ton père et de te tenir debout ?

Éloi et Haute-Pierre ont aidé Aymon à se lever de sa couche, mais ses jambes molles ne le soutenaient pas et il riait de sentir sa tête lui tourner et de voir virevolter les poissons bleus et or sur le plafond de sa chambre. Son rire retentissait dans ce château que la joie avait quitté depuis un mois, son rire fusait de pièce en pièce, et toute la mesnie rappliquait pour voir l'Enfant debout et se réjouir avec Haute-Pierre. Aélis, elle-même, souriait mieux que d'habitude, déplaçant ses traits plus qu'elle ne l'aurait voulu sans doute.

Aymon a demandé à sortir dans la cour pour saluer son arbre. L'érable avait tant souffert de son absence qu'il avait abandonné beaucoup de ses feuilles et tenait ses branches basses dans une expression de tristesse que peu d'arbres savent avoir au printemps. Aymon aurait voulu avoir la force de sauter dans sa frondaison et de s'y perdre, mais sa faiblesse le clouait au sol.

Et toi, petite fille, tu dévorais Aymon et Éloi des yeux.

Comme ton cœur était soudain compliqué, maintenant que tu savais que tu en avais un !

Cet autre baiser, celui d'Éloi, celui que tu avais imaginé sans le voir, t'avait autant remuée que le premier, celui que tu avais donné à l'Enfant endormi. C'était comme si Éloi l'avait déposé sur tes propres lèvres et qu'il vous avait noués les uns aux autres. Mais, en voyant Aymon et Éloi marcher enlacés, en voyant ce maudit charpentier soutenir l'Enfant, le porter presque, sans efforts, tu te sentais comme exclue de cette merveille, rejetée sur le côté, et tu te découvrais éperdument jalouse. Tu te répétais que ce serf avait pris le premier rôle pour gagner le droit de devenir charpentier. Pourtant tu savais bien qu'Éloi n'aurait jamais rien fait par intérêt ou par calcul, que ce garçon ne se laissait mener que par son cœur. Si Éloi avait vraiment embrassé Aymon comme tu l'avais imaginé, c'était qu'il l'aimait lui aussi, d'un amour aussi vaste, aussi fort que celui que tu ressentais.

Qu'allais-tu devenir entre ces deux garçons qui s'aimaient, si tu ne tenais pas le centre ?

Cette nuit-là, les fleurs de la vigne ont poussé en quelques heures et, dès le lendemain, Haute-Pierre a fait prévenir le prieur qu'il n'avait plus besoin de procession et qu'Aymon se passerait de sa visite.

La petite fille

Aymon a réappris à marcher dans la basse-cour entre le chenil, la roseraie et la chapelle, avec mon aide et celle du vieux jardinier. Souvent, il s'arrêtait et s'allongeait au pied de son arbre, la tête appuyée sur sa main, ou étendu sur le dos, lèvres entrouvertes, comme ébahi par la beauté de l'immense feuillée. À trop le fixer, je finissais par voir le tronc lui sortir de la poitrine et, parfois même, de la bouche, et je m'émerveillais.

Puis, dès qu'il a pu s'y hisser, il a passé toutes ses nuits dans les branches de l'érable.

Bois qui chante, bois qui brûle,
Bois qui vogue, bois qui frappe,
Bois qui agite l'âme et remue la soupe,
Bois qui tue.
Le bois de l'arbre roi est un bois à tout,
Dont on ne vient jamais à bout.

Hier, en fin de journée, Aymon m'a tendu les bras pour que je le rejoigne dans la ramée. Je suis restée longtemps assise sur une grosse branche à ses côtés. Mais il parle peu et il ne m'a rien dit de mon baiser. S'en souvient-il seulement ? Il a enroulé son long bras autour de mes petites épaules et il m'a serrée tendrement contre lui, tandis que le ciel tournait violet. Le monde était tellement doux. Je n'ai quitté l'érable qu'à la nuit noire.

Aymon ne dort plus qu'à peine, il n'a jamais sommeil. La nuit, il nous épuise en jouant du pipeau ou en chantant à tue-tête et, parfois, moi-même, je n'en puis plus de l'entendre imiter le rossignol ou la chouette ou hurler avec ces loups de sable qui courent dans ma tête.

Jusqu'à aujourd'hui, Haute-Pierre avait réussi tant bien que mal à cloîtrer son fils aux Murmures, mais il ne pouvait le tenir enfermé plus longtemps. Aymon finissait par tourner en rond dans le château en demandant à tout bout de champ Éloi ou la rivière, avec l'entêtement exaspérant d'un enfant capricieux. Haute-Pierre nous l'a donc confié le temps d'une promenade et Aiglantine a été autorisée à nous accompagner.

Nous descendons à la rivière. Colin tient le cheval de l'Enfant par la bride. Bouc se refrène en dansant. La pente est douce et le soleil nous donne de belles ombres avec lesquelles nous jouons, sous l'influence d'Aymon qui parvient à métamorphoser ses doigts en quantité de bêtes, ils deviennent à volonté oiseaux, loups ou ours sur la terre du sentier. J'essaye de l'imiter, mais c'est un art que d'animer ainsi son ombre et d'en extraire un tel bestiaire. Mes doigts restent des doigts sous le soleil ou se transforment en une masse informe. Aymon rit de mes pauvres tentatives qui ne ressemblent à rien, tandis que les deux autres en profitent pour se chanter leurs mots d'amour.

Que demandez-vous
Puisque je suis à vous ?
Que demandez-vous
Ne suis-je pas à vous ?
— Je ne demande rien,
Si vous m'aimez bien.

Je vois bien qu'Aiglantine et Colin s'amusent à tout autre chose avec les ombres de leurs mains et qu'elles s'effleurent, s'emmêlent, s'embrassent sur les cailloux du chemin, sur les prés, entre les troncs, je vois leur amour que je suis censée ignorer, je le vois allonger ses ombres dans le grand lit qu'est ce petit pays. *C'est à la Sainte-Christine que mûrit l'aubépine.*

Nous sommes heureux, tellement heureux, tous les quatre, par cette belle journée d'été, que j'en oublie presque d'appréhender mes retrouvailles avec la Loue qui coule au mitan de ce monde.

Nous voici arrivés tout en bas, face à la rivière.

À peine descendu de cheval, Aymon court vers les eaux vertes, il court tout en enlevant sa tunique, il plonge sans marquer la moindre hésitation, sans même avoir retiré ses chausses, il disparaît tout entier, puis jaillit à la surface en hurlant de joie.

Qu'il est difficile à suivre, maintenant qu'il a recouvré ses forces !

Je garde ma petite chemise sur le corps et je m'approche de l'eau avec méfiance. La Loue n'est plus qu'un long et paisible sourire, elle s'étale avenante à mes pieds.

Elle a raboté ses crêtes blanches qui, telles des griffes ou des dents, cherchaient à déchiqueter la terre alentour la dernière fois que je l'ai vue. L'onde transparente n'était alors qu'une énorme masse en mouvement, pleine d'une sourde colère que rien n'aurait pu apaiser, et qui dévalait sa pente en s'enflant toujours davantage, en s'épaississant de tout ce qu'elle avalait, si bien que la Loue n'était plus une rivière, mais quelque monstre écumant de boue et hérissé de bois morts, quelque être innommable qui prenait toutes les formes et se glissait dans tous les trous pour y trouver ses proies, pour y dénicher quelque chose à noyer, à broyer, à mêler à sa propre matière. Une ogresse, dévorant tout sur son passage, jusqu'à ses propres enfants, avait dit la Dame verte. Je n'ai pas oublié la fureur insatiable qui se cache quelque part sous la surface de cette eau douce comme une peau.

Cette fois, la Loue m'accueille avec calme et retenue, elle ne se jette même pas sur moi avec l'enthousiasme d'un jeune chien, elle me chatouille gentiment les chevilles, sa fraîcheur les serre à peine, elle se contient. Son courant s'est fait aussi doux qu'une caresse. Mais je ne sais toujours pas nager et je ne m'aventure pas bien loin, je me souviens qu'il y a des trous, qui sont comme des ventres.

Je ne vois plus ni Colin ni Aiglantine sur la plage et j'imagine qu'ils ont gagné leur grand lit carré quelque part derrière les saules. Quant à Aymon, il joue avec celle qui a failli le tuer, il a oublié qu'il n'était pas poisson, il n'a rien retenu de cette affreuse journée que le regard franc et bordé de longs cils d'Éloi, que la force de ces bras dans lesquels il s'est blotti au sortir de la mort. Il n'a jamais reparlé de sa noyade, ni des pierres des enfants qui lui ont pourtant laissé une petite étoile d'un blanc un peu rosé au coin de l'œil.

Aymon surgit soudain à mes côtés en riant et il me couche gentiment dans ses bras, il me pose à la surface de la Loue et je me laisse faire. Il me dit :

— Respire ! Tranquille ! Blanche est un bout de bois ! Les oreilles dans l'eau ! La rivière parle ! Tranquille, Blanche ! Écoute !

Il me tient encore dans ses bras, mais ne me touche plus qu'à peine. Je suis bien, étendue sur la Loue, je m'abandonne à son mouvement et c'est elle qui me porte désormais, je ne sens plus les mains d'Aymon sous mon dos et le courant s'est arrêté pour ne pas m'entraîner, je bouge à peine et je ne dévale pas le pays comme le ferait n'importe quel bout de bois. Je regarde le ciel et je flotte parmi les nuées, j'ai la légèreté d'un nuage d'été et je m'endormirais bien là, bercée par l'étrange va-et-vient de la rivière. Aymon m'a sans doute posée dans un recoin où l'eau est arrêtée, puisque je ne suis pas emportée vers Moustier. Je reste suspendue entre l'eau et le ciel. La rivière emplit mes oreilles, elle ne me dit rien d'intelligible, mais son chuchotement est doux et je suis juste bien.

Soudain, une voix me fait sursauter, mon corps se tend, un bras d'eau m'enlace le ventre, m'attire dans les profondeurs et je coule par le milieu, je ne flotte plus du tout, je n'ai plus pied et je m'agite en tous sens pour ne pas me noyer, je ne parviens même pas à crier, rien ne sort de ma gorge. Comment est-il possible que l'eau, si stable sous mon dos, soit soudain redevenue cette pâte où l'on s'enfonce ?

À force de gigoter, je sens un rocher sous mes pieds et j'en découvre un autre qui affleure sur lequel je me hisse. C'est alors que je la vois, c'est elle qui m'a parlé depuis la berge où elle est allongée. Elle rit de ma peur et de ma position ridicule, à quatre pattes, accrochée à mon rocher.

— Bonjour, Blanche.

Je m'assois sur la pierre pour reprendre mon souffle.

— M'as-tu trouvé un nom ? me demande la géante.

— Non, je n'ai pas cherché.

Je n'ai pas froid dans le soleil. Je replie mes jambes devant moi sur le rocher.

— Tout le monde au pays vous appelle la Dame verte et l'on dit que vous êtes aussi la rivière.

— Voilà si longtemps que nous vivons ensemble, elle et moi, que nous nous mélangeons un peu, son esprit et le mien se sont mâtinés. Elle m'a avalée et dissoute, il y a fort longtemps, mais, étant née sur ses berges, je lui appartenais plus que je ne l'imaginais, elle m'a juste reprise en son sein, quand les hommes d'ici m'ont noyée. Il y a des siècles de cela. Noyée ! Je ne sais même plus pourquoi. Pour me punir de ma beauté peut-être, qui ne leur semblait pas naturelle. J'ai oublié, mais parfois de petites choses me reviennent de ce temps-là, et je sais que je déteste les fourches. Plus personne ne pourra me noyer à nouveau, puisque désormais je suis la rivière qui m'a dévorée. Nous partageons, la Loue et moi, nos amours, nos colères et nos joies. Mais je ne contrôle pas toujours ce grand corps qui est le mien et le sien, et il lui arrive de s'emporter. Je suis désolée qu'elle ait mordu l'Enfant, mais je n'ai rien pu empêcher que ta propre noyade. Nous étions dans une telle fureur ce jour-là, que rien ne devait survivre. Si la rivière en avait eu la force, il me semble qu'elle aurait emporté le pays entier dans sa course.

— On m'a dit que vous étiez fort en colère contre mon père.

— C'est vrai.

— Vous auriez dû le noyer, lui, plutôt qu'Aymon qui est un innocent et ne fait de mal à personne. Pourquoi l'avoir laissé partir ? J'aurais aimé qu'il meure.

— Je te jure que si je le revois un jour sur l'un des ponts qui m'enjambent, je le croquerai.

— C’est un homme affreux qui ne sait pas aimer.

— Autrefois, il savait aimer pourtant. Sais-tu qu’il est le seul homme que j’aie épargné depuis que je hante cette rivière ?

— On me l’a dit.

— Il est arrivé ici pour la première fois deux ans avant ta naissance, avec son écuyer, un homme qu’on nommait Bouc. Ton père était un chevalier sans fortune, dont la force et la beauté avaient conquis une jeune veuve et son frère, si bien qu’il avait pu l’épouser, lui avait fait plusieurs enfants et était devenu un petit seigneur de la forêt de Chaux. C’est de là que tu viens ?

— Oui.

— Je ne vais que rarement jusque là-bas, je me rassemble mieux sous ces saules où je me suis noyée. Je peux me promener femme jusqu’à Ornans, mais, plus en aval, je ne suis plus que de l’eau. Je ne l’avais donc jamais croisé avant qu’il ne se rendît sur cette plage. Si tu savais combien d’hommes j’ai connus, j’ai caressé tant de peaux, j’ai enlacé tant de corps, j’ai écouté des chapelets de mots d’amour tandis que mes amants me regardaient de leurs yeux amollis de désir. Chaque fois, je jouis de leur mort à venir. Je les tiens entre mes jambes, ces pauvres petits êtres, moi la rivière, moi la géante, moi la Vouivre, j’en fais ce que je veux, aucun ne me résiste. Je suis la plus grande des catins, mais le prix à payer est exorbitant et, souvent, je ne l’annonce pas avant la fin. J’en ai noyé de très doux, de tout jeunes qui n’avaient jamais aimé encore et jaillissaient dès la première caresse, les pauvres n’ont pas su ce que c’est que d’entrer dans un corps de fille, ils avaient manqué leur chance. J’en ai emporté de très vieux qui n’avaient plus touché de femme depuis si longtemps qu’ils me bénissaient de leur offrir ce délice une dernière fois avant leur mort qu'ils ignoraient si proche. J'en ai tué qui n'avaient rien qu'une pauvre chemise sur le corps et d'autres qui se promenaient habillés en princes, j'en ai même noyé plusieurs à la fois qui pensaient me violer sans savoir qui j'étais. Que je ris parfois de leur naïveté ! Certains savent le prix à payer pour me posséder, mais ils n'y croient pas ou espèrent me séduire, me réduire, en me disant des mots d'amour pour bergères, ou d'affreux poèmes, volés je ne sais où, pompeux, mal appris, mal récités, et, tout en déclamant, ils se regardent dans le miroir des eaux, et ils continuent à s'admirer tandis qu'ils me prennent, se faisant l'amour à eux-mêmes en croyant me faire jouir. Pardonne-moi, je me laisse aller et je ne te parle pas comme il faut. Tu es beaucoup trop petite encore pour entendre tout ça. Ma parole est parfois comme le courant de la rivière, le flot des mots m'emporte. Sache tout de même que je n'apparais qu'à ceux qui se regardent dans mes eaux d'une certaine façon. Je les choisis alors que je suis leur miroir. Ils ont un je-ne-sais-quoi qui excite ma férocité. Cette façon qu'ils ont de se composer un visage, de ne voir qu'eux et pas cette plage ou la beauté du paysage. Oui, c'est cela, ils ne sont sensibles qu'à eux-mêmes et je les déchiffre facilement puisque je suis leur miroir. Un homme au miroir est d'un pathétique ! J'ai noyé autant d'innocents que de coupables et aucun n'a trouvé grâce à mes yeux. À part ton père.

— Mais pourquoi ?

— Ton père n'a jamais cherché son reflet. Il a toujours regardé au-delà, il savait contempler cette vallée et il savait me contempler. C'est pourquoi son crachat m'a tellement mise en rogne. Je sais bien qu'en passant sur le pont pour gagner Hautefeuille après t'avoir laissée aux Murmures, ce n'est ni sur sa vieillesse, ni sur sa beauté détruite qu'il a craché, tout cela n'a pas plus d'importance pour lui que sa jeunesse n'en avait jadis, non, c'est bien moi qu'il a cherchée par-delà son image, et c'est sur moi, sur la rivière, sur notre amour ancien, sur ce monstre que je suis, moi qui l'aime encore comme au premier jour, qu'il a craché. Je me pensais fée, il m'a révélée monstre.

— Vous m'avez dit que vous ne séduisiez que ceux qui se cherchaient dans vos eaux…

— Ceux qui ne s'intéressent pas à eux-mêmes sont si rares et ton père était d'une saisissante beauté. Les beautés qui s'ignorent sont les seules qui me touchent.

— Vous ne semblez pas ignorer la vôtre.

— Je ne suis pas humaine, petite fille. Et rien ne me reflète, ni les eaux de la rivière, ni un miroir de métal poli, ni même les yeux de ces hommes qui ne voient qu'eux. Je ne me suis trouvée belle que dans ceux de ton père. La première fois qu'il est venu ici, il n'était pas seul sur cette berge, une femme l'accompagnait, il lui a retiré ses habits, un à un, le surcot d'abord, puis la cotte et cette chemise enfin où des roses rouges étaient brodées, puis ils ont fait l'amour sur la grève et la dame a éprouvé tellement de joie dans les bras de cet homme qu'il a piqué ma curiosité. Le pire, c'est que cette femme l'a d'abord chevauché en se regardant dans mes eaux, elle s'inquiétait tant de son image que j'ai pensé la noyer. J'ai toujours épargné les femmes, va savoir pourquoi, souvent elles ne sont pas meilleures. Mais je me souviens qu'à l'autre bout des fourches qui nous poussaient dans la rivière en nous fourrageant la chair, il n'y avait que des hommes et que les femmes étaient restées sur la berge, ce jour où je suis morte. Je me souviens que quelques-uns de ces bons gars s'admiraient dans le miroir des eaux, leur fourche à la main, qu'ils se découvraient puissants, qu'ils s'aimaient violents en train d'embrocher mon gros amoureux. Car j'avais un amoureux alors, un homme au beau sourire comme ton père, un homme qui ne voyait que moi et se nommait Martin, lui aussi. Avec lui, je venais m'allonger sur les berges de la rivière, et je hurlais ma joie tout comme cette femme avait fini par le faire dans les bras de ton père, ce jour-là, alors qu'elle s'oubliait en jouissant et ne pensait plus ni à son reflet, ni à ses traits que le plaisir avait tout bouleversés. Cet homme parvenait à l'arracher à elle-même. J'ai entendu la femme murmurer son nom à lui, « Martin », et mes souvenirs sont remontés à la surface. Alors les jours suivants, je l'ai guetté.

— Il est revenu ?

— Dès le lendemain, il se baignait dans mes eaux. Seul. Et je me cachais entre les algues et sous les saules pour l'observer alors qu'il était nu sous le soleil. Je n'osais pas l'approcher, moi qui connaissais si bien les hommes. J'étais émue par sa beauté, intimidée comme une pucelle. La rivière s'est couverte de fleurs blanches, de larges corolles dont les gens d'ici se sont étonnés et qu'ils ont pillées pour s'en faire des bouquets.

— Et comment avez-vous réussi à lui parler ?

— Je n'ai rien pu lui dire. Il est revenu trois jours de suite, seul, sur cette plage, avant de rentrer dans sa forêt de Chaux. Dès qu'il quittait la grève, j'aimais m'étendre dans l'empreinte de son corps, regarder ce qu'il avait regardé, sentir les parfums qu'il avait sentis et son parfum à lui aussi dont je cherchais la trace sur les galets et dans la terre. Ton père m'avait remarquée entre les arbres et moi qui pensais l'observer dans l'ombre, j'étais observée à mon tour sans même m'en douter. Il faisait mine de quitter la plage, mais il ne partait pas tout à fait et prenait ma place entre les saules pour me regarder me rouler dans les galets et tenter de m'imprégner de son parfum et de sa chaleur comme un petit animal. Car je faisais ça aussi en bonne sauvage. Et, me croyant seule, je chantais cet amour tout neuf qui me surprenait tout à fait. Le dernier jour, il est revenu sur la plage à contre-vent et je n'ai pas senti sa présence avant qu'il fût juste à mes côtés, si près qu'en tendant la main il m'a effleuré l'épaule et que la rivière a eu un unique sursaut qui a renversé toutes les barques qu'elle portait sur son dos. Alors sans rien me dire, il m'a souri et s'est assis à mes côtés. Il ne m'a posé aucune question et je n'ai pas dit un mot. Nous sommes restés côte à côte, en nous approchant imperceptiblement l'un de l'autre, il lui a fallu des heures avant d'être allongé dans mes bras à contempler le ciel étoilé bercé par le tendre clapotis des eaux. Il n'a rien tenté, pas même un baiser, il s'est endormi contre moi, sans un mot, sans une caresse déplacée. Il s'est abandonné avec une telle délicatesse que je n'ai pas bougé avant d'entendre un cheval dans la pente au petit matin. Sans l'éveiller, je l'ai sorti du cercle de mes bras et j'ai regagné les eaux en l'abandonnant endormi sur la rive. C'était Bouc, son écuyer, il était temps pour eux de partir. Martin a regardé alentour, il m'a cherchée un moment sur la rivière et dans les saules, avant de dire à son compagnon : « Je crois que plus jamais je ne pourrai me passer de cet endroit, ni de la fée qui y vit. Nous reviendrons. »

— Et il est revenu…

— Oui, l'année suivante, toujours pour ce fameux tournoi de la Beaume. Je l'ai attendu toute une année. Une année pour moi, ce n'est rien, eh bien, cette fois, il m'a semblé que le temps s'était arrêté, tant j'étais pressée de le revoir, et parfois je me coulais jusqu'à la forêt de Chaux pour le guetter ou écouter ce que ses gens disaient de lui. J'ai ainsi appris que son épouse était morte et qu'il s'en cherchait une nouvelle. Je me suis rêvée cette femme-là, moi qui ne suis qu'une rivière. J'aimais comme j'avais aimé du temps où j'étais vivante, j'aimais ce nouveau Martin et j'oubliais qui j'étais. Pourquoi n'étais-je pas capable d'avoir un corps de femme dès que je m'éloignais de ma source ?

— Aymon ! Aymon !

Aiglantine appelle son frère depuis le rideau de saules et la Dame plonge dans les eaux vertes juste avant qu'elle n'arrive sur la grève et ne la voie.

— Blanche ! Aymon a disparu. Sais-tu où il est passé ? me demande-t-elle en avançant vers moi à moitié dévêtue, mais coiffée d'une couronne de feuilles d'aubépine.

— Non. Il m'a appris à me coucher sur l'eau et après je ne sais pas…

— Il faut le retrouver, me hurle-t-elle. Nous avions promis à père de le garder à l'œil. Je pensais que tu t'en chargeais, je te faisais confiance.

— Et toi, où étais-tu, Aiglantine ? Ne nous reprochons rien, veux-tu, et cherchons-le ensemble.

La vieille âme

Aymon avait repris sa tunique et gagné les bois, tandis que vous vous livriez, toi aux eaux de la Loue et Aiglantine aux bras de Colin.

Après des heures de recherche et d'inquiétude, vous l'avez finalement retrouvé sur les lices où, sagement assis dans un échafaud inachevé, il observait Éloi et ses compagnons aplanir et clouer leurs dernières planches avant de rentrer au village.

Aymon t'avait abandonnée pour rejoindre Éloi. Il t'avait laissée en équilibre sur la rivière, toi qui ne savais pas nager. Il t'avait même mis les oreilles dans l'eau pour pouvoir s'échapper plus facilement et retrouver ce garçon qu'il aimait plus qu'il ne t'aimait toi.

Tu les haïssais soudain tous les deux, ce charpentier et cet idiot, et tu comprenais mieux la fureur de la Dame verte, tu te serais bien à ton tour hérissée de bois morts pour les fracasser contre un pont.

Mais Aymon s'est illuminé en te voyant, il t'a souri de son si beau sourire d'enfant en caressant tes trois loups de sable allongés à ses pieds. Une fois de plus, tu t'es sentie désarmée par sa douceur et, comme s'il avait lu en toi, il t'a dit :

— La rivière t'aime comme je t'aime.

Ta colère a aussitôt fondu, tu t'es assise à ses côtés et, ensemble, vous avez regardé Éloi, nu jusqu'à la ceinture, tout à la planche de bois qu'il équarrissait. Son chapeau de paille à larges bords lui faisait des ombres magnifiques sur le corps. Il l'a retiré pour te saluer, l'été lui avait hâlé le visage et une barbe sombre lui venait aux joues. Tu as répondu à son salut, en t'inquiétant de tous ces sentiments qui te traversaient et que tu ne parvenais ni à maîtriser, ni à comprendre.

Tu étais heureuse d'être promise à Aymon dont la simplicité t'émerveillait, tu avais encore le goût de sa bouche sur les lèvres et, même dans ton sommeil, sa lumière te flottait dans la tête. Pourtant, la présence d'Éloi te bouleversait et ta jalousie ne pouvait tout expliquer.

T'étais-tu rapprochée d'Aymon au point de partager les mouvements de son cœur ?

Était-ce cela aimer ?

La petite fille

— Aujourd'hui, nous allons caroler, garçons et filles, tous ensemble, sur les berges de la Loue, à Moustier, non loin du prieuré et de ses champs de tombes, hurle un masque. Mais les morts ne pourront pas se plaindre du tapage des vivants, car, depuis toujours, la Saint-Laurent est jour de fête au pays et c'était déjà la coutume du temps où tous ces bons vieux morts vivaient. Alors réjouissons-nous autant que nous le pouvons, rions et buvons et dansons jusqu'à nous perdre dans la nuit, avant de tomber pour de bon sur cette terre qui penche et où nous finirons tous par nous enfoncer, aussi raides que piquets ! S'ils ne veulent pas être raillés, les fantômes n'ont qu'à bien se tenir ou se glisser dans la ronde des vivants sans trop se faire remarquer. On carolera tous ensemble en grande farandole. Une fois le roi de la quintaine proclamé, la dame du château lui posera sa couronne sur la tête avant de se joindre à la ronde. Car, en ce jour de liesse où le géant de la quintaine sera mis à bas et brûlé, princes et serfs se retrouveront tous des hommes. Même les moines du prieuré peuvent oublier leurs prières en latin et venir chanter des chansons à boire avec nous autres. Mieux que nous, ils savent se gorger de bon vin ! Mais prenez garde, garçons et filles, qu'à trop vous enivrer, vous ne vous laissiez entraîner dans la pente jusqu'à vous amouracher d'un ou d'une qui, demain, devra regagner qui sa tombe qui son château et ne pourra plus vous aimer ! Prenez garde, la quintaine ne dure jamais qu'une journée et une nuit !

J'ai laissé Bouc au château et je suis venue sur une des haquenées d'Aélis. Je ne veux pas que l'affreux Jacques profite de la fête pour blesser cette brave bête une fois de plus.

Les plats sont rares en ce pays penché et les vignerons ont construit leurs habitations de bois les unes contre les autres le long du ruisseau de la Doye qui court jusqu'à la Loue. Les maisons sont décorées de branchages tressés, de fils de laine colorés et de bouquets de fleurs.

Le mannequin d'osier, géant de la quintaine, se dresse, haut comme deux hommes, sur une langue de terre dégagée, tout près de la rivière, et les jeunes gaillards du pays se préparent à l'affronter. Il porte un écu de bois contre son cœur et tient une longue lance à bout de bras. Éloi a aidé à installer ce colosse sur son pivot mobile afin qu'il tourne bien sur lui-même.

La Dame verte est si belle et si grande qu'elle ne peut se couler discrètement parmi nous, les hommes se colleraient à elle comme mouches et elle encombrerait sa couche de trop de cadavres à la fois, mais puisque le spectacle se déroule sur le bord de son lit, il lui suffirait de sortir un peu la tête de l'eau pour en profiter.

Je suis retournée plusieurs fois me baigner avec Aymon et sa sœur depuis la Sainte-Christine, mais je ne l'ai pas revue. Peut-être attend-elle que je sois seule pour se montrer de nouveau ? Elle a interrompu son récit et, si elle ne revient pas, je ne sais qui pourra me raconter la fin de cette belle histoire toute décousue.

Les seigneurs de Haute-Pierre ne manquent jamais la quintaine de Moustier. Chez mon père, les serfs organisent leur quintaine juste avant la moisson, mais seuls les jeunes mariés de l'année joutent, ils y sont obligés par la coutume et doivent ce spectacle à leur suzerain. Ici, les gars ne se font pas prier pour y participer, ils rêvent de terrasser le bonhomme et d'être proclamés roi du jour.

Toute la mesnie est de sortie, nous sommes descendus en famille avec deux gros tonneaux de vin qu'il faudra percer tout à l'heure. Cette année, le village boira à la santé d'Aiglantine et de son futur époux. Les Hautefeuille sont de la fête aussi, bien qu'ils ne soient pas les maîtres des gens d'ici, et l'on dit que le vainqueur de cette quintaine-ci sera mieux récompensé encore que ceux des années précédentes. Certains des jongleurs que Haute-Pierre a convoqués pour les noces de sa fille sont déjà là, ils emporteront les vignerons dans la danse après que la quintaine aura tourné.

À tour de rôle, les jeunes gens, armés d'une lance, courent vers le mannequin et frappent son écu aussi violemment que possible pour tenter de renverser la quintaine, mais leur long pieu manque souvent sa cible, sous la huée des villageois, ou, mieux encore, le choc, pas assez rude, se contente de faire pivoter la grosse statue, si bien que son autre bras, démesuré, vient leur frapper le cul de toute sa force, et que nous rions de leur mésaventure et de l'affreuse grimace du géant qui tient toujours la place quoi qu'on fasse et fesse les présomptueux qui pensent le détrôner. Chacun a droit à cinq essais, mais ce n'est pas assez et le bonhomme d'osier est bien trop vif et solide pour tous ces maladroits.

Colin tente de briller devant la belle Aiglantine, mais il ne réussit qu'à la faire rire aux éclats sous le regard du jeune

Hautefeuille qu'elle s'est contentée de saluer poliment en baissant les yeux.

Éloi se présente à son tour, ses yeux roux brillent sous le fouillis de ses cheveux châtains et sa barbe ne lui brouille plus les joues. Charmeur, il salue la foule en souriant avant de s'élancer, son grand pieu taillé en main, et Aymon, debout à mes côtés, s'élance sans doute en pensée avec lui, car il me prend le bras et le serre si fort que je sens qu'il court lui aussi droit sur le géant, bien qu'il reste immobile et se tienne comme il faut. Éloi, le plus habile et le plus puissant de tous, parvient à esquiver deux fois le retour de bâton, avant de transpercer le bonhomme d'osier au cœur et de l'abattre dans une ovation générale.

Éloi, tout récemment affranchi, est proclamé roi, aujourd'hui.

Une fois de plus, Haute-Pierre se doit de le récompenser, et comme il sait ce dont a besoin le jeune homme, il lui promet une doloire, une herminette, un marteau et un compas. C'est un peu comme s'il l'adoubait, et le charpentier est si heureux qu'il en tombe à genoux. Aélis et Aiglantine en profitent pour lui poser sur la tête une couronne de fleurs sauvages, que les filles du pays ont tressée, puis toutes deux l'embrassent au front comme il est d'usage. Il se relève, fier et joyeux, pour faire face à la foule qui l'acclame, et je sens qu'elle l'applaudit plus pour avoir gagné cette liberté, que chacun compte bien obtenir un jour prochain, que pour avoir réussi à renverser un géant dérisoire, un ridicule seigneur d'osier.

Éloi se retourne vers nous.

Nos regards se croisent.

Alors il se place juste devant moi et s'incline de nouveau. Je ne comprends pas ce qu'il me veut avec ses courbettes et c'est Aymon qui me fait signe de la bouche qu'il demande un baiser.

Je le déteste de me ridiculiser face à ces Jacques Bonshommes, le sang me monte aux joues et je crois que je rougis tant, que tout ce pays doit comprendre à quel point je suis troublée. Je l'embrasse au front d'un brûlant baiser qui marque le départ de la musique et, après cela, je me laisse emporter dans la joyeuse farandole qui s'est formée et court par le village.

Dans le raisin tout est bon,
Le vin surtout est médecin,
De ses sarments nous nous chauffons,
Dans le raisin tout est bon,
De ses pépins nous nous soignons,
Le vin surtout est médecin,
Et il convient d'en boire, buvons...

Éloi me tient la main, assez fort pour ne pas me perdre et pour que personne ne parvienne à se glisser entre nous deux. Je sens sa paume chaude et solide refermée sur la mienne et je ne sais même pas à qui je donne mon autre main. Est-ce à Aymon ? Non, c'est un grand seigneur mince au visage de craie, au nez aquilin, et à la barbe noire soigneusement taillée, que j'entraîne dans la danse. Il me vient soudain à l'esprit qu'il n'est pas vivant, tant sa main est glacée. Mais peu m'importe ce chevalier dans son sombre pourpoint brodé, le voilà déjà remplacé par un vigneron aux doigts calleux et aux joues en feu. Nous courons, tous mêlés, à corps perdus, dans la ronde, seigneurs, vilains, moines et serfs, garçons et filles...

Les poulets du mois d'août,
N'ont pas le derrière clos, clos, clos…

… nous dansons en nous donnant la main, nous gambadons parmi les tombes et le long serpent chante à tue-tête en sinuant entre les croix, jusqu'à ce qu'à bout de souffle, la farandole entière s'effondre sur l'herbe dans un grand rire qui bouscule tout.

Éloi et moi, nous sommes tombés à côté du géant renversé qui, dès qu'il fera nuit, partira en fumée.

Le chœur joyeux reprend ses refrains de plus belle et la ronde redémarre, sans nous qui restons allongés.

Aymon nous a perdus, les tonneaux ont été percés et l'ivresse a déjà gagné la frairie qui vocifère.

Ma foi, Sire, un bon derrière de porc, lourd et gras,
Avec une forte sauce d'ail et de noix,
Voilà encore ce que je préfère !

Les chants se chahutent autour de notre grand silence.

… Dans le bois, joli bois
— Belle, voulez-vous retourner ?
Cent écus vous donnerai !
Dans le bois, joli bois
— Mon bon monsieur, vous la teniez,
Grive qu'on tient, il faut plumer !
Dans le bois, joli bois…

Éloi me regarde de ses beaux yeux francs bordés de cils immenses, il porte encore sa couronne de fleurs sur la tête, mais elle est tout de travers, je veux la lui remettre en place en riant. Il arrête mes mains, l'enlève et me la pose gentiment sur les cheveux.

— Tu ne seras jamais ma suzeraine, Blanche qui saura bientôt lire, je quitterai ce monde avant que tu n'en sois la maîtresse. Tu ne seras jamais ma suzeraine, puisque je ne suis plus serf. Mais aujourd'hui, j'ai le droit de te choisir pour reine. C'est une petite revanche que tu ne peux me refuser.

La petite fille

Ce soir, sous mes draps de lin, dans ce lit que je partage avec Aiglantine, je découvre que mes tétons ont un peu poussé. Mes mamelons sont lisses et renflés, et j'ai plaisir à les caresser du bout des doigts en rêvant, le nez dans ma petite chemise. Je n'ai jamais rien touché d'aussi doux, même les pattes de lapin ! C'est comme s'il me venait sur la poitrine deux délicats chatons de saules, ces petits bourgeons argentés que l'on cueille en hiver pour en faire des bouquets et que j'aime à me passer, tout velus, au bord des lèvres, quand elles sont gercées par le froid et qu'elles s'écaillent tant que j'en coupe des lambeaux entre mes dents. Ces chatons de saules sont le velours de l'hiver, la seule douceur de cette saison, avec les fourrures des bêtes.

Mais nous sommes en été, mes seins sont hors saison !

Je n'ai jamais assisté à des noces encore et je m'endors, dans les pleurs d'Aiglantine…

La vieille âme

La Vierge du quinze d'août arrange ou défait tout.

Des tissus avaient été tendus au-dessus des échafauds ; les tours et les poissons, qui composaient le blason de Haute-Pierre, flottaient partout au ciel, au-dessus de la lice, ondoyants dans le vent. Les murs de la grande salle du château se paraient de tapisseries colorées et la pierre froide disparaissait sous les tentures.

Toutes les fleurs du pays avaient été coupées, les cygnes et les paons égorgés, les cuisines débordaient de victuailles et les premiers invités arrivaient sous l'érable dont on avait fait le roi de la fête en lui ceignant les branches de centaines de morceaux d'étoffes multicolores.

Sous l'érable d'Aymon, celui où il passait ses nuits et dans le bois duquel il taillait ses pipeaux…

Depuis que nous sommes morte, combien de fois l'ai-je vu tomber, cet arbre ?

Deux ou trois, je crois. Je ne me souviens pas bien.

Mais rien n'y fait, il est l'esprit du lieu et l'on ne se débarrasse pas si facilement d'un oracle.

Il repousse à l'identique.

Les courtines se sont écroulées, la chapelle est en ruine,

les pierres de l'église du prieuré se sont éparpillées dans les murs des maisons vigneronnes, le nom de ton père est perdu, le château de Hautefeuille a disparu sans laisser de trace, mais l'érable dresse toujours sa majesté de forêt dans la cour des Murmures.

Jusqu'à hier, il était tel que tu l'as connu le jour de ton arrivée, tout remué d'étourneaux qui le quittaient au matin pour dessiner les mêmes signes au ciel.

Mais – incroyable collision des temps ! –, tandis que nous racontons comment Haute-Pierre l'a apprêté pour le mariage de sa fille, Élias, l'actuel propriétaire du château, y fait suspendre des centaines de lampions multicolores pour son troisième mariage.

Le prince des bois est en grande toilette, tout enguirlandé d'or et de tulle blanc, couvert de pendeloques cliquetantes, de boules à facettes et d'autres colifichets ridicules. Comme on offre des parfums et du feu à une déité capricieuse, Élias, comme Haute-Pierre jadis, le met au centre de sa fête pour l'amadouer. À moins que, craignant tous deux le magicien nu, ils ne l'aient métamorphosé en patère pour tenter de réduire sa force sauvage.

Tandis que tu racontes, le même vent, qui agitait hier les bannières de Haute-Pierre, fait danser cette divinité.

Ses centaines de bras se balancent au soleil, portant leurs bijoux de strass, leurs voiles transparents et leurs fruits ailés. Avec la nonchalance d'une danseuse orientale, il joue à agiter ses feuilles aux dessous argentés, il s'amuse à les enrouler et les dérouler tout autour de son tronc, aujourd'hui tatoué de prénoms et de cœurs grossiers, mais, comme jadis, jamais il ne se dévoile tout à fait.

Rien ne sert de le couper, ni de l'enflammer, ni de le couvrir d'or. Nuls sévices, nul sacrifice, nulle offrande ne le plieront. Il prendra les vies qu'il veut. Même s'il se déguise en vestale le temps d'un bal, ou d'une noce, il ne sert que sa propre majesté et ne bouffonnera qu'un moment. On ne se l'attache pas ainsi : une guirlande n'est pas une corde, il choisit autrement ses sujets.

Ces noces d'Aiglantine, ce tournoi, cette somptueuse fête au bord du gouffre allaient emporter toute fête pour longtemps.

Tu as vécu en un siècle terrible, le pire qui fut, mais j'ai bien peur que cette nouvelle cérémonie, celle qui se prépare aujourd'hui, dans cet autre siècle que je hante, ne soit aussi un chant du cygne.

La Vierge du quinze d'août arrange ou défait tout.

Cessons de jouer les Cassandre et reprenons le cours de nos souvenirs, il y a tant à raconter encore avant que nous mourions.

La petite fille

Puisqu'en oubli suis de vous, mon doux ami
Vie amoureuse et joie à Dieu je rends
Triste jour où m'amour en vous mis
Puisqu'en oubli suis de vous, mon doux ami
Mais tiendrai ce que je vous ai promis,
C'est que jamais n'aurai nul autre amant
Puisqu'en oubli suis de vous, doux ami
Vie amoureuse et joie à Dieu je rends.

Sur le parvis de la chapelle des Murmures, Aiglantine épouse Guillaume de Hautefeuille sans même le regarder, sans une plainte, sans une larme, devant les invités de son père, devant des chevaliers qui, demain, participeront au tournoi de la Beaume et ne songent déjà qu'aux joutes, devant ces belles dames qui s'aiguisent le regard et distribuent leurs manches ou leurs voiles aux champions afin qu'ils les laissent flotter sur leur heaume quand ils entreront en lice. En lui passant l'anneau au doigt, le jeune époux lui-même ne rêve qu'à ses armes, qu'à son cheval, qu'aux lances qu'il rompra.

Plus jamais, plus jamais, Aiglantine ne dormira près de

moi, plus jamais, je ne l'entendrai pleurer. Plus jamais, je ne verrai son visage enfermé dans le cadre de la fenêtre de sa chambre et ses larmes s'écouler jusqu'au bas de la tour, gonflant la cascade qui tombe dans le vide. De petites rides sont apparues sur son joli visage de seize ans, mais ces tranchées ne lui serviront de rien, car elle s'est déjà vidée de toutes ses larmes, elle n'a rien gardé pour plus tard, ses yeux se sont taris.

Elle couchera trois soirs encore aux Murmures avec son époux dans la chambre d'Aymon, qui ne dort plus que dans son arbre, malgré toutes les bannières et les écus qui y pendent, puis elle partira pour Hautefeuille, qui est un plus gros château que le nôtre et où l'attend un grand lit carré, tendu de toile rouge. Elle y sera conduite en cortège par la mesnie de son mari.

Il faudrait le prévenir, cet époux, lui conseiller de ne pas la lâcher du regard quand elle passera le pont qui enjambe la Loue. Mais comment lui dire que cette rivière borne la fragile existence de sa femme et, qu'au-delà, rien ne l'attend ? Comment lui dire qu'il a épousé une jeune fille dont le cœur va rester de ce côté-ci du monde ?

Pour l'heure, docile, Aiglantine chante comme le veut la coutume et Colin, ramassé dans un trou d'ombre au milieu des chevaux, écoute les mots d'amour cachés dans les plis de la musique.

Dès demain, son jeune mari sera sur les lices.

La vieille âme

Comme les peintures de ton temps, tu méprises la perspective, petite fille, tu déformes le monde pour que ton œil le contienne, tu le mets à plat pour arriver à le dire et, d'un instant à l'autre, les proportions changent, ne sont jamais les mêmes. Parfois, le chemin n'en finit pas de dérouler ton voyage, le monde est trop vaste pour les hommes qui y vivent, trop ample pour ton petit esprit de douze ans qui n'en voit pas le bout et se cherche des bornes, parfois tu réduis le pays à la taille d'un grand lit, ton regard se fixe sur le mouvement d'un infime moucheron dans un rai de lumière ou sur celui d'un brin d'herbe que le vent fait danser et la tour des Murmures s'étrique en une robe étroite qui peine à endiguer le corps d'Aiglantine. Quand la jeune fille pleure, cloîtrée dans sa chambre, le château tout entier et même ce paysage, où il est planté et qui penche dangereusement vers sa rivière, deviennent un minuscule écrin, que sa peine déborde.

La petite fille

None sonne.

Les cloches des Murmures, de Moustier, de Hautefeuille, de Voirbeau et d'autres encore, plus lointaines, se répondent. Pourtant châteaux et villages sont vides. Des brefs ont été envoyés dans tout le comté et des hérauts ont crié le tournoi de la Beaume par le pays.

Haute-Pierre n'a pas fait dresser de palissades pour tenir ses gens à l'écart de ce beau pré, ample et herbu, le seul plat de son fief, où se déroulent les joutes. Les serfs sont là, assis par terre, hommes, femmes, enfants, sur le terrain depuis l'aube, à garder les meilleures places, et certains y ont même passé la nuit, non loin des tentes blanches des chevaliers et des échafauds qui sont déjà tout un spectacle.

Je suis assise dans l'un de ces hauts beffrois qu'Éloi et ses confrères ont construits devant les lices, je m'y sens comme sur des échasses et je n'ose pas remuer. J'attends à l'ombre d'un dais dans la loge que je partagerai avec Aiglantine et sa belle-mère. Pour l'heure, j'y suis seule, toutes deux sont du cortège, et les échafauds continuent de se garnir de dames et des seigneurs qui ne participent pas aux joutes. Aymon occupe la chambre voisine de la nôtre avec son père.

Soudain, les trompes annoncent le début du tournoi et l'assemblée se tait, retient son souffle. Un instant, je sens l'échafaud immobile sous mon corps, mais, à mesure que le cortège s'avance, le beffroi tremble davantage, sensible aux frémissements du public qui se tend, se penche, se lève, s'exclame et applaudit. La musique arrive en premier, tambours et trompettes sont vêtus de velours bleu et blanc, sous les instruments pendent des fanions aux armes de Haute-Pierre : d'azur à la tour d'argent maçonnée de sable surplombée de trois poissons d'or.

Tous se rangent sur le côté afin de laisser la place au héraut qui est la voix de ces joutes et présente chacun des participants. Les écuyers défilent d'abord sur des destriers magnifiquement parés. Parmi les chevaux, j'admire Bouc sous sa housse de sable constellée d'or, je le reconnais à son pas dansant.

Le coursier préféré du jeune Hautefeuille était boiteux ce matin, sans qu'on comprît pourquoi, et Guillaume s'encolérait à l'idée de devoir se rabattre sur son autre monture qui ne lui porte pas chance. Pour l'apaiser, Haute-Pierre lui a proposé de faire le tour des écuries et de voir s'il s'y trouvait un destrier à son goût. Guillaume avait déjà remarqué Bouc. Il est venu si gentiment m'emprunter mon cheval pour le temps du tournoi que je n'ai pas pu le lui refuser. À vrai dire, j'imaginais qu'il ne parviendrait même pas à approcher mon fauve. J'avais tort, Guillaume sait s'y prendre avec les bêtes et Bouc aime les batailles, il a compris ce qu'on attendait de lui. Le voilà qui parade au milieu des autres, piaffant de joie d'être de la fête.

À la suite des écuyers, arrivent les dames sur leurs palefrois et chacune d'elles tient en main l'extrémité d'une longue bande de tissu blanc au bout de laquelle marche un champion, tout armé déjà, mais la tête nue encore et le visage bien visible de tous. Aiglantine, à la triste figure, vient en premier menant son joyeux époux en laisse. La dame de Hautefeuille, une petite femme replète, suit avec son mari et tous deux sourient à la foule qui les applaudit vivement. Tous les chevaliers défilent ainsi, les uns après les autres, certains n'ont pas de dames pour les conduire. Leurs lourdes armures leur donnent des démarches saccadées et lentes et des allures de géants malhabiles. Quelques noms seulement me sont familiers, mais je ne reconnais que Geoffroy, le vassal de Haute-Pierre, et cet homme si pâle à la barbe noire et au nez en bec d'aigle qui m'a tenu la main à la quintaine de Moustier. Je me souviens de sa paume glacée et un frisson me parcourt l'échine. Sans doute ne suis-je pas la seule à frissonner, car le beffroi entier est soudain pris d'un tremblement. Je peux lire la devise inscrite sur ses armes de gueules et d'argent, mais je ne suis pas encore assez savante pour la comprendre : *Tempestatem conflo*. Le héraut m'apprend qu'il est Jean de Bolandoz, seigneur de Scey. Il nous rappelle ses prouesses sous les acclamations d'hommes armés grossiers et tapageurs – une bande de routiers, murmure-t-on dans les loges –, qui viennent d'arriver et font violemment reculer les vilains pour leur prendre les meilleures places.

Les écuyers descendent des coursiers et aident les premiers jouteurs à s'y installer à leur tour et à passer leur camail et leur heaume, tandis que les dames du cortège gagnent les loges. Le beffroi se balance légèrement sous leurs pieds alors qu'elles prennent place sur leurs bancs. Aiglantine s'est assise à mes côtés sans un mot, contrairement à Aliénor, la dame de Hautefeuille, qui n'écoute rien de ce que dit le héraut et parle plus fort que lui. Elle se propose de m'aider à identifier les chevaliers présents à leurs armoiries et me cite tant de noms, de devises, d'écus et de titres, que je mélange tout, puis elle s'égare en nostalgie :

— Autrefois les chevaliers s'affrontaient sans moucheter leurs lances. Beaucoup mouraient. Les anciens tournois surtout étaient meurtriers, quand deux clans s'élançaient l'un contre l'autre dans un grand pré comme à la guerre. C'étaient des combats énormes et sanglants, dont on ne voyait qu'un nuage de poussière et qui duraient jusqu'à la nuit. Aujourd'hui, on joute plus courtoisement, on meurt encore parfois, mais tellement moins. Les pires accidents arrivent quand les chevaux se percutent en plein galop. Martin, ton père, était un grand champion qui ne redoutait ni l'épée, ni la lance. Je l'ai vu trois années de suite sur ces lices. C'était une époque merveilleuse, la pestilence n'était pas passée sur le monde et j'étais jeune et belle encore. Mon mari et Haute-Pierre avaient jolies réputations alors, ils avaient connu une petite gloire et, par amour de la joute, ils avaient décidé d'organiser ensemble ce tournoi de la Beaume. Une ruine ! Mais de telles fêtes donnent du travail au pays entier et nos gens ne s'en plaignaient pas. Mon Dieu, on étouffe, même à l'ombre du dais, la chaleur est terrible ! La Pentecôte était un bien meilleur moment pour jouter. De ce temps-là, il n'en reste que quelques-uns sur la lice aujourd'hui : Geoffroy, mon mari et Bolandoz. Je suis étonnée que ton père n'en soit pas.

— Je crois qu'il n'aime plus tournoyer, il préfère la guerre aux déduits.

— Quel dommage ! C'était un tel spectacle de le voir se lancer contre son adversaire. Il était le meilleur chevalier qu'on ait vu ici, seul Bolandoz pouvait le contrer. Parfois le tournoi semblait d'ailleurs se réduire à ces deux-là, tout le reste n'était qu'intermède. Mais voici mon mari qui entre en lice !

Elle hurle soudain la devise de sa maison :

— Hautefeuille ! Mené par l'étoile !

Lance en main, le baron de Hautefeuille porte son étoile d'or sur son écu de sable et la housse noire de son cheval en est parsemée. Au son des trompettes, il se jette au galop contre son adversaire qui rompt sa lance sur son armure et manque de le désarçonner.

— Il n'a plus l'âge de participer à ces jeux-là ! soupire Aliénor. Il serait mieux dans la loge de Haute-Pierre. Jadis, il n'y avait que ton père et Bolandoz pour le faire plier. Aujourd'hui, n'importe quel écuyer l'abattrait. Il y a un temps pour tout, il faut savoir céder la place ! Qu'il fait chaud ! Vous ne trouvez pas qu'on étouffe ? Il y aura un gros orage bientôt ! Cette année où ton père est entré en lice vêtu seulement d'une petite chemise de femme, mon mari avait mis Haute-Pierre à bas si violemment qu'il lui avait fait tourner le heaume. Le forgeron avait dû le découper pour le lui retirer de la tête.

— Mon père a jouté en chemise ?

— Oui, nu sous une petite chemise brodée, une jolie chemise de lin très fin, une chemise de femme. Et Bolandoz avait demandé que les lances ne soient pas courtoises. Ton père avait accepté sachant qu'il se présenterait sans armure face à une pointe mortelle, par amour de cette dame dont il portait le vêtement intime et dont nul ne savait le nom au moment du combat. Quel spectacle ! Bolandoz a d'abord touché ton père à l'épaule, la lance avait entamé sa chair, et le sang coulait sur la chemise déchirée. Les femmes pleuraient dans les loges, les paysannes, elles-mêmes, étaient toutes retournées. Ton père était si beau ! À travers nos larmes, nous cherchions qui pouvait être la femme qui lui avait offert cette chemise, mais nous pleurions toutes tant qu'il était impossible d'en voir une pleurer davantage que les autres. Et puis, il nous semblait qu'il se battait pour chacune de nous, nous en avions oublié nos champions respectifs, il devenait le seul qui comptait, et nos hommes nous regardaient trembler avec suspicion. Si elle était mariée, la femme qui avait ainsi offert sa chemise à ce si beau jeune homme pour qu'il la portât à même sa chair, cette femme-là risquait d'en mourir tant la jalousie grondait.

— Et cette chemise était celle de ma mère ?

— Oh ! Mais laisse-moi donc raconter, petite fille ! Une histoire que l'on prend par la fin perd tout son charme. Oublie un peu que tu as eu une mère, veux-tu ? L'été est brûlant. Je n'en puis plus de ce soleil. Si on savait tout dès le début, la vie aurait moins d'attraits, il en va de même pour les histoires. C'était la deuxième fois que ton père venait dans la vallée et toutes les filles l'avaient déjà remarqué l'année précédente. Depuis l'hiver, il était veuf et se cherchait une épouse. Imagine comme les damoiselles lui faisaient les yeux doux. On racontait que la Dame verte elle-même l'avait épargné par amour et que la rivière murmurait parfois son prénom. Oh ! Regardez ! Mon mari est à terre ! Quel désastre ! Je lui avais bien dit qu'il n'était plus en âge de jouter ! Heureusement, voici mon Guillaume sur ton cheval qui va racheter notre honneur ! Hautefeuille, mené par l'étoile !

Aiglantine murmure : « S'il pouvait en mourir ! » La dame de Hautefeuille, qui applaudit son fils, n'entend heureusement que ses propres cris.

Sur un cheval noir couvert d'une housse rouge sang semée de perles blanches, son adversaire se place de l'autre côté du terrain. C'est Bolandoz. En guise de cimier, sur le heaume du routier, est plantée une étoffe blanche où une rose est brodée. Une grande rose noire qu'il me semble reconnaître.

— Pour son premier tournoi, il aurait pu mieux tomber. Bolandoz est un homme terrible qui sait se battre, il a tourné sauvage depuis qu'il s'est fait chef de routiers et, comme la trêve de Brétigny entre les Anglais et les Français l'a laissé désœuvré, il est revenu au pays où il s'est emparé du château de Scey. Au nom de son oncle, Thiébaud de Scey, a-t-il dit, mais tout le monde sait bien que Bolandoz prend les lieux qu'il veut avec sa troupe de pillards. Maintenant qu'il n'a plus personne pour l'employer, il faut occuper leur violence et assouvir leur faim de femmes, de pain et de vin. Il n'y a plus qu'à espérer qu'il se contente de ce château et contienne là ses ambitions. Pour l'heure, c'est fête, mais la fête n'a qu'un temps et qui sait ce qu'il fera cet hiver, quand son armée aura vidé les greniers de sa seigneurie, engrossé toutes les bergères de son pays, et qu'il lui faudra nourrir ses hommes et apaiser la chaleur de leur sang. J'avoue trembler un peu de le savoir si près.

Les hommes de Bolandoz rugissent tous ensemble alors que leur chef se lance au grand galop contre Bouc et Guillaume. Je m'inquiète pour ce pauvre garçon que sa dame a maudit. La rose noire flotte au vent, sans que je parvienne à me souvenir de l'endroit où je l'ai vue déjà. Bouc est plus rapide encore que le cheval du routier. Je suis fière de voir mon destrier si beau sous sa housse étoilée. Je ressens chacune de ses foulées, il ne craint rien et s'approche tant du coursier de Bolandoz qu'il le force à faire un léger écart. Les bêtes se frôlent et nulle lance n'est brisée. Les deux adversaires se préparent donc pour un deuxième passage. On ne les voit pas piquer les flancs de leurs montures qui partent aussitôt le départ donné dans la clameur sauvage des routiers. Les chevaux se ruent de nouveau l'un sur l'autre, sans peur, avec la même hargne peut-être que les hommes qui les mènent et Bouc, surtout, semble vouloir renverser la bête qui lui fait face.

Le choc est affreux !

Les montures se heurtent violemment en plein galop dans un fracas de chair, de bois et de fer. Le beffroi entier a tressailli sous la foule qui hurle. Et je crie moi aussi pour Bouc plus encore que pour Guillaume. Chevaux et chevaliers sont couchés sur le terrain. On se précipite pour les secourir. Seul Bouc se relève aussitôt et rejoint Colin qui l'appelle. Par bonheur, il ne boite pas. C'est la dernière fois que je prête mon cheval ! J'ignorais qu'il risquait tant à participer à ces jeux.

Soudain muette, la dame de Hautefeuille a blêmi. Je l'aide à se rasseoir. Guillaume ne bouge pas.

Je n'ose me retourner vers Aiglantine, j'ai trop peur de la voir sourire.

La vieille âme

Il y a quelques jours, j'ai surpris la conversation de trois archéologues assis à la terrasse du restaurant qui fait maintenant face à l'église de Mouthier. L'un d'eux travaille sur le site du château de Scey, à quelques lieues d'ici, il disait avoir exhumé deux corps enterrés dans une même sépulture datant du milieu du XIVe siècle et sur laquelle n'était gravé qu'un mot, lisible encore : Nuit. Dans la tombe, ils avaient trouvé un pendentif en or représentant une étoile et les restes d'un homme et d'un cheval. Les os s'étaient mêlés et il avait fallu les trier pour reconstituer les deux squelettes. Le cheval avait la boîte crânienne en miettes et les antérieurs fracturés, quant à l'homme, le médecin qui avait étudié sa dépouille avait décelé sur l'articulation de son épaule droite « de très légères lésions de la tête humérale, traces ténues d'une luxation antéro-interne magnifiquement réduite », et il en avait conclu que sur « ce sujet, mort jeune et indemne de toute affection ostéo-articulaire, cette réduction lisible prouvait la remarquable connaissance des techniques thérapeutiques qu'avaient certains rebouteux du Moyen Âge ».

Autour d'une bouteille de savagnin, les trois hommes s'interrogeaient sur la raison qui avait pu pousser les gens de l'époque à coucher ce jeune homme près d'un cheval pour l'éternité, à les lier ainsi par-delà la mort. Cette énigme leur inspirait quantité d'histoires folles et la conversation a finalement roulé sur un autre mystère, celui de ce château de Hautefeuille, dont on trouvait tant de mentions dans les documents d'époque et qui se serait volatilisé autour de 1360 sans laisser de traces. Un gros bourg castral pourtant, disparu, corps et biens ! On ne parvenait pas à le situer exactement, mais ces trois-là en cherchaient des vestiges du côté du rocher au Moine.

J'ai été émue d'entendre des vivants me raconter notre monde, émue d'en trouver des traces dans cette époque que je hante. Je n'avais pas tout oublié, tout reconstruit, tout inventé. L'enfance se racontait intacte. Elle était là sous la terre, comme graine. Prête à germer en histoires.

Maître Claude, qui avait lu le *Traité des articulations* d'Hippocrate, connaissait en effet les techniques de réduction des luxations mieux que quiconque. Il s'est aussitôt occupé de l'épaule de Guillaume, il l'a remise en place, puis efficacement immobilisée pour un mois à l'aide de bandages et d'une armature de bois qu'Éloi a taillée en suivant ses consignes.

Guillaume ne mourrait pas de s'être déboîté l'épaule, mais il ne pourrait enlacer sa petite épouse avant une lune au moins et il convenait qu'il bougeât le moins possible pendant les premiers temps. Il devrait rester allongé une dizaine de jours aux Murmures avant de songer à monter sur un cheval pour rentrer à Hautefeuille. La mère de Guillaume, qui ne quittait plus le chevet de son fils, a demandé à Aiglantine de ne pas partager la couche de son époux durant les premières nuits. Elle reviendrait donc dormir à tes côtés quelque temps et tu savais à quel point cela la réjouissait.

Ni Bolandoz, dont le cheval était mort, ni Guillaume n'étaient de la fête, ce soir-là. Mais leur absence n'a rien assombri et l'on a mangé, parlé, dansé et chanté à la lumière des torches aux Murmures jusque tard dans la nuit.

Tu circulais entre les invités, écoutant la musique autant que les conversations, errant entre les voix, passant d'un entretien à l'autre, cherchant quelques traces de tes parents dans les paroles de tous ces gens, des lambeaux de cette chemise de femme que ton père avait portée lors de son combat contre Bolandoz, de cette petite chemise qui était peut-être celle dont tu t'étais emparée dès ta sortie du four des Murmures et qu'on n'avait pu t'arracher des poings et de la bouche durant tes premières années, celle que tu avais sucée en dormant toute ton enfance.

Tu n'avais rien d'autre à faire qu'à bâtir cette histoire, qu'à guetter des morceaux de récits, qu'à retrouver des bribes de ta mère, qu'à tenter de la recoudre : Aymon avait disparu dans son arbre et tu ne savais pas danser.

Tu te promenais parmi les voix, les phrases, tu piochais quelques mots, de-ci, de-là, tu picorais les secrets chuchotés. Une voix plus forte prenait soudain le dessus sur les autres. Un éclat de rire interrompait une phrase un peu longue.

Le présent se contentait de danser, comme si de rien n'était, mais quelque chose bruissait juste derrière la musique, dans le froissement des robes, sous les pas des danseurs, quelque chose pointait dans les regards, des rumeurs naissantes, de sourdes inquiétudes et les plus vieux, qui craignaient toujours tout, parlaient déjà du pire.

La petite fille

Cette rose noire attachée au heaume du seigneur de Scey, savez-vous qui l'a brodée ?... La guerre entre la France et l'Angleterre est terminée... Maître Claude, dites-nous d'où viennent les puces et les poux qui nous piquent le corps ?... Bolandoz semblait tellement affecté par la perte de son cheval. Il pleurait comme un enfant... Le raisin est beau cette année... La France a le couteau sous la gorge, elle ne pouvait qu'accepter les conditions de l'Anglais... Le tissu était de soie, la rose joliment brodée et les couleurs de la bordure très belles. Apparemment, Bolandoz se battait aujourd'hui pour une dame du pays... Puces, poux, gales naissent de nos humeurs corrompues, ils viennent de sous la peau... J'espérais voir Martin de Chaux sur la lice... Nous souffrirons davantage de cette paix que de leur guerre qui ne nous concernait pas... Vos yeux sont si doux, ma mie... Pour nous, la trêve de Brétigny est le pire qui pouvait arriver. Anglais et Français ont abandonné leurs mercenaires sur le terrain... Et ce baiser que vous m'avez promis ?... Pour s'en défendre, il convient de réguler nos humeurs en évitant les mets qui font trop transpirer... Plus d'occupations pour ces aventuriers qui chôment et doivent remplacer par le pillage leur solde perdue. Comment pourraient-ils survivre autrement ?... En dix ans, Bolandoz a tellement moins vieilli que Haute-Pierre. C'est qu'un soldat ne vieillit pas, il se contente de mourir... Pardieu, pour ça, les routiers se battent mieux qu'une armée régulière... La bête se nommait Nuit, elle a accompagné Bolandoz sur tant de champs de bataille, passant entre les flèches, et voilà qu'elle meurt dans un tournoi... Ce sont les oiseaux qui la transportent... Bolandoz se fait appeler capitaine Brisebarre par ses hommes... Martin est venu aux Murmures, en mai, pour y déposer sa fille, il paraît qu'il a perdu sa beauté. Le temps est cruel, même envers les hommes... Tant que les routiers ne s'en prenaient qu'aux paysans, c'était un bon moyen de tenir les Jacques, de mater leurs révoltes. Et puis franchement, qui n'a jamais renversé une bergère ? Mais, depuis Brétigny, les capitaines de compagnies n'ont plus de juste guerre et occupent des châteaux en leur nom propre... Cette rose me rappelle la chemise brodée dont Martin de Chaux avait fait son unique armure. Nous cherchions tous à qui elle pouvait bien appartenir. Mais Bolandoz, le seigneur de Scey, n'est pas venu au bal ce soir et nous ne saurons pas avant longtemps qui est la dame de son cœur... Alors, ma pauvre Aiglantine, dès le lendemain de votre mariage, vous voilà sans époux... Aélis, elle, ne vieillit pas... La chaleur est étouffante, les orages éclateront dès demain. C'est certain... Les hommes d'un Bolandoz ou d'un Archiprêtre ne sont pas de bons chrétiens, assurément. Mais les princes les emploient dès qu'ils en ont besoin... Heureusement, cet accident n'a pas gâché votre nuit de noces... La liberté de ces capitaines fait rêver, les femmes les aiment, parfois même elles les épousent et les font plus grands seigneurs qu'ils ne l'étaient... Vous n'avez pas l'air bien heureuse de ce mariage... Des milliers de routiers se sont regroupés en Champagne pour former ce qu'ils nomment la grande compagnie et, sur la plaine, ils sont nombreux comme des insectes, ils sont voraces et ils n'ont pas une tête, mais cent, puisque chaque bande garde son capitaine... Allez, jeune fille, il faut sourire un peu, n'oubliez pas qu'une fois déflorées, nous n'avons plus rien à protéger... Ces routiers propagent la pestilence, il y a de nouveaux malades en Bourgogne, le mal noir revient droit sur nous... Ce ne sont pas les routiers qui nous contaminent, ce sont les juifs qui, de nouveau, empoisonnent nos puits et nos fontaines pour se venger des chrétiens... Les juifs sont pires que les pires des pillards. Il faudrait les brûler pour s'éviter le retour de la Grande Mort... Les juifs n'y sont pour rien, ce sont eux qui prennent dès qu'on a besoin d'or, ou de coupables, ou des deux à la fois, on les juge, on les tue et on confisque leurs biens pour peu qu'ils en aient. Ils sont si faciles à attraper... Plus de juste guerre pour ces routiers, plus de solde, plus de sang, plus de cause à servir contre de l'argent. Des meutes de loups lâchés sur le pays et qui ne savent que piller... Sûr que c'est une bonne façon de se débarrasser d'un créancier... Et en aval, les oiseaux tombent du ciel, morts. On retrouve leurs cadavres par monceaux et leurs corps sont couverts de bosses et de pustules... Cette fois, la contagion est plus grande encore, elle se réveille avec fureur... Vous avez une magnifique roseraie à Voirbeau... Rappelez-vous, en Savoie, les juifs avaient avoué avoir empoisonné les fontaines... Mais les roses qui poussent en mon jardin ne sont pas de tissu et je brode mal... Ceux-là, qui sont les vrais coupables, ne sont pas aussi simples à arrêter que les juifs... J'aurais aimé avoir brodé cette rose, mais je l'aurais faite dans une autre couleur... Bolandoz faisait peine à voir, il aimait tant cette bête et il a dû l'assommer lui-même à coups de masse… Il y a des roses, ici, aussi… Le routier s'est persuadé que Guillaume et son cheval fou étaient responsables de cet accident… Cette nouvelle pestilence est si terrible, qu'il suffit de regarder le malade pour la prendre… Elle vient du ciel, c'est une punition de Dieu… Cette rose qu'il portait en guise de cimier, moi je sais qui l'a brodée… Ne trouvez-vous pas que Dieu nous a suffisamment punis déjà ?… Il a cru se débarrasser des hommes tout à fait, mais il a eu pitié et en a laissé sur la terre, pour que nous la repeuplions, mais nous ne nous sommes pas amendés. Alors, Il nous renvoie la bosse, cette maladie abominable… Les deux antérieurs fracturés, il n'y avait rien d'autre à faire… Mais ce n'est pas Dieu, puisque ce sont les juifs !… Et vous êtes bien certains qu'ils avaient des bosses à l'aine et aux aisselles, ces hommes qui venaient d'outre-Saône ?… Quand matines sonneront, retrouvons-nous dans l'écurie… Le fléau a emporté mes enfants pendant l'hiver 49 et aucune bosse ne leur avait poussé au flanc… Je n'ai plus rien à protéger et je peux t'appartenir tout à fait, maintenant que je suis mariée. Retrouvons-nous dans l'écurie… C'est qu'en été la Grande Mort donne des abcès, et en hiver, des crachats sanglants… Bolandoz a regardé Guillaume d'une très étrange façon…

J'entends, ma dame, que c'est vous qui lui avez brodé cette rose… On meurt de cet air qui se dégage des mourants, leur dernier souffle est chargé de pestilence… Bolandoz prend ce qu'il veut… Comment abandonner l'être aimé au moment où il trépasse ?… Dansons… Ces hommes violent les filles devant leurs mères et les mères devant leurs fils…

Et quand bien même ce serait moi qui l'ai brodée, que feriez-vous, mon cher et doux mari ?… On entasse de nouveau les cadavres dans des fosses… Les maléfices des juifs et des sorciers !… Vous nous gâchez la fête avec tous ces sujets ennuyeux. Dansons !... La Grande Mort... Comment ne pas accompagner son enfant jusque sur le pas de la vie ?... Des loups !... On meurt de ne plus pouvoir respirer... Le diable... Dansons !... Les oiseaux ! Peut-on se protéger des oiseaux ?... On meurt...

Comme je suis fatigué de vos roses, ma dame, moi qui n'ai droit qu'à leurs épines... Calamités... Taisez-vous ! Dansons ! Dansons !... Fléau... Nous entrons en enfer !... Cette rose restera la véritable énigme de ces joutes. Savez-vous qui l'a brodée ?...

La petite fille

Hier au matin me levais
Mon petit cœur n'est point à moi
Au jardin de mon père entrais
Et sur l'herbette je marchais
Mon petit cœur n'est point à moi
Il est à mon amour
Trois fleurs d'amour je cueillais
Un bouquet j'en ai fait
À mon amour je l'ai donné
En espérant qu'il le prendrait

Hier, Aymon m'a donné une rose blanche en fredonnant cette chanson et je l'ai embrassé. Mais je n'ai pas eu le bouquet, deux autres fleurs, il a gardées. Je l'ai suivi jusqu'aux lices, où les œuvriers démontaient les beffrois. Là, sur le pré, il a donné une autre rose à Éloi qui lui aussi l'a embrassé. Puis il est reparti une unique fleur d'amour en main. Alors je l'ai suivi, encore, me demandant pour qui était la dernière rose. J'ai cru un temps qu'il l'offrirait à sa mère ou peut-être à la statue de Marie qui est dans la chapelle ou encore au fantôme d'Esclarmonde, cette jeune recluse qu'on a emmurée là, il y a deux siècles. Mais non, Aymon est monté dans l'érable avec sa troisième fleur et je n'ai rien pu voir de ce dernier baiser.

Serais-je jalouse d'un arbre ?

La petite fille

C'est la Saint-Jérôme, hoche tes pommes, bonhomme, hoche tes pommes !

L'été a filé, le meilleur morceau de l'année, et les nuits ont déjà la plus belle part. Avant d'arriver ici, je glissais imperceptiblement d'une saison à l'autre, les jours étaient si longs et ma mémoire trop courte pour que je perçoive le cercle que le temps dessinait. Même si je savais que le printemps revenait au bout d'un an, je vivais au jour le jour et chaque saison s'installait en moi pour toujours. L'hiver surtout s'éternisait, j'oubliais d'une année sur l'autre la chaleur de l'été. Désormais, ma pensée est plus ample et je sens l'automne qui s'approche.

Pour profiter des derniers beaux jours, nous descendons à la rivière, Aymon et moi. Bouc nous porte tous deux jusqu'à la grève aux fées, puis il nous attend en broutant l'herbe qui pousse sur les berges. L'Enfant m'a appris à nager, je n'ai plus peur que l'eau me mange.

Aymon vient de s'endormir sous les saules dans le léger bourdonnement des insectes et le tendre murmure des flots. Le soleil n'est plus ni si chaud, ni si haut dans le ciel, l'ombre, qui, chaque jour, s'étire davantage, est un peu fraîche, l'air presque trop léger, le monde moins ardent, il s'affadit délicieusement. Tout s'engourdit un peu dans l'automne qui s'avance. On pressent la fin.

Je marche dans l'eau entre mon ombre et mon reflet.

Je marche dans l'eau entre mon ombre et mon reflet.

Je trempe mes mains dans la lumière qui danse.

La Dame verte me manque, elle ne se montre plus. J'ai laissé mes habits sur la plage et, cette fois, j'ai même ôté ma petite chemise, je suis entièrement nue. J'aime sentir le soleil tiède sur ma peau, sa lumière crue souligne mes seins, qui bourgeonnent, et les poils qui, depuis peu, dessinent un léger triangle cuivré entre mes cuisses. Comme j'ai grandi, depuis mon arrivée ici, comme j'ai appris, comme j'ai changé ! Jamais, je ne pourrais revenir sur mes pas, jamais je ne quitterai cet endroit, je ne m'imagine pas le paradis autrement.

L'eau fraîche file entre mes doigts et me pousse à rêver. C'est peut-être la dernière fois que je me baigne dans la Loue cette année. La Dame verte voulait que je lui trouve un nom. Elle m'a dit qu'autrefois, les hommes la nommaient Bérengère.

Debout, enfoncée dans l'eau jusqu'à la taille, je murmure « Bérengère », en laissant mes mains traîner dans la rivière et en tournant sur moi-même doucement jusqu'à dessiner du bouts des doigts un cercle à la surface des flots, cercle dont je suis le centre.

— Bérengère.

Et je tourne jusqu'à en perdre un peu l'équilibre.

— Bérengère.

— Ce n'est pas le nom que j'espérais, jeune fille.

La dame est là, assise sur la rive, dans son éternelle robe verte.

— Voilà des mois que je vous guette.

— Mon temps ne coule pas à la même vitesse que le tien. À mes yeux, tu ne vivras pas plus longtemps qu'un éphémère. Je te quitte enfant sur cette plage et, quelques jours après, je t'y retrouve jeune fille.

— Vous aviez commencé à me raconter l'histoire de mon père et vous avez laissé votre récit en suspens.

— Ah oui… Où en étais-je ?

— Il allait revenir aux Murmures et vous rêviez de devenir sa femme.

— Je suis fille d'un monde ancien. Mieux vaut ne pas s'aventurer aux côtés des hommes, leur univers n'est pas le nôtre. Chacun pour soi, chacun chez soi ! Il y a longtemps, j'ai voulu vivre parmi les mortels et ils m'ont enfermée dans la rivière, ils m'y ont poussée à coups de fourches, comme on jette un démon au feu, et ils ont noyé mon gros Martin après lui avoir percé la panse. Sans le savoir, ils m'ont rendue à ma vraie nature. Après ma mort, j'ai erré sous l'eau longtemps, et exploré le lit de la Loue, j'y ai trouvé tout ce qu'elle avait avalé au fil des siècles. Au fond des eaux, j'ai découvert des histoires, des drames, des joies, des amours, des voix perdues et je me suis trouvée moi-même, j'ai déniché des souvenirs que j'avais abandonnés là, des souvenirs d'avant ma vie de femme, et à force de fouiller le fond des eaux comme une vieille malle, j'ai découvert une pierre rouge que j'ai longtemps portée au front en diadème. Oui, par la faute de ton père, je me rêvais de nouveau femme. Mais les hommes cherchent toujours au-delà, ils veulent pousser toutes les portes, ils ne respectent ni les secrets, ni les interdits, ni leurs promesses. On ne peut pas leur dissimuler ce qu'on est. Pourtant savais-je seulement ce que j'étais ? Je me croyais fée, mais je m'ignorais monstre. Séduire et dévorer les hommes m'était une occupation, rien de plus. En rencontrant ton père, j'en avais perdu l'envie. Je ne ressentais plus de joie à les piéger, ni à les serrer dans mes bras ou entre mes cuisses, ni même à les engloutir. Le goût de leur chair m'avait passé. Et, comme je te l'ai dit, le temps ne courait plus aussi vite et ton père me manquait, infiniment. À peine arrivé au pays, Martin est descendu sur la grève pour se baigner. Je suis restée rivière pour mieux caresser son corps et il a compris ce que la rivière lui faisait. Il a aimé se noyer en moi, il a aimé mes doigts d'eau sur son sexe, il a aimé s'allonger sur mon ventre et me pénétrer, il a aimé mes sursauts, ma langue entre ses cuisses, il a joui dans mon lit et j'ai eu du mal à me contenir, après nos ébats, à le laisser regagner la rive. Pour me calmer, je l'ai rejoint sur la plage dans mon costume de femme, celui que tu vois là et dans lequel j'ai vécu, ma courte vie, il y a deux siècles. Face à lui, j'ai défait mon foulard et mes longs cheveux verts m'ont coulé sur le corps. J'ai ôté mes vêtements et, immobile, sans rien dire, il m'a regardée faire et c'est à peine s'il respirait encore. J'ai vu que le désir le reprenait et je me suis allongée contre lui, il n'osait toujours pas bouger.

— J'ai peur que tu disparaisses si je te touche, a-t-il murmuré, j'ai peur que tu ne sois qu'un mirage, j'ai peur de te perdre.

— J'ai peur de te dévorer, j'ai peur de ne plus t'aimer, j'ai peur de te perdre.

— Je veux bien que tu me dévores, mais ne te sauve pas cette fois. Je ne suis pas si fragile. Laisse-moi te faire l'amour, laisse-moi jouir en toi avant de me noyer. Abandonne-toi à moi qui ne suis rien qu'un homme.

— Je ne te tuerai pas. Je suis une très ancienne croyance que le Dieu unique a détrônée du cœur des hommes, mais j'aimerais être ta dame. Combats pour moi demain !

Et donc il m'a aimée, certain qu'il en mourrait, il m'a aimée avec tendresse et force, il m'a aimée avec dévotion comme une fée, comme une déesse, comme une rivière. Il s'est promené sur mon corps longuement, il en a exploré chaque parcelle, il m'a conquise, il a été assez puissant pour me cerner. Et brutalement, alors qu'il me sortait du corps, j'ai retrouvé le goût de la chair et j'ai dû plonger dans les flots en abandonnant mon joyau sur la plage.

— Vous l'auriez dévoré malgré l'amour ?

— Je l'aurais dévoré par amour. Mais je l'ai épargné. Une jeune fille est arrivée quelque temps après sous les saules avec sa sœur. Je me souviens qu'elle a ri en voyant Martin nu. Dans ses habits austères, elle avait la raideur d'une petite vierge un peu nigaude. Je l'ai observée sans l'envier d'être si simple, si fragile, si humaine, si mortelle. Elle n'avait pas même le charme de la fleur à l'acmé de sa courte existence, il lui manquait le parfum et la couleur de ces corolles qui s'offrent au soleil pour le plaisir d'être une seconde, une seconde à peine, le calice le plus exquis. Je n'ai pas su apprécier sa douceur, je n'ai pas compris la force que pouvait dégager cette petite créature un peu fade, je n'ai pas vu en elle une rivale, moi qui suis la Terre qui penche et la rivière qui court. C'était un être sans importance, sans puissance, sans passion. Elle a marché droit vers Martin qui se tenait debout sur la grève et lui a dit : « Prenez ma croix, sire Martin, elle vous portera chance demain sur la lice. Ainsi Dieu sera de votre côté quand vous combattrez et je pressens que vous en aurez besoin. » Elle s'est approchée du corps nu de Martin, et sans marquer la moindre hésitation, elle lui a passé sa chaîne d'argent autour du cou et a positionné la croix afin qu'elle prît la meilleure place au beau milieu de son torse, la meilleure place parmi ses poils blonds que je venais de caresser, moi la fée, la déesse, la rivière. Puis elle l'a embrassé sur la joue en sœur et il s'est laissé faire, en lui souriant très gentiment, comme on sourit à une délicieuse enfant. À moi, il ne me souriait pas, il s'appliquait à me plaire, à servir ma divinité. Je le fascinais. Aurais-je préféré qu'il me regardât comme une charmante jeune fille plutôt que comme une idole ? Cette ridicule gamine est entrée dans mon lit en riant avec sa sœur, elles étaient si vivantes et si gaies, elles étaient d'infimes insectes sans importance qui jouaient dans mon courant et je n'ai pas pensé à les emporter loin, loin, loin de Martin qui désormais m'appartenait. Mon corps était douloureux de désir. Martin s'est rhabillé, il a glissé mon bijou dans sa bourse et a quitté la berge en saluant les jeunes filles.

— Avez-vous vu la joute ?

— Oui, je me suis cachée dans les sous-bois pour y assister. Je n'avais jamais rien vu de semblable : les couleurs, les beffrois, les chevaux parés et les hommes en armures d'argent défilant en musique. Soudain, une clameur de surprise a retenti dans l'assemblée : Martin entrait en lice sans armure, sans éperons, ne portant ni heaume ni camail, il était nu sous une fine chemise de femme, un linge blanc brodé de roses rouges. La petite croix d'argent de la nigaude pendait à son cou et mon escarboucle alourdissait la bourse qu'il avait passée à sa ceinture. Je n'étais jalouse ni de la jeune fille fade, ni de cette croix qu'il avait reçue sans dévotion. Mais, en combattant avec cette chemise de femme pour seule armure, il dégageait une telle force sensuelle que j'aurais pu me ruer sur lui pour la lui arracher du corps ! Et je l'aurais bien écorché, écaillé comme un poisson, tant je me sentais humiliée. Ne lui avais-je pas demandé de se battre pour moi ? N'avait-il pas accepté de faire de moi sa dame ? En vérité, il n'avait rien dit et s'était contenté d'empocher mon bijou en souriant à une autre. Il s'apprêtait à s'élancer contre Bolandoz, son adversaire, dans cette chemise de l'amante censée arrêter les coups mieux qu'une armure de plates, mais qui sans doute lui serait un linceul. Le héraut répétait que, cette fois, à la demande des champions, les lances étaient mortelles, et tandis que les deux jouteurs se ruaient l'un sur l'autre, je me suis souvenue de la chair si pleine, du parfum et des cris de cette femme magnifique que j'avais vue avec Martin le premier jour sur la grève. Je me suis souvenue de cette rage avec laquelle il lui faisait l'amour et comme il m'avait semblé qu'il tentait de l'étreindre pour toujours, d'immortaliser ce corps en l'aimant avec une ardeur décuplée par l'urgence d'arrêter le temps. La lance de Bolandoz venait de blesser Martin à l'épaule, et la foule avait gémi en voyant chemise et chair se déchirer. S'il m'avait aimée comme une fée, une déesse, une rivière, je découvrais soudain avec effroi qu'il ne m'avait pas aimée comme une femme. Je n'étais pas modelée dans une chair qu'il fallait prendre avant qu'elle ne se fane, je n'aurais plus jamais cette fragilité et ce jaillissement de ceux qui ne font que passer et doivent aimer, respirer, caresser, jouir autant qu'il est possible. Certes Martin croyait qu'il mourrait s'il me touchait, sa mort planait au-dessus de notre amour, comme elle planait au-dessus des lices, mais la femme qui lui avait donné cette chemise pour qu'il se pavanât dedans devant tout le pays, pour qu'il affirmât son amour face à la lance de l'ennemi, cette femme prenait sans doute un risque elle aussi. Au deuxième passage, Bolandoz, qui semblait jouer avec son adversaire, l'a blessé à l'autre épaule et le sang coulait le long de sa manche jusqu'à sa main. Je savais qu'elle était mariée et j'étais certaine que, dans leur jeu d'amour, elle aussi s'exposait à la mort. J'ai compris qu'elle lui avait imposé de porter sa chemise pendant le combat en lui promettant que, s'il gagnait, elle l'enfilerait à son tour, toute sanglante encore, pendant la fête qui suivrait en son château.

— Mais cette dame savait-elle qu'il ne porterait que sa chemise pour jouter et qu'il lui imposerait donc de faire de même à la fête ?

— Je n'en suis pas certaine. J'ignore lequel des deux aimait le plus la mort, lequel des deux les mettait tellement en danger. Ce qui est sûr, c'est que cette dame de Haute-Pierre ne soupçonnait pas le véritable enjeu de la joute, elle ne se doutait pas que Martin se battait pour trois dames ce jour-là, ou plutôt que trois dames se battaient pour Martin, que trois dames se battaient en lui. Une femme passionnée et sensuelle, une jeune fille pleine de foi et une divinité archaïque et sauvage.

— La dame dont vous parlez était donc Aélis, la mère d'Aymon ?

— Oui, c'est cela, la mère d'Aymon, mais sur la grève Martin la nommait « ma rose sang ». J'étais cachée à la lisière des bois et j'ai tremblé en songeant à l'issue du combat. Je n'avais pas épargné Martin pour le laisser mourir par la faute d'une autre. Et s'il survivait, laquelle de nous trois choisirait-il ? La petite croix brillait au soleil, mais les beffrois ne voyaient que la chemise et nul ne savait que mon rubis était caché dans sa bourse. Au troisième passage, les roses rouges étaient ensanglantées et toutes les femmes pleuraient, sauf moi qui me sentais trahie. Martin, porté par la foule, a alors réussi à désarçonner Bolandoz en lui plantant la pointe de sa lance dans l'écu. Et en quittant le pré, seigneurs, vilains et serfs se demandaient à qui pouvait bien appartenir cette chemise que le chevalier avait sur le corps. Plonge la tête dans l'eau, Blanche, et je te montrerai ce que j'ai vu ce jour-là. La vision ne durera que le temps que tu passeras sous la surface, après tout s'évanouira. Je peux te faire entrer les images dans les yeux si tu t'abandonnes dans cette rivière.

— Et n'allez-vous pas vous venger de mon père en tenant son enfant au fond des eaux ? N'allez-vous pas me noyer, moi, qui à vos yeux ne vis pas plus longtemps qu'un insecte ?

— N'aurais-je pas eu déjà maintes occasions de le faire ?

— Sachez que mon père ne tient pas plus à moi qu'à vous. Mon père ne tient plus à rien désormais.

— Va regarder au fond des eaux la fin de cette histoire !

La vieille âme

Tu aimais l'histoire de la Dame verte, bien que ton père s'y ressemblât si peu. Mais cette créature ne l'inventait-elle pas à mesure qu'elle te la contait ? Était-elle vraiment ce qu'elle prétendait être ? Tu regrettais de ne pas lui avoir arraché son foulard, avant qu'elle ne s'en aille, pour t'assurer que sa chevelure était aussi verte qu'elle le disait. Tu la regardais s'éloigner, sa beauté était démesurée et son détachement étrange, ses mouvements s'accordaient à ceux de la rivière, les gens d'ici la craignaient. Elle disait : « Je suis la Terre qui penche et la rivière qui court. » Elle disait : « Je suis une très ancienne croyance que le Dieu unique a détrônée du cœur des hommes. » Elle correspondait au paysage sans qu'on puisse mesurer qui avait enfanté l'autre. Était-elle la mère de la vallée, l'enfant de la Loue ou une fille sauvage et solitaire qui hantait ses berges ? Elle disait s'être faite femme, deux siècles plus tôt, comme Dieu s'était fait homme, mais pas dans le même but. Pourtant tout cela pouvait aussi bien être une fable, les conteurs bricolent des dieux avec n'importe quoi. Ce que tu aimais le plus dans ce récit, c'est qu'il te rendait ta mère. Plus la Dame verte racontait, plus ta mère s'y dessinait en creux : elle était la troisième femme, la jeune fille à la croix, celle qui voulait protéger ton père, celle qui n'attirait pas le regard, celle qui n'exerçait aucune séduction, mais n'hésitait pas à prendre la meilleure place sur la poitrine d'un chevalier nu. Que s'était-il passé ensuite qui avait poussé ton père à choisir cette jeune femme sans éclat et à l'aimer si fort que sa mort l'avait détruit et éloigné de Dieu et de tout amour à jamais ?

Le rubis dont la Vouivre t'avait parlé ressemblait fort à celui que ton père t'avait demandé de cacher en arrivant dans cette vallée et que tu n'avais plus sorti de ton aumônière depuis. Tu avais hésité à lui dire que tu tenais un bijou semblable au sien dans la bourse accrochée à la selle de ton cheval avec la cape écarlate que tu avais volée au diable. Tu attendais d'en savoir plus pour le lui montrer.

Malgré tes doutes, tu as donc décidé d'aller chercher la fin de l'histoire au fond de la Loue, là où tant d'histoires s'étaient noyées. Tu t'es enfoncée dans la rivière avec l'espoir d'y trouver le visage de ta mère.

Une dizaine de cavaliers a fait irruption sur la grève au moment même où tes lèvres franchissaient la ligne des eaux. Tes yeux dépassaient encore de la surface et tu as reconnu Bolandoz qui menait la troupe et tenait Jacques en croupe. Tu as vu Jacques tendre le bras pour désigner Bouc à la bande de routiers. Les hommes ont arrêté leurs montures et mis pied à terre, ils ont réveillé Aymon en lui passant sur le corps pour attraper ton cheval qui ne cherchait querelle à personne. Jacques, exalté par sa victoire, riait en bondissant en tous sens, tandis que les hommes tiraient Bouc par la bride et l'amenaient à proximité de Bolandoz. Tu as compris que Jacques venait de lui livrer le responsable de la mort de Nuit et tu as senti que ton destrier avait bien peu de chances de réchapper à la vengeance de cet homme sombre. Depuis l'eau où tu te baignais nue, tu leur as hurlé de lâcher ton cheval et trois des routiers, en te voyant seule au beau milieu de la rivière, en remarquant tes formes qui se dessinaient et tes si petits seins dont les mamelons pointaient, ont trouvé l'occasion jolie, alors ils sont entrés dans la Loue pour t'attraper. Aymon regardait la scène en hurlant. Ils t'encerclaient et ils nageaient bien plus vite que toi. Tu as réussi à les esquiver en plongeant, mais tu as préféré regagner la berge par peur qu'ils ne te noient. Tu es sortie de l'eau sans te retourner, sans remarquer que la rivière emportait les soudards, que son courant les empêchait de te rejoindre sur la rive, que la Loue les ligotait dans son lit. Bouc, en entendant tes cris et en voyant les hommes restés sur la plage te poursuivre, s'est dégagé de ceux qui le tenaient en ruant. Il était pire qu'un fauve et les renversait tous, jamais tu ne l'avais vu dans une telle rage encore, il s'est cabré, soudain immense face à Bolandoz, lui agitant ses sabots dans la face, il a décoché des coups de pieds mortels en tous sens et Jacques, frappé à la tête, a été projeté sur les galets.

Bouc s'est changé en diable pour te rejoindre. Il a mordu au visage les brutes qui te maintenaient, emportant nez, joues, oreilles. Tu es montée sur son dos d'un bond, comme Colin t'avait appris à le faire, et le cheval couleur terre a galopé au milieu des hommes encore debout qui avaient sorti leurs épées, il les a bousculés du poitrail pour s'approcher d'Aymon qui criait toujours. Tu as tendu ton bras à l'Enfant qui t'a rejointe sur son dos et Bouc vous a emportés à travers bois sans s'arrêter.

Au bout du pré y a la forêt
N'y va jamais, mon Colinet
Pour y entrer faut pas prier

Au bout du pré y a la forêt
N'y va jamais, n'y va jamais
Depuis l'orée chantent les fées
N'y va jamais, mon Colinet
Pour t'attirer de leur côté
Depuis l'orée, chantent les fées
N'y va jamais, n'y va jamais
Un vent mauvais prend ton bonnet
N'y va jamais, mon Colinet
D'un pas d' côté, tu es entré
Un vent mauvais prend ton bonnet
N'y va jamais, n'y va jamais
Le pas passé, plus de sentier
N'y va jamais, mon Colinet
Pour retourner d'où tu venais
Le pas passé plus de sentier
N'y va jamais, n'y va jamais
C'est la forêt des égarés
N'y va jamais, mon Colinet
C'est la forêt des trépassés
Adieu, mon pré, adieu, foyer
N'y va jamais, n'y va jamais.

Je ne sais comment Bouc s'est retrouvé dans la forêt, je ne sais quel chemin il a pris, ni même si certaines portes se sont ouvertes pour le laisser passer alors que des routiers le poursuivaient encore. Mais tes loups de sable étaient là qui vous ouvraient la voie.

Vous n'aviez rien sur le dos, vos habits étaient restés sur la grève. Vous aviez besoin d'un lieu sûr où vous pourriez cesser de trembler. Tu étais nue et Aymon en chemise et, à la suite de tes loups, vous entriez dans le cœur de la forêt, là où

Aymon, lui-même, n'allait jamais, dans ces lieux désolés que la peste avait changés en désert, dans cet espace où le monde sauvage avait repris ses droits, là où les lignes droites se brisaient, se courbaient, où les ténèbres devenaient lumière, où l'eau noire des ruisseaux s'écoulait à l'envers. Vous vous êtes arrêtés un instant, le temps de déplier la grande cape écarlate du diable, qui ne quittait jamais la selle de Bouc, et de l'enrouler autour de vos deux corps. Vous guettiez les moindres bruits, terrifiés à l'idée de rencontrer des fées. Bouc s'enfonçait dans des siècles de feuilles mortes et, sous l'épais drap de laine, vous vous serriez l'un contre l'autre pour vous tenir chaud, et tu sentais le cœur d'Aymon battre contre ta peau nue, tandis que la forêt rougissait, ensanglantée par l'automne, et que le vent s'enflait comme un cri, s'enflait à dénuder les arbres, s'enflait en hurlant et se chargeait soudain de neige. Le vent soufflait l'hiver comme à la sortie de la messe de minuit. Les arbres tournaient blancs et la tourmente leur dessinait des échevelures de glace. Le vent soufflait l'hiver à contretemps.

C'était minuit. C'était jadis. C'était demain.

Tes loups de sable vous ont guidés dans la tempête jusqu'à cette clairière inondée de soleil dont une charmante chaumière tenait le centre. Clairière où les vents n'entraient pas, ni la neige, ni les ombres, ni la peur. Clairière où jouaient les petites filles rouges toutes en rond, où elles couraient en farandoles dans l'herbe étoilée. Clairière où flottaient les délicieux parfums des tartes de Guillemette, où l'air empli de miel, de pommes cuites, de douceurs titillait joyeusement les papilles jusqu'à changer la chaumière elle-même en friandise.

La vieille âme

La vieille cuisinière bossue aux cheveux d'argent vous a accueillis avec joie dans son monde, elle vous a dégotté des habits, vous a offert une merveilleuse soupe bien chaude, vous a gavés de gâteaux. Elle vous a installés au plus près de la cheminée dans le grand lit de ses filles et a ouvert son étable à Bouc qui s'est trouvé bien parmi les poules, les chèvres et les cochons.

La bonne femme n'était pas à deux enfants près, et vous étiez tellement plus simples à vivre que les petits fantômes qui filaient tous ensemble chaque matin Dieu sait où et qu'elle devait rappeler chaque soir avec cette fameuse chanson, toujours la même, où les prénoms de ses filles ne formaient qu'une seule et même phrase.

Bonjour, Douce, Aube,
Claire, Colombe et Belle, Hermine
Bonne, Marguerite,
Et Rose, Souveraine,
Judith,
Agathe et Violette.
Venez, mes filles,

Il fera nuit bientôt,
C'est l'heure
D'embrasser votre mère.
Je vous nomme par vos noms,
Pour que ces noms vous rappellent
Que vous m'êtes toutes sorties du ventre
Mais que vous êtes toutes différentes,
Portant un nom qui est le vôtre,
Et qui n'est pas celui d'une autre,
Et chacune a le sien,
Bonjour, Douce, Aube,
Claire, Colombe et Belle, Hermine
Bonne, Marguerite,
Et Rose, Souveraine,
Judith
Agathe et Violette.
Venez, mes filles,
Il fera nuit bientôt.
Mais dans l'ombre de notre chaumière
N'oubliez pas
Mes toutes belles
Vous êtes sœurs, mais séparées.
Quelle malédiction vous a donné
Cette unique pensée
Dans tous ces petits corps, dispersée ?

Vous deux, vous ne partiez jamais bien loin. En allant droit devant vous, dans le vent et la neige, à cheval ou à pied, vous finissiez toujours par revenir sur vos pas sans même savoir comment. Un enchantement vous attachait à la maison de Guillemette. Dans ces bois touffus, toute ligne droite tournait en rond et la clairière était là, au bout de chaque promenade, comme la seule destination possible. Vous saviez pourtant que les fillettes rouges sortaient de la forêt, puisqu'elles jouaient souvent par le pays à effrayer les vivants en leur montrant leurs dents de lait. Les petits fantômes connaissaient le chemin, mais vous n'arriviez jamais à les suivre, leurs pas ne laissaient pas d'empreintes dans la neige et elles s'évanouissaient entre les arbres.

La cuisinière disait que, dehors, le monde entrait en confusion, que rien ne valait la féerie de l'enfance, que le mieux, pour se tenir à distance de ce siècle chahuté, restait de ne pas grandir, et que, chez elle, dans l'éclaircie, vous seriez à l'abri de l'orage qui grondait. Elle vous régalait de douceurs et vous engraissait d'histoires.

Vouliez-vous vraiment quitter cet endroit où la vie s'écoulait, paisible ?

Vous ne sentiez pas le temps filer.

Tu n'avais plus à partager Aymon avec qui que ce soit. Cet éternel enfant ne te quittait plus, vous passiez toutes vos journées ensemble et la nuit vous vous blottissiez l'un contre l'autre pour vous endormir. Vous jouiez avec tes loups, vous attrapiez des insectes, vous aidiez Guillemette à nourrir ses bêtes. Ses filles lui rapportaient les pommes, le miel, la farine, le vin, les épices, le lard qu'elles chapardaient dans les celliers et les cuisines des châteaux. Comme tu avais dit un soir que seuls les livres te manquaient un peu, elles avaient réussi à t'en dégotter un, *Le Roman de Renart* et, surtout, sans même que tu leur en parles, elles avaient retrouvé cette petite chemise déchirée à laquelle tu tenais tant et que tu avais abandonnée sur la grève aux fées en fuyant les routiers, celle où tu avais commencé à broder ton nom. Tu aurais voulu les embrasser, toutes, mais les fantômes n'aiment pas les baisers.

Aymon jouait du pipeau, chantait, te tenait la main tendrement en t'écoutant lire. Vous déchargiez Guillemette de quantité de corvées : vous puisiez l'eau au puits, fagotiez, lessiviez, passiez le balai, allumiez le feu, laviez les marmites et les écuelles. Mais vous trouviez souvent le temps de vous allonger côte à côte dans l'herbe étoilée pour contempler le ciel, toujours dégagé au-dessus de la clairière, et tu serais bien restée là, tout près d'Aymon, à ne rien faire d'autre que partager son regard, toute ta vie.

Tu évitais de penser à Éloi, car dès que le charpentier vous revenait en tête, vous vous assombrissiez tous deux, et l'idée vous traversait de rentrer chez vous. Plusieurs fois dans les bois, vous avez cru entendre sa voix. Elle criait vos noms. Vous tentiez de lui répondre, de le trouver, vous fouilliez la forêt, vous cherchiez à suivre le chemin qu'elle vous indiquait, mais elle restait toujours aussi lointaine et finissait par se dissoudre. Ces jours-là, seulement, vous retrouviez la clairière à regret et, jusqu'au lendemain, toute joie était voilée.

La cuisinière aimait bien ton cheval, mais elle ne supportait pas son nom. Elle grommelait souvent que tu aurais dû lui en trouver un autre, que ce nom-là ne lui porterait pas chance. Elle l'appelait Terre à cause de sa couleur et pour chasser les mauvais souvenirs. Les petits fantômes riaient : « Les souvenirs, c'est comme les mouches ! On a beau les chasser, ça revient, ça pique et ça bourdonne dans le silence ! Y a qu'à les écraser !

Piège à loup,
Loup des bois,
Bois jolis,
Joli cœur,
Chœur des morts,
Mort de Bouc… »

La petite fille

Toute la maisonnée dort hormis Guillemette et moi, qui sommes assises devant l'âtre à écosser des pois à la lueur du feu.

— Tu es une gentille fille, comme ta mère, me dit-elle.

— Je ne l'ai pas connue. Je ne sais rien d'elle.

— Marie était fille d'un petit seigneur du plateau, commence Guillemette. Elle était simple et pas assez jolie pour s'attirer l'inimitié des autres femmes. La première fois que je l'ai vue, elle avait seize ou dix-sept ans, mais elle faisait beaucoup moins et elle était là à traîner dans la cour des Murmures, à chercher je ne savais quoi. Bien qu'elle ne fût pas loqueteuse pour deux sous, j'ai compris qu'elle avait faim. Le père, qui était venu participer aux joutes, les avait punies, elle et sa sœur, car cette dernière avait approché sa belle armure de chevalier alors qu'elle avait ses fleurs : il craignait que son souffle n'ait terni l'éclat du métal et que ce sang ne fût mauvais présage, il ne voulait plus les voir alentour avant le tournoi et les avait chassées. Pauvres filles que nous sommes, nous qui ne pouvons plus respirer tranquillement sans faire pourrir les choses, dès lors que nous saignons ! Je l'ai rassurée : l'armure de son père ne perdrait pas son éclat, puisque mon lard n'avait jamais tourné, quand je le prenais au saloir pendant mes menstrues ! Il ne fallait pas croire tous ces contes qui nous mettaient à l'écart en nous disant vénéneuses dès que le sang coulait ! La pauvre m'avait tout raconté, après que je l'avais fait descendre en cuisine pour lui offrir une part de tarte. Installée dans le recoin où j'avais l'habitude de m'isoler à l'heure de la sieste, elle se régalait sans façons et j'ai remarqué qu'elle avait faim encore, mais qu'elle gardait la moitié de ce que je lui avais donné. « C'est pour ma sœur qui pleure dans les bois. » C'est ainsi que nous avons fait connaissance, elle et moi, le sang de sa sœur nous a rapprochées et, tout de suite, je l'ai aimée de se livrer si facilement et d'être si généreuse. L'année suivante, c'est à peine si je l'ai reconnue, quand elle est venue me saluer, la veille de la joute. Elle parlait comme ivre de ce Martin de Chaux qu'elle avait rencontré sur la grève et dont elle était tout étourdie, elle lui avait passé sa croix d'argent au cou et il l'avait laissée faire. Elle caquetait tant à mes oreilles en mangeant les gâteaux au miel que j'avais mis de côté pour mes filles. J'ai pensé qu'elle était trop naïve et que sans doute ton père, qui était si courtois, n'avait pas osé l'attrister en refusant son présent. Elle avait grandi certes, mais elle restait quelconque et fille d'un trop petit seigneur pour qu'un champion aussi couru la choisît pour dame. En temps normal, je ne quittais ma cuisine que pour rentrer chez moi auprès de mes filles ou pour en faire de nouvelles, mais pendant ces fêtes de la Beaume, je dormais sur place et laissais une vieille s'occuper de mes enfants, tant il y avait de choses à régler, de plats à préparer, alors tu penses bien que je n'avais pas de temps à perdre sur les lices. J'ai passé ma journée du lendemain dans la salle basse, mais les bruits arrivent vite en cuisine – c'est même souvent de là qu'ils partent –, j'ai donc su que sire Martin avait combattu dans une chemise de femme avant que ta mère n'arrivât pour me raconter toute l'histoire et pour me dire, avec ses yeux mouillés d'émotion, comment sa petite croix brillait au soleil tandis qu'il joutait. Je m'étonnais qu'elle fût la seule personne du public à ne pas se soucier de la chemise qu'il portait en guise d'armure, quand un serviteur de ton père, un beau gaillard avec lequel je m'entendais assez bien, est entré dans les cuisines un ballot sous le bras. Entre deux baisers, il m'a remis discrètement son paquet, il fallait que je trouve moyen de le porter à la dame de Haute-Pierre au plus vite sans me faire remarquer. Marie avait assisté à la scène et nous avions deviné toutes deux ce que contenait ce mystérieux ballot. Dévorée par la curiosité, ta mère a refusé de partir, elle m'a attendue dans la salle basse, tandis que je montais jusqu'à la chambre d'Aélis. Je n'ai rien voulu épier, je ne suis pas de ces femmes qui aiment les secrets des autres. Je suis juste arrivée devant la porte de cette chambre au mauvais moment et, pour m'assurer que la dame était seule avant d'entrer, j'ai posé mon oreille contre le bois. J'ai alors entendu la voix calme de Haute-Pierre : « Ma dame, je vous aime infiniment, mais si vous êtes celle qui lui a donné cette chemise et si vous pensiez la revêtir ce soir à la fête, rouge encore du sang de votre amant, je ne pourrai accepter cet affront. Vous en mourrez, ma dame. Moi, qui suis devenu le plus doux des hommes depuis la naissance de notre dernier fils, je tournerai soudain brute, je vous arracherai la tête en public et je la remettrai à votre amant en la tenant par ces cheveux que vous êtes en train de coiffer. Mes mains seront plus dangereuses durant le bal de ce soir que la lance effilée de Bolandoz. Sachez, ma dame, que si Martin a échappé à la mort sur la lice, vous n'y réchapperez pas au bal, sachez que vous mourrez dans cette chemise, sous ces roses rouges ! » Je suis redescendue en cuisine sans savoir quoi faire de ce ballot qui me brûlait les doigts. Le remettre à Aélis, c'était la condamner à mort et j'avais trop souvent été jugée moi-même pour juger les amours d'une autre. Depuis la mort de mon mari, malgré la violence des charivaris, j'avais refusé d'épouser un autre homme, je faisais des petites sans père et cette liberté me coûtait cher. J'avais reçu trop de cailloux, de crachats et d'insultes, pour ne pas être sensible à l'effroi de cette femme. Au ton de Haute-Pierre, j'avais compris qu'il fallait que quelqu'un enfilât cette chemise ce soir-là pour apaiser les soupçons et laver l'honneur du mari bafoué. Marie m'a vue revenir, blême, le ballot toujours en main. La cuisine attendait mes ordres, je les ai donnés sans trembler, puis j'ai entraîné Marie dans le cellier pour lui répéter ce que j'avais surpris. Elle s'est illuminée et a glissé le paquet sous sa cotte en me demandant de la conduire à Aélis. Haute-Pierre était sorti de la chambre de la dame qui semblait perdue et n'a pas compris d'abord ce que nous lui voulions. Marie dégageait soudain une autorité surprenante. Je les ai donc laissées toutes les deux pour reprendre mon poste. Il fallait nourrir plus de cent personnes ce soir-là et je travaillais au banquet depuis plusieurs semaines. Une fois de plus, je n'assisterais à rien et me contenterais de ce que les valets me raconteraient de la fête. Peu à peu des bribes nous parvenaient : Aélis portait une robe aux couleurs de son mari et Martin, le grand gagnant des joutes, un beau surcot où étaient brodés les loups de sable de sa maison ; les invités ne parlaient que des roses rouges, mais Martin n'en disait rien. La grande salle était comble et le premier service lancé, quand un petit bûcher est descendu en courant pour nous annoncer qu'une jeune femme venait d'arriver, pieds nus, et vêtue seulement de la chemise déchirée et sanglante. Je suis montée aussitôt, en même temps que les autres, et j'ai pu voir Marie avancer parmi tous les regards stupéfaits. La musique et les conversations s'étaient tues. On ne connaissait pas la petite jeune fille qui osait cette entrée fracassante. Personne ne l'avait jamais distinguée avant et, soudain, je dois avouer qu'elle était belle. Martin a sans doute été bouleversé par son courage, mais il n'a pas marqué d'étonnement, il s'est contenté de lui sourire et de marcher vers elle. J'ai tremblé en songeant qu'elle ne se remettrait jamais de l'humiliation qu'il pouvait lui infliger en la repoussant, en la traitant en enfant, en riant de cette plaisanterie. J'ai tremblé pour cette jeune fille que j'avais connue à peine jolie et qui s'épanouissait soudain en prenant tant de risques. Je la pensais trop fragile pour tout ça. La chemise, déchirée au côté, laissait voir l'arrondi de son sein gauche et, dans le cerne qu'il dessinait sur sa peau laiteuse, je percevais les mouvements de son cœur qui battait à s'en décrocher. Martin s'est donc avancé vers elle et il a enlevé la petite croix qu'il portait autour du cou en lui disant : « Merci, ma dame, votre croix m'a sauvé. Je vous la rends ! » Elle lui a répondu avec une grâce infinie : « Vous pouvez la garder, peut-être vous sauvera-t-elle encore. » Alors, à mon grand soulagement, il s'est agenouillé devant elle et a baissé la tête afin qu'elle lui passât cette croix autour du cou pour la deuxième fois. Martin lui a ensuite pris le bras et l'a installée à ses côtés à table. Le lendemain, il demandait sa main à son père.

— Comme je suis heureuse d'être la fille de cette femme ! Et comment Aélis a-t-elle réagi en voyant cela ?

— Ne sachant rien de leur première rencontre sur la grève, la pauvre ne s'attendait pas à voir son amant lui échapper. Elle voulait sauver sa tête et n'imaginait pas que Martin tomberait amoureux d'une petite jeune femme aussi fade. Si Marie avait été moins ordinaire, sans doute Aélis n'aurait-elle pas accepté qu'elle portât sa chemise ce soir-là. Mais que son amant pût lui préférer un être aussi transparent ne l'avait pas même effleurée.

Cette nuit, je rêverai de mes parents et de ce si bel amour qu'ils ont vécu avant que la peste n'emportât leur bonheur. Peu à peu, mon père devient autre. Tous les récits se recoupent. Tous parlent de lui comme d'un être lumineux, courageux et sublime. Où est passé cet homme ? Je ne l'ai pas connu.

La petite fille

Ce matin, les petits fantômes n'ont pas quitté la clairière. D'une même voix, les gamines murmuraient : « C'est le jour du cochon ! C'est le jour du cochon ! »

Depuis quelque temps, la cuisinière se plaignait beaucoup de l'un de ses pourceaux : il devenait méchant, cherchait à la mordre, attaquait son chien, avait le regard mauvais. Je n'avais pas remarqué que celui-là était moins paisible que les autres. Selon ses filles, c'était toujours ainsi, quand le jour approchait, elle en choisissait un et le disait méchant, ça l'aidait à s'en séparer. Ce n'est pas facile de laisser égorger une bête aussi rose qu'un bébé et qui vit dans la famille depuis sa naissance. Les petites nous rapportent de la viande, mais Guillemette ne veut pas encourager ses filles à voler, elle tient donc à mettre son propre lard au saloir. Et puis, tuer le cochon, c'est l'occasion pour elle de voir Yvon, le seul homme qui vient jusqu'à chez elle encore, et la cuisinière a toujours bien aimé les hommes. Yvon est un bûcheron charbonnier qui vit seul en forêt, un grand barbu hirsute qui sait abattre les arbres, poser des collets, faire crier Guillemette et tuer le cochon. D'après la cuisinière, c'est un art. Il faut oser et aimer ça suffisamment pour le faire bien et lentement, avec les gestes du sacrifice. Un pourceau, ce n'est pas rien, cela donne beaucoup de viande pour longtemps : du lard, des jambons, des tripes, du boudin, des saucisses… Moi, je n'ai jamais vu ça comme un art, alors cette fois je compte bien regarder avec plus d'attention.

Nous passons le nœud coulant à la patte arrière de la bête qui hurle et nous tenons la corde pour retenir le cochon et aider le bûcheron à l'assommer. Aymon se met alors à crier comme s'il était cochon lui-même, il prolonge le cri de la bête qui s'est tue, tandis qu'Yvon sort son grand couteau et saigne l'animal en lui coupant la gorge. Le sang jaillit et la voix d'Aymon gicle. Je tente de le calmer en le prenant dans mes bras et en le berçant, mais ses yeux s'affolent et je ne parviens pas à le faire taire. Il agite les mains dans tous les sens en braillant. Yvon et Guillemette n'interrompent pas leur œuvre, on n'arrête pas la mort, quand elle est en route. Le tueur surveille l'agonie de la bête, tout en lui bougeant la patte pour la faire mieux saigner, pendant que la cuisinière tient sous la plaie un poêlon où elle recueille le sang chaud, qui fume dans l'air froid et qu'elle touille à la cuillère pour empêcher qu'il ne s'épaississe. Aymon est en larmes, raidi, secoué de spasmes, et son cri sourd encore, alors que le sang du pourceau se tarit, je le serre contre moi en lui chantonnant une chanson qu'il aime, mais il m'échappe et gagne la forêt en courant. Je ne le poursuis pas, je veux assister à la mort du cochon. De toute façon, il n'ira pas bien loin. On ne peut pas sortir des bois. Les petits fantômes rient : « Ce n'est pourtant pas lui qu'on tue ! »

Yvon m'explique que la bête doit s'éteindre comme il faut et pas trop vite, sinon le lard tournerait au saloir et il ne se garderait pas. Ce sont des choses qu'on sait quand on est tueur de cochon.

Tout à l'heure avant d'attraper la bête, nous avons aidé à préparer un bûcher, le bûcheron y roule le cochon, le couvre de paille et il y met le feu pour débarrasser l'animal de toutes ses soies. Ça sent le cochon roussi, une odeur âcre qui prend à la gorge. Une fois l'animal bien noirci, Yvon le sort du bûcher et lui racle la peau à la pierre et au couteau jusqu'à ce qu'elle soit de nouveau rose comme celle d'un homme, alors il pend la carcasse la tête en bas, lui ouvre la poitrine et lui fend le ventre, il écartèle la bête sur l'échelle à cochon et lui ôte les tripes fumantes que la cuisinière emporte dans un seau à l'intérieur.

Guillemette découpe le cœur, le foie et les poumons en petits morceaux qu'elle fait rissoler dans du saindoux, et quand ils sont dorés, elle mouille tout ça de vin rouge, elle assaisonne, puis elle ajoute une grosse louche de sang frais pour lier le tout. C'est le plat qu'on fait toujours pour récompenser celui qui vient d'égorger la bête. On le mangera ensemble tout à l'heure.

Le cochon donne à Yvon et Guillemette l'occasion de se rejoindre deux fois l'an dans le foin pendant trois jours pour y mêler leur couenne. C'est que tuer un cochon ne presse pas, on prend son temps et il y a beaucoup à faire. Après l'avoir attaché à l'échelle, on attend toute une nuit que le pourceau refroidisse. Il faut bien ça pour que le bûcheron puisse le découper comme il faut en quatre quartiers avec ce grand couteau qu'il a et qui ne sert qu'à ça, qu'à égorger et découper des bêtes.

Yvon reste toujours trois jours dans la clairière, jamais plus, le temps de faire tout ce qu'il y a à faire, après quoi il repart aux bois. Les fantômes disent qu'il est un peu simple sous sa grande carcasse d'homme.

Il y a du travail pour moi aussi, j'aide Guillemette à

nettoyer les boyaux au ruisseau, tandis que les petites filles rouges barbotent autour de nous à la recherche des écrevisses, mais il fait trop froid, il n'y a pas d'écrevisses à appâter en hiver, et je reviens réchauffer mes mains glacées auprès du feu. Là, je fais rire les fantômes en soufflant dans les boyaux pour vérifier qu'ils ne sont pas percés, puis j'entonne les boudins dans le fumet du cœur de porc au vin que Guillemette m'a demandé de surveiller un moment. Yvon et la cuisinière ont disparu dans la grange et les fillettes plaisantent exactement comme si elles n'étaient pas mortes : « Il lui caresse les cheveux d'argent et la bosse qu'elle a dans le dos. Chacun sa bosse, chacun sa bosse !… »

Pauvre Aymon ! Il oubliera le cri du cochon et le sang versé. Il oublie vite. Il oublie tout.

Même ici, en marge du monde, il y a un peu de souffrance encore.

La vieille âme

Aymon est revenu, bien sûr, on ne quitte pas le monde de l'enfance si facilement, et, en voyant la carcasse écartelée du cochon, il a poussé ce même cri qu'avait eu le pourceau en comprenant qu'il allait mourir. L'Enfant s'est réfugié dans la partie de la chaumière qui servait d'étable, dans la chaleur des bêtes vivantes, et il y est resté jusqu'à ce que le cochon ait entièrement disparu, alors seulement il a retrouvé son calme et son sourire.

Il vous a fallu deux jours, pour transmuer la dépouille.

Le cochon entier a été débité, salé, rangé. La panne a été fondue et coulée dans des pots en grès, le lard mis au saloir, une couche de sel, une couche de lard, une couche de sel, une couche de lard… et Yvon est monté dessus, debout, en riant. Il a même sautillé, les pieds joints, dans le sel, pour mieux tasser, qu'il disait, et il a continué de bon cœur malgré les remontrances de Guillemette : il n'était qu'un enfant, il allait finir par fendre le grès, il était temps qu'il regagne la forêt, son travail était achevé, on l'avait assez vu ici, il ne pouvait pas s'installer ni dans son saloir, ni dans son foin, ni dans son cœur ! Yvon a rangé ses affaires en silence et il est parti dans l'heure avec sa barbe noire, son grand couteau, une belle part du cochon et un petit air contrit.

C'est en plein milieu de la journée, alors que tu étais debout à remuer les bûches dans l'âtre, que tu as senti que ça coulait chaud le long de tes cuisses.

Tu as légèrement écarté les jambes pour comprendre d'où ça venait et, en faisant un pas, tu as remarqué que tu avais semé trois petites gouttes que la terre avait aussitôt bues. Tu as posé l'extrémité de ton index sur l'une des taches. Tu as regardé ton doigt rougi, tu l'as senti : c'était du sang. Tu es allée dehors, à la lumière du jour, tu as soulevé ta cotte et tu t'es penchée en avant pour mieux voir l'intérieur de tes cuisses. Ta peau laiteuse était maculée de coulures rougeâtres. Pas de doute, c'était bien ton sang. Ça sourdait de ton entrejambe, mais ça ne giclait pas comme le sang du cochon qu'on tue et tu n'avais mal nulle part.

On ne t'en avait jamais vraiment parlé, mais tu avais vu des bâtardes de ton père saigner ainsi et Aiglantine souvent en mettait plein les draps et tu t'es souvenue que les gens disaient des femmes qui sentaient fort qu'elles avaient leurs fleurs. Tu avais mis du temps à comprendre pourquoi les fleurs des femmes sentaient si mauvais, c'était que ces fleurs-là coulaient en silence sous leurs jupes sombres. On ne parlait pas de ces choses aux petites filles, pas plus qu'on ne leur parlait de tout ce qui était lié à la sexualité, à part Guillemette et la Dame verte qui ne s'encombraient pas de principes. On ne prévenait même pas les enfants quand leur mère était enceinte, quand les fleurs devenaient fruit, ça ne les regardait pas et, tout à coup, il y avait un bébé qui braillait.

Et voilà qu'à ton tour, tu avais tes fleurs, tes toutes premières fleurs.

Tu t'es sentie un peu perdue, trop petite encore, alors tu l'as tout de même dit à Guillemette que tu saignais par où les femmes saignent. Elle t'a répondu de ne pas t'en soucier, qu'il n'y avait qu'à laisser couler, que ça ensemençait la terre et qu'il ne fallait rien empêcher.

La petite fille

— C’est la plaie des femmes, elle s’ouvre tous les mois, m’explique Guillemette en pétrissant son pain. Le problème, c’est qu’au bout de deux ou trois jours, si on ne fait rien, ça pue. On dit qu’il ne faut pas se laver pendant que ça coule, surtout en hiver quand l’eau est si froide. On dit que ça fige le sang dans le corps de se rincer et, quand elles ont leurs lunes, les filles croient mourir en mettant seulement leurs mains dans l’eau glacée, mais c’est des sottises. On ne peut pas lutter contre toutes leurs sacrées croyances ! C’est inscrit dans la tête des gens depuis des générations, on ne déracine pas ce genre de certitudes, il faudra des siècles avant que ça change. Mais toi, dans ton coin, tu peux t’en débrouiller comme tu veux de tes fleurs. Ça te regarde. Moi, pour tout te dire, je n’arrivais pas à m’habituer à cette odeur-là, même en vivant le nez dedans toute la journée, alors je ne m’asseyais plus pour éviter de tacher mon linge et je me rinçais les fesses une fois par jour dans une bassine que j’utilisais rien que pour ça. Je vais te la ressortir. Si tu n’as pas plus peur de l’eau que moi, ça ne te fera rien, et je lavais mes habits aussi, dès que le sang se tarissait. Je n’aimais pas ça du tout, saigner. Le mieux pour tout couper, c’est encore de faire des petits. Et avec la kyrielle de gamines que j'ai portées, je ne peux pas dire que j'ai eu beaucoup de fleurs, pas de quoi faire un bouquet ! Mes filles sont mortes si jeunes que je n'ai jamais eu à leur en parler. Tu n'as que douze ans, c'est tôt. En général, on ne les a pas avant seize ans, mais c'est que tu es fille de seigneur, tu ne besognes pas et tu manges bien. Au château, elles les ont souvent plus tôt que nous autres.

Dehors, le soleil joue sur les rinceaux et l'herbe étoilée de la clairière. Pour oublier cette histoire de sang, je selle Bouc et je propose à Aymon de venir en promenade. Il hésite un temps avant de monter en croupe et, comme toujours, nous partons droit devant nous, emmitouflés dans mon épaisse cape écarlate.

Dans la forêt, c'est l'hiver. Aymon souffle dans son pipeau, son petit air me caresse la nuque. Mon sang ne coule plus, alors je chante aussi et mon haleine se change en fumée dans l'air glacé, Bouc danse, nous avançons gaiement en musique par la forêt où les arbres nus et noirs poussent aussi serrés que les lettres dans les livres de Maître Claude. Le ciel est de cendres si foncées que la lumière paraît venir d'en bas, monter du sol enneigé. Mes loups de sable, qui d'habitude nous précèdent, nous suivent cette fois la queue basse, le pas un peu triste, comme on traîne les pieds pour se rendre quelque part où l'on ne veut pas aller.

Soudain, Bouc s'arrête net, sans raison. Il baisse les oreilles, et j'ai beau le talonner pour qu'il continue d'avancer, il recule. Je ne vois pourtant rien de dangereux ou d'effrayant devant nous. Il est si buté que je n'insiste pas et lui fais prendre un autre chemin – peu importe puisqu'ils mènent tous au même endroit. Il repart, mais, au bout de quelques pas, il refuse de nouveau de bouger. Je tente de le rassurer en lui parlant avec tendresse et, comme rien n'y fait, je me dégage de la chaleur de la cape et je saute à terre pour marcher devant lui en le tenant par la bride. Il me suit sans conviction, puis il s'affole et me résiste comme il ne l'a jamais fait jusque-là, sauf ce jour où j'ai voulu le forcer à entrer dans les eaux déchaînées de la Loue. Je râle, je le traite de bourrique, de grand poltron et, pour lui prouver qu'il n'y a rien à craindre, je le lâche et fais quelques pas sans lui.

Tandis que je marche entre les arbres dénudés, je sens mon sang chaud couler le long de mes jambes. Il se répand sur la neige, goutte à goutte, à chaque pas. On pourrait me suivre à la trace. J'ai dû tacher ma selle. Mes loups gémissent. Je les appelle, mais ils ne viennent pas et restent, eux aussi, à distance.

Je me retourne vers Bouc et Aymon, mais il me semble qu'une légère brume les efface tous : Bouc, Aymon, mes loups. Comme si je n'y voyais pas aussi clair que d'habitude ou qu'ils continuaient de s'éloigner de moi alors que nous ne bougeons plus ni les uns ni les autres. Même le son du pipeau d'Aymon se perd dans le lointain. Bouc se décide brutalement à avancer, il se précipite vers moi au galop en roulant des yeux affolés et fait un saut prodigieux pour me rattraper, pour traverser cet espace ridicule qui nous sépare. Me rejoindre lui demande un effort considérable et, en arrivant à mes côtés, il paraît soulagé, il me regarde de ses yeux tendres et frotte affectueusement sa grosse tête d'animal contre mon dos en soufflant, comme s'il avait failli me perdre ou qu'il me retrouvait après une longue absence. Je reprends sa bride en main et, en lui caressant l'encolure, je le tire en avant.

Un pas.

Puis un autre encore, et l'air soudain s'enfume d'un épais

brouillard blanc. Je tends mon bras devant moi, il disparaît au niveau du coude, comme si je perçais cette peau qui se forme en surface du lait quand on le met à chauffer.

Le pas suivant nous plonge tout à fait dans cet enfer laiteux. Derrière nous, de l'autre côté du brouillard, mes loups hurlent à la mort. Mes jambes tremblent, se dérobent sous moi, je m'accroche à l'encolure de mon cheval qui s'est dissous dans le blanc, à sa longue crinière, à son souffle, à sa chaleur, au cuir épais de la bride. Je ne regarde plus le vide devant moi, je colle ma joue, ma bouche contre le crin humide et salé de Bouc, j'emplis mon nez de son odeur de bête en priant la Vierge, en l'implorant de me donner le courage de marcher encore dans cette obscurité blanche, de la traverser.

Trois pas de plus et un coup de vent lève le rideau de brume, si bien que je revois Bouc et Aymon, assis sur ma selle, qui gonfle ses joues et souffle avec application droit devant lui dans l'espoir de dissiper les brumes. Les arbres reparaissent, mais ce ne sont plus tout à fait les mêmes, ceux-là sont chargés de milliers de bourgeons et les suivants de toutes petites feuilles déjà qui commencent de se déplier dans l'air doux empli d'insectes et de parfums, le soleil crève les ramées bousculées d'oiseaux, sous mes pieds la neige a disparu et nous arrivons dans un grand pré où une femme fait paître un troupeau avec son garçonnet.

Je reconnais l'enfant qui me fait un signe de la main, ce petit aux yeux bleu paradis, le même qui m'a accueillie ici, ce jour où je suivais mon père, persuadée d'arriver en enfer. Comme il a grandi !

— Blaise ! Blaise ! lui crie sa mère.

Il nous sourit avant de courir la rejoindre, puis d'échapper à ses bras. La jeune femme nous appelle à son tour.

— Mon Dieu ! Vous êtes Aymon et Blanche ! Éloi criait

encore vos noms à la forêt, ici même, il y a une heure, à peine ! Vous le manquez de peu ! Il est reparti au village où il nous bâtit une maison. Comme il va être heureux de vous savoir de retour ! Moi, je suis Perrine.

La vieille âme

Bonhomme ne regarde jamais ton blé en mars, ta fille en mai.

Du temps avait passé, depuis que vous aviez quitté le monde en en gagnant la marge. Beaucoup plus de temps que vous ne l'imaginiez. Vous ressurgissiez au début du printemps. La cuisinière vous avait gardés six lunes dans sa clairière où poussaient les drôleries, l'herbe étoilée et les rinceaux !

Durant les jours qui avaient suivi votre disparition, on avait organisé des dizaines de battues dans les bois pour vous retrouver, mais les chiens perdaient toujours votre trace au même endroit, tous les chiens, ceux de Haute-Pierre, ceux de Bolandoz, ceux des gens de Moustier. C'est qu'ils étaient nombreux à vos trousses : Haute-Pierre sillonnait le pays dans l'espoir de retrouver son fils, Bolandoz traquait le responsable de la mort de son cheval, ses hommes le fauve qui leur avait cassé les côtes ou emporté un morceau du visage, et les gens de Moustier, rangés derrière le père de Jacques, recherchaient Bouc, ce monstre, ce diable, qui avait assassiné un garçon de dix ans, qui lui avait ouvert le crâne d'un formidable coup de pied. Ils le recherchaient en criant justice.

Alors l'hiver était arrivé, un hiver précoce et terrible, et tous avaient fini par ne plus sortir de chez eux, par vivre les pieds dans l'âtre et par abandonner l'idée de vous retrouver un jour. Sans doute vous étiez-vous égarés quelque part dans le fouillis serré de la forêt et y aviez-vous été dévorés par les loups qui revenaient en nombre sur le plateau.

La disparition d'Aymon avait désespéré le vieux jardinier qui en avait perdu la faculté de parler. Jusqu'à la fête des rois, il avait répété avec angoisse à longueur de journée : « Sans l'Enfant, plus de printemps » et, un matin, il s'était réveillé sans mot. Il les avait tous perdus dans la nuit, même le mot printemps, il ne lui en restait aucun. Personne ne s'en est plaint.

Père, lui, n'avait pas cru à ta mort. Après deux mois de vaines recherches, Haute-Pierre l'avait avisé de ta disparition, et Martin lui avait fait répondre que tu reviendrais, qu'on ne se débarrassait pas si facilement d'une fille comme toi. Il lui avait juste demandé de l'avertir si l'on retrouvait le cadavre de son idiot de fils, pour qu'il pût te proposer en mariage ailleurs.

Vous aviez reparu dans un pré qu'Aymon avait aussitôt reconnu et il vous avait conduits jusqu'au bord d'une falaise qui surplombait la vallée. Votre regard libéré s'enivrait d'horizon, nul rideau d'arbres ne l'arrêtait, le monde s'étendait, immense, à vos pieds, pourtant vous ne parveniez pas à vous réjouir tout à fait à l'idée d'être de retour dans ce pays penché. Guillemette et ses filles vous manqueraient et tu ne comprenais pas pourquoi Éloi bâtissait une maison pour cette Perrine. Les suppositions te tracassaient, la jalousie te vrillait le cœur et ton cheval, surtout, paraissait accablé d'avoir quitté la clairière, il avait perdu son petit pas dansant et, la tête basse, il avançait tristement vers Haute-Pierre.

En chemin, vous aviez croisé des bûcherons qui, après vous avoir reconnus, avaient couru dans la pente jusqu'à Moustier y annoncer la seule nouvelle qui comptait : le Bouc était vivant !

Le cri avait retenti au milieu des vignes, qui pleuraient depuis quelques jours déjà, elles *larmaient* toujours fin mars après la taille. Le cri avait dévalé le sentier, s'était agité dans le vent comme drapeau, jusqu'au village, le cri était descendu le long de la Loue jusqu'au château de Scey : « Le Bouc est vivant ! »

— Mais où donc aviez-vous disparu si longtemps ? Jusqu'où avez-vous voyagé ? vous avait demandé un Haute-Pierre amaigri par six mois d'inquiétude et de tristesse.

— Au bout du pré. Nous ne sommes jamais allés plus loin, lui avais-tu répondu.

Le seigneur des Murmures avait été si heureux de revoir son fils qu'il lui avait fallu un moment pour recouvrer ses esprits et mesurer ce qu'il allait devoir mettre en branle. Il n'en avait pris conscience qu'en entendant la foule massée devant les courtines du château.

Haute-Pierre était un seigneur haut justicier sur son fief, mais les « fourches patibulaires », ces deux hauts piliers de pierres surmontés d'une traverse de bois, qui étaient dressées sur la roche de Haute-Pierre, servaient bien moins que celles de Vuillafans ou que l'arbre aux mouches de ton père. Il était rare qu'on eût à exécuter quelqu'un dans ce petit pays, bien rare qu'on y tuât qui que ce soit, et la seule personne qu'on eût aimé voir pendre à ce gibet était la Dame verte. Mais comment étrangler une rivière si riche en poissons et sans laquelle les moulins n'auraient plus pu tourner ? C'était aux hommes de se méfier de l'enchanteresse qui lui sortait parfois du ventre, c'était à eux de refuser de se coucher dans son lit.

Depuis qu'il avait succédé à son père, Haute-Pierre n'y avait exposé que le corps d'une suicidée et un mannequin de paille représentant le Colaud, un vigneron jugé par contumace pour le meurtre de son frère. Les gens du pays étaient convaincus qu'on n'échappait pas à ce genre d'exécution symbolique. Sûr que le Colaud avait senti le nœud se resserrer autour de son cou quand on avait passé la corde autour de celui du pantin qui portait son nom. Sûr qu'il en était mort où qu'il fût.

Haute-Pierre exerçait surtout ses droits de basse et de moyenne justice. Le plus souvent, il ne s'agissait que d'infliger des amendes aux serfs qui renâclaient à payer le cens ou de régler des peccadilles entre vignerons. Rien de vraiment sérieux, des chamailles de voisinage.

De l'avis de tous, Jean de Montfaucon, son suzerain, aurait mieux su juger cette affaire, il condamnait plus durement et ses fourches étaient à trois piliers, on pouvait y pendre plusieurs hommes à la fois, mais il avait quitté la vallée dès que la nouvelle pestilence y était entrée. Comme on disait que la mort remontait lentement le cours de la Loue, il avait fui vers Pontarlier pour éviter de la croiser.

On n'avait même plus d'exécuteur des hautes œuvres à Haute-Pierre, il avait fallu faire appel à celui de Vuillafans. Le bourreau était arrivé, monté sur une grande mule blême, l'avant-veille du procès. Il savait son métier, cet homme-là, il s'appelait Jérôme Cochin. Il travaillait bien, il était méticuleux et ne laissait rien au hasard. Avec l'aide d'Éloi, il avait passé une matinée à remettre les fourches en état, mais, même en renforçant les contrefiches, il doutait que la traverse fût capable de supporter le poids du corps.

En début d'après-midi, il était donc allé trouver Haute-Pierre pour le prévenir que le gibet ne tiendrait pas et que, si l'inculpé était jugé coupable, il faudrait exceptionnellement le condamner au bûcher, car, foi de Cochin, il ne voyait pas comment en venir à bout autrement qu'en l'assommant à mort et en l'attachant solidement sur un grand lit de bûches et de branchages. Haute-Pierre avait acquiescé, il avait peu parlé – on ne parle pas au bourreau, on le regarde à peine –, tout juste précisé qu'il ne fallait pas traîner. La chose devait se faire au plus vite pour calmer les esprits. Les Jacques grondaient, les routiers grondaient, la peste grondait et le printemps éclatait dans tout cela comme si de rien n'était. Maître Cochin l'avait assuré qu'avec l'aide de cinq hommes, tout serait prêt en quelques heures.

— Pour peu que le temps ne tourne pas et qu'il reste au beau, demain soir, votre cheval ne sera plus qu'un gros tas de cendres ! Mais n'oubliez pas qu'il faudra aussi me payer des gants de cuir ! Et pour mon droit de havée, vous n'avez pas de marché ici, où vais-je prélever ma part ? avait demandé le bourreau.

La petite fille

Je dis :

— D'après saint Thomas, « agir contre un animal dépourvu de raison est odieux et vain et par conséquent illicite ». Je tiens cela de Maître Claude.

— Mais les gens d'ici ne savent pas lire, Blanche, et leur amour des saints ne les empêchera pas de se réjouir de la condamnation à mort de ton cheval, me répond calmement Haute-Pierre. Pour eux, un animal est doué d'âme et il est responsable de ses actes, tout comme un homme. Bouc s'est attaqué à un enfant, il l'a tué et a dévoré le visage de trois hommes, il a fait cela en conscience, il doit être jugé et payer pour ses fautes. Ce ne sera ni le premier, ni le dernier procès d'animal et saint Thomas n'y pourra rien.

— Il n'a pas mangé ces soudards, il les a mordus pour me défendre !

— Il leur a emporté le nez, la joue ou l'oreille, et les hommes de Bolandoz ont juré l'avoir vu les mâcher.

— Colin m'a dit que dans le duché de Bourgogne, on peut juger et condamner à mort tous les animaux sauf les chevaux, car leur exécution porterait malheur à la communauté.

— Dans la tête des vignerons, un cheval qui dévore un

visage et fracasse le crâne d'un enfant n'est plus un cheval. C'est une terrible menace ! Comment dormir à côté de ses bêtes, de ses moutons, de ses vaches, de ses cochons, de son cheval si l'on peut les imaginer capables de nous saigner pendant notre sommeil ? Les chevaux ne sont ni des loups, ni des ours. Même un cheval de guerre se doit de respecter l'homme. S'il abandonne le foin et l'avoine pour la chair humaine, plus rien ne tourne rond en ce monde et le pire peut arriver. Les autres chevaux assisteront à l'exécution de Bouc pour qu'aucun d'eux ne soit tenté de se faire fauve à son tour et de s'éloigner de ce pourquoi Dieu l'a créé.

— Mais je vous l'ai dit, Bouc n'a fait que me défendre contre les hommes de Bolandoz…

— Tu n'étais pas là quand on a porté au grand Louis le corps de son enfant. Jacques n'avait que dix ans, il était si maigre et si frêle, abandonné dans les bras de ce père perdu qui le serrait contre lui. Grand Louis hurlait sa peine immense, ça jaillissait de ses yeux, de sa gorge, de son ventre, ce n'était pas qu'un cri, c'était du sang et des larmes et, nous autour, nous en étions éclaboussés. J'ai pleuré, le prieur a pleuré, qui pourtant n'a pas de fils, et je suis sûr que Dieu, lui-même, a pleuré.

— Jacques n'était qu'un vaurien qui se réjouissait du mauvais tour qu'il nous jouait, il était heureux de livrer mon cheval aux routiers et de me voir nue sur la grève à la merci de ces soudards !

— Comme tu es mauvaise parfois, petite Blanche ! Bolandoz nous a raconté comment ton cheval fou s'était retourné contre ses hommes, alors qu'ils tentaient de protéger le petit Jacques et comment il leur avait dévoré le visage. J'ai déjà entendu leurs témoignages.

— Entendez le mien alors !

— C'est inutile, je n'ai plus qu'à rendre la sentence. Tout a déjà été dit, raconté, instruit et les témoignages d'une enfant et d'un idiot ne sont pas recevables. De plus, si tu parlais demain lors du procès, cela nous nuirait. Tu seras la maîtresse de ce fief un jour, ne l'oublie pas. Il n'est pas question qu'avant même d'épouser Aymon, tu te rendes insupportable aux yeux de tous en tentant de sauver un cheval. Après tout, tu le montais lors du carnage. J'entends d'avance les gens d'ici : « Et ce cheval, n'a-t-il pas été poussé à tuer le petit par Blanche de Chaux ? »

— Maître Claude m'a cité un passage de la Bible qui dit que le maître n'est pas responsable des crimes de sa bête.

— « Si un bœuf frappe de sa corne un homme ou une femme et qu'ils meurent, le bœuf sera lapidé et on ne mangera pas de sa chair ; mais le maître sera déclaré innocent », c'est un verset de l'Exode, je le connais. Tu vois que l'animal est exécuté par la communauté elle-même. Tu dois comprendre la vague d'indignation et d'émotion que la mort de Jacques a suscitée. Dans la tête des gens, la peur s'est installée en même temps que la colère. Il n'est pas question que cette peur et cette colère, attisées par Bolandoz, ne tournent à la révolte et n'abîment ce petit pays. Il faut brûler ce cheval pour que nous parvenions à oublier. Pardonne-moi si je ne t'écoute pas, et si ton cheval te paraît innocent, admets qu'il ne l'est pas tout à fait et que Bouc est capable d'actes monstrueux. Peut-être a-t-il vraiment voulu te protéger, mais cela ne change rien à l'affaire. Personne n'est de son côté, à part toi et Aymon. Personne ! La vérité, c'est que cet animal est dangereux. Et qu'il porte le nom du diable n'arrange rien ! Ce nom nous a laissé un bien triste souvenir. Bouc était l'écuyer de ton père, un ogre, il a tué trois fillettes de Moustier, une à chaque tournoi de la Beaume. Lors de son dernier passage, des enfants l'ont vu s'attaquer à Judith, l'une des filles de Guillemette. Ils n'ont pas parlé aussitôt, ils n'ont pas osé, si bien qu'on a d'abord accusé les loups et que Bouc est reparti sans être inquiété. Quand les langues se sont déliées, ton père l'a protégé, il a refusé de nous le livrer, et cet homme n'a jamais été jugé. Un nouveau Bouc se présente qui tue un enfant, même s'il s'agit d'un cheval, c'est assez pour que le souvenir, la peine, la révolte ressurgissent. En jugeant ce cheval demain, nous jugerons aussi l'homme qui portait son nom.

— Mais c'est moi qui le lui ai choisi, ce nom.

— Et pourquoi donc ?

— Je ne sais pas, j'ai oublié, j'ai trouvé ce cheval dans la forêt, j'aurais mieux fait de lui donner un autre nom, j'aurais mieux fait de le nommer Terre. On ne condamne pas la terre.

— L'écuyer de ton père avait voyagé avec toi et ce soir où tu as passé la nuit seule, il hantait ces bois. Aucun enfant n'est mort cette fois-là, mais tu es revenue les jambes en sang et les habits déchirés, tu es revenue avec ce cheval de guerre que tu as nommé Bouc, une immense monture pour la toute petite fille que tu étais, et tu portais cette cape écarlate que tu laisses toujours à l'arrière de sa selle, comme si la cape appartenait davantage à ton cheval qu'à toi.

— Je ne me souviens plus ! Je ne me souviens plus ! Je ne veux pas que mon cheval meure ! Je l'appellerai Terre si vous voulez et je le conduirai dans la forêt chez Guillemette et je ne le forcerai pas à en sortir cette fois. Il restera avec elle dans la clairière et vous ne le reverrez plus jamais. Je vous le promets.

— Je t'en donnerai un autre, celui-là doit mourir. Il a tué un enfant.

La petite fille

Tu seras jugé demain, mon grand cheval couleur terre.

Tu n'entrais pas dans leur misérable cachot, alors ils t'ont laissé dans l'écurie, mais ils ont bâti ce mur de bois pour te séparer des autres – ils craignent la contagion, ces imbéciles –, et ils ont cerclé ton cou de fers pour t'empêcher de t'échapper. C'est de ma faute si ce collier te mord la chair, ils savent que si tu n'étais pas si bien attaché, je te libérerais, ils savent que je m'enfuirais avec toi et Aymon, et que nous galoperions tous les trois jusqu'au bout du monde ou au moins jusqu'au bout du pré et que jamais nous ne reviendrions dans ce pays qui penche. Demain, ils te mèneront dans la grande salle des Murmures pour qu'on t'y lise la sentence. Comme si tu pouvais la comprendre !

Mais peut-être comprends-tu mieux que moi ce qui nous arrive… Sais-tu que c'est ta dernière nuit ?

Je m'en veux tant de t'avoir donné le nom d'un autre et de ne pas t'avoir laissé chez Guillemette qui t'appelait Terre, je m'en veux tant de t'avoir tiré de ce côté-ci du monde en t'assurant qu'il n'y avait rien à craindre. Dire que je t'ai traité de poltron et de bourrique, en te conduisant au bûcher ! Tu sentais déjà que la mort t'attendait à l'orée de la forêt, mais tu m'as suivie malgré tout. Mon doux cheval, tu vas mourir dans les flammes et ton odeur âcre leur sautera à la gorge et je voudrais qu'ils en crèvent, tous, même Haute-Pierre qui ne veut pas m'entendre ! Je voudrais qu'ils étouffent ! Je voudrais que ce pays entier attrape ta mort et qu'il s'écroule une bonne fois pour toutes ! Mon doux ami, couleur terre, rien ne pourra plus te sauver que la pluie, mais, tout le jour, le ciel a été d'un bleu insolent et, ce soir, il n'a jamais été si plein d'étoiles… Le seul orage qui menace gronde dans le cœur des hommes. Aymon ne viendra pas demain, on ne lui a même pas parlé de ce procès, pour le ménager, et je ne suis pas certaine d'avoir le courage de t'accompagner jusqu'au bout, je ne veux pas les voir te faire du mal. J'ai honte…

— Ne viens pas demain, petite Blanche ! Reste dans la roseraie où le vieux jardinier a tant besoin de compagnie. Tu sais qu'il a perdu l'usage de la parole ? Il l'a perdu et je l'ai trouvé. Oh, pas pour longtemps, juste le temps de te dire adieu ! Ne sois pas triste, petite sauvage. Je serai toujours là pour toi, je serai la terre que tu fouleras et je te porterai comme je t'ai portée jusqu'ici. Ne t'en fais pas, Blanche. Tu as grandi et tu n'as plus besoin d'un gros cheval de guerre pour te faire respecter. Maintenant que tu sais lire et écrire et signer ton nom, nul ne pourra plus te mener à sa guise, même ton père. Je t'ai accompagnée aussi loin que possible, je t'ai aidée à quitter l'enfance et je sais comme il est douloureux de vieillir.

Non, ce n'est pas Colin qui parle ainsi, c'est sa voix, sa belle voix grave, mais, foi de Comtois, ce n'est pas Colin qui parle, c'est bien toi, mon cheval, qui empruntes sa voix à Colin pour me consoler. Tu vas mourir demain et tu me consoles, moi qui continuerai à avancer sans toi sur cette terre. Tu as pris la voix de Colin pour que tout cela ne paraisse pas impossible, pour ne pas m'effrayer, pour parler sans trop en avoir l'air. Tu as pris la voix de Colin car c'est celle que je te donne dans nos conversations imaginaires. Mais comment Colin pourrait-il exprimer ton amour de bête ? L'amour d'un cheval, surtout, est empreint de mystère, et le dire comme tu le dis, Colin lui-même ne saurait pas le faire. Non, ce n'est pas Colin qui parle mon cheval.

— Le temps des séparations est un crève-cœur. Je sais ce que c'est que d'être arraché à l'être qu'on aime, séparé à jamais de lui et de soi-même par le temps, par la mort, par une profonde rivière, mais la vie continue, malgré tout, la garce est coriace ! Et puis, je ne suis qu'un cheval, ne me pleure pas trop, ma fille ! Tu as d'autres êtres à aimer. Demain, je tournerai cendres et fumée. Demain, les flammes danseront sur mon grand lit de branches et tu sais bien comme j'ai aimé danser. Je n'ai jamais pu me contenir autrement. Je serai toujours là, je serai le sentier de terre que tu te choisiras, je serai tous les sentiers du monde sous tes pas, je te mènerai où tu voudras. Tu dis que tu m'as trouvé, mais, souviens-toi, c'est moi qui t'ai dénichée dans la forêt, tu dormais dans les bras d'un mort, tu étais petite et blessée. Deux fois, j'ai été à tes côtés pour sortir de ces bois, deux fois, j'aurais pu choisir le monde sauvage, mais j'ai préféré t'accompagner jusqu'ici. Tu n'es responsable de rien. Je t'ai adoptée, Blanche, je t'ai aimée petite, dure et butée, prête à tout réinventer, prête à tous les mensonges pour survivre. Je t'aurais suivie en enfer. J'ai été ton père cheval. Tu as grandi, Blanche, mais je serai toujours là sous tes pieds, je serai la terre qui te porte, je serai la couleur des champs, je serai les labours. Tu peux m'appeler Terre. Ne viens pas demain !

La vieille âme

Dans l'aile droite des Murmures, la plus ancienne, celle où Élias et sa troisième épouse ne s'aventurent jamais bien qu'ils vivent ici depuis leur mariage, celle où personne ne va plus depuis des lustres, dans cette part abandonnée du château où errent les vieilles âmes et qui, avec la tour, est la seule que tu connaisses, mon enfance, une petite pièce a été murée au XVIe siècle et oubliée. Là, en un coffre, reposent des papiers et des parchemins, dont cet acte que Maître Claude, greffier du tribunal de Haute-Pierre, a rédigé à la plume de sa belle écriture serrée et régulière :

« Cet acte est celui de la délivrance faite au bourreau d'un cheval qui avait tué un enfant, pour faire mettre à exécution le jugement du seigneur et hault justicier de Haute-Pierre, qui condamne ce cheval à être assommé puis brûlé, en date du 15 avril 1361.

« Sachant tous que, le 30 septembre 1360, l'enfant Jacques Claudon, fils de Louis Claudon, vigneron de Moustier, a été tué par un cheval et que cet animal a, ce dict jour, dévoré les visages de Pierre Maizier, Martin Godeffroy et Jehan Martin, routiers, pour l'esnormité du cas, le dict cheval a été pris et mis en prison au château de Haute-Pierre, et jugé, dans ce dict château, par le seigneur de Haute-Pierre seantz en siège de justice, assisté de partie des hommes et habitants du dict ban et en présence des témoins subscripts : Pierre Maizier, Martin Godeffroy et Jehan Martin, routiers, et de Jean de Bolandoz, seigneur de Scey, leur capitaine.

« Le seigneur aurait dict et desclaré en substance : “Vous savez que moi, seigneur de Haute-Pierre, hault justicier, Moyen et Bas au ban de Moustier, Lods et Haute-Pierre, il a esté informé à ma requeste de la mort de l’enfant de Louis Claudon, de ce lieu, tué par un cheval, le dict cheval étant pris et tenu en prison à Haute-Pierre, sur laquelle information et pour le devoir de justice suivant les consultations faites de la dicte procédure, je prononce ma sentence de ce que faire se doit du dict cheval. En effet, je viens de consulter avec ces bons hommes et voicy notre sentence, laquelle j’ai fait inscrire en ce papier qu’il vous plaira de faire lire.”

« Sur ce la dicte sentence a été lue haultement dont la teneur s’ensuyt de mot à mot : “Nous, seigneur de Haute-Pierre, nous trouvons et disons par notre sentence que eu l’esgard à l’inconvénient de la mort advenue de l’enfant de Louis Claudon, tué par le cheval de Blanche de Chaux, le dict cheval nommé Bouc doit être assommé et brûlé en un bûcher, au lieu où l’on a coutume de faire les exécutions à Haute-Pierre.”

« Sur ce, les dicts seigneurs, témoins et doyen de Moustier, assistés des dicts bons hommes ont mesné et conduict le dict cheval, lié de trois cordes, jusque proche d’une croix de pierre qui est au-delà du Châtelet, où s’étant arresté, le dict seigneur de Haute-Pierre a crié par trois fois haultement : “La justice de Haute-Pierre.” Au troisième desquelz cris, maistre Jérôme Cochin, exécuteur des hautes œuvres à Vuillafans, s’étant là présenté, a demandé au dict seigneur ce qu'il lui voulloit. "Voicy le seigneur et Justice de Haute-Pierre, Lods et Moustier qui a amené le cheval ici présent en ce lieu proche de ceste croix dict et appelé Le Châtelet, lequel cheval ayant tué ung enfant qui estoit à Louis Claudon de Moustier, et par sa justice, a été condamné à être assommé et brûlé, la dicte beste brute étant liée de trois cordes, moi, seigneur de Haute-Pierre vous la délivre en ce dict lieu, pour faire l'exécution au contenu de la dicte sentence." »

La vieille âme

Ton cheval était mort.

Colin t'a raconté que, pour lui lire la sentence, on l'avait revêtu de cette cape écarlate que tu avais l'habitude de laisser sur sa selle, et qu'ainsi paré il avait gravi la pente en dansant jusqu'aux fourches patibulaires dressées sur la roche de Haute-Pierre, là où la vue était la plus belle, là où l'on dominait le mieux la vallée, là où le monde entier était à nos pieds, là où l'on pendait les gens, dos au paysage, car la foule, qui se massait du côté du plateau, tenait à bien voir les expressions sur leur visage quand la mort les prenait en plein vent. Le bûcher avait été dressé à côté du gibet, c'était la première fois qu'on brûlait un condamné sur ce promontoire.

Plus Colin parlait et plus il t'était étrange d'entendre la voix que Bouc avait empruntée pour te dire adieu la veille, celle que tu lui avais toujours offerte en secret, relater la mort de ton cheval. Il te semblait écouter Bouc lui-même te raconter sa fin.

Colin ne t'a pas donné trop de détails, il a juste précisé que le bourreau avait si bien assommé le condamné que le feu ne l'avait pas même réveillé, au grand dam de Bolandoz qui eût préféré le voir se débattre un peu.

Le palefrenier t'a appris que, pour l'occasion, le capitaine des routiers avait enroulé la tige de la rose noire brodée autour de son cou et qu'il en caressait les pétales ostensiblement en contemplant Aélis, dont l'impassible profil se découpait, parfait, dans la lumière des flammes.

La fumée était entraînée par le vent au-dessus de la vallée, comme un couvercle, et la foule venue assister à l'exécution n'avait pas été incommodée, la chaleur seule l'avait forcée à se reculer. Tous les chevaux du fief étaient là, réunis en troupeau, afin que cette mort leur fût un exemple, qu'elle remplît leurs esprits de terreur et de crainte et leur rappelât ce qu'il en coûtait d'aller contre la nature et de se faire fauve.

Bolandoz regardait aussi le jeune Guillaume de Hautefeuille, qui n'avait pas craint de tenir Bouc et qui l'avait mené jusqu'au bûcher avec respect et gentillesse, comme si cette bête avait été sienne. Mais Aiglantine n'était pas venue. Depuis son départ pour l'autre rive, elle n'avait plus jamais repassé la rivière. Le capitaine des routiers, qui avait accompli la moitié de sa vengeance et dont le fief de Scey, exsangue, commençait à ne plus suffire à entretenir l'armée de soudards, avait glissé quelques mots à l'oreille de Guillaume, mots que Colin avait fort bien entendus et qui peut-être lui étaient adressés à lui aussi :

— On m'a dit que ta femme aimait trop les écuries et les chevaux pour venir assister à la mort de celui-ci.

— On m'a dit qu'aucune femme ne t'a jamais aimé, lui avait répondu Guillaume, que cette rose que tu portes a été cueillie pour un autre et qu'elle a perdu son éclat, sa couleur et son parfum depuis que tu l'arbores. On m'a dit que tu n'étais que l'outil de la vengeance d'une femme et que ta main ne savait offrir que ce plaisir-là, car tu n'en connaissais nul autre.

— Et ceux qui t'ont dit cela n'ont pas tort, mais ma main sait cueillir sa propre vengeance aussi. Le cheval est tombé, son cavalier suivra ! Ta mort me fera jouir et je répandrai mon foutre sur ta tombe. Je caresserai bientôt ton beau visage froid et le plaisir que j'éprouverai alors ne t'est pas concevable.

— Ce plaisir-là est plaisir d'impuissant ! avait conclu le jeune Hautefeuille en souriant avant de quitter la roche.

Une fois son travail achevé, le bourreau avait jeté ses grands gants de cuir au feu, car personne, pas même l'exécuteur des hautes œuvres, n'aurait osé porter des gants souillés par cette bête magnifique, maléfique et maudite, par cette créature vêtue d'une cape écarlate qui, sans être devenue tout à fait homme, n'était plus vraiment cheval.

La vieille âme

Que le bourreau portât des gants n'a rien empêché.

La veille au soir déjà, Maître Cochin s'était senti mal, mais il avait fait son ouvrage : la mort en route n'attend pas. Comme Yvon, le tueur de cochon, l'homme était consciencieux, soucieux de la forme et des gestes, il fallait que tout fût parfait.

Un cheval, un homme, une femme, un condamné était un condamné. Il se contentait d'exécuter des sentences, comme son père l'avait fait avant lui, et le père de son père. Il appartenait à une dynastie de bourreaux, avait épousé une fille de bourreau et leur fils serait bourreau. Il exécutait, c'était son rôle. Il était payé pour cela, pour tuer au mieux, sans ergoter. On lui avait donné six livres cette fois, il touchait moins pour une pendaison, davantage quand il s'agissait de couper une tête. C'est que décapiter était bien plus difficile. Le public de ce genre de spectacle réclamait du bel ouvrage. S'il était déçu, si la tête ne tombait pas en un ou deux coups d'épée, les gens devenaient comme fous et il arrivait qu'ils s'en prennent à l'exécuteur. Non, il n'aimait pas ça, décapiter, c'était trop risqué. Sinon, pourvu qu'on appréciât la solitude, ce travail n'était pas si mauvais et, même dans les périodes creuses, sans condamnés à occire ou à mettre au pilori, son « droit de havée » nourrissait convenablement sa famille. Ce droit lui permettait de prendre ce que sa main pouvait contenir dans chacun des paniers au marché ou à l'entrée de la ville. Comme il n'y avait pas marché ces jours-là à Moustier, Haute-Pierre l'avait autorisé à se servir chez ses serfs.

Après l'exécution, Maître Cochin est donc entré chez les gens et il a passé sa main au-dessus de ce qu'il désirait, au-dessus de la farine, du sel, du lard, du vin. Il ne touchait à rien, mais de chaque jarre, de chaque saloir, de chaque tonneau au-dessus duquel la main du bourreau s'arrêtait, on devait retirer l'équivalent de ce qu'elle aurait pu prendre. Bien que le vin ne se fût pas vendu cher l'année précédente et que les celliers fussent presque vides, on lui donnait une poignée de tout ce qu'il réclamait et les hottes que portait sa mule blême s'alourdissaient. Avant de quitter Moustier, Jérôme Cochin ne s'est pas privé et les vignerons chez lesquels il pénétrait se dépêchaient de le satisfaire pour qu'il quittât leur maison au plus vite : il avait mauvaise mine, le regard fiévreux, une vraie gueule de bourreau, sa tunique était trempée de sueur, il puait le feu, la maladie et la mort, et il toussait beaucoup. En guise d'adieu, les gens crachaient au sol sur le pas de leur porte. Le bourreau avait trop respiré la fumée du bûcher, ce cheval diabolique aurait sa peau ! Son métier, vraiment, personne n'en aurait voulu !

Quand il a quitté Moustier, l'après-midi de l'exécution, sa pauvre mule était si chargée qu'on a eu pitié de sa bête, mais de cet homme qui crachait rose et semblait de plus en plus mal en point, nul n'a eu pitié.

On ne s'apitoie pas sur le sort d'un bourreau, même s'il est aussi blême que sa mule.

La petite fille

Je gravis avec Aymon la pente rude qui conduit à la roche de Haute-Pierre. Je n'ai jamais parcouru ce fief qu'à cheval et, aujourd'hui, je marche comme une vilaine. Les cailloux du chemin me blessent au cœur, la côte m'essouffle, le soleil me tiraille la pensée en tous sens.

Enfin, nous atteignons les fourches dressées au sommet du pays, face à l'abîme. L'air est vif, violent, plein de courants. Mes cheveux me cinglent le visage.

Le vent en se levant a dispersé les cendres de mon cheval. Il n'en reste rien, qu'une grande trace noire au sol.

Comment est-il possible que tout ait été balayé en si peu de temps ?

Le ciel est vide.

Soudain, je sens la terre danser sous mes pieds.

Il est là.

Bouc ne m'a pas menti, son corps s'est éparpillé sur les prés, sur les chemins, sur le monde.

Alors, face au paysage, une grande joie monte en moi et m'éclate dans la poitrine. Je respire à pleine gorge la bourrasque et ce ciel limpide comme une onde.

Il est là.

Aymon me regarde pleurer sans comprendre. Il me caresse tendrement la joue. Son âme est une dentelle, si fine, si belle et si fragile.

Je lui prends la main et je l'entraîne à ma suite.

Nous nous abandonnons dans la pente, nous dévalons ensemble ce pays penché, main dans la main, en hurlant de joie et en courant à perdre haleine. Mon cheval s'est changé en terre et je le sens sous mes pieds, alors que je descends avec Aymon jusqu'en bas, jusqu'au village de Moustier, où je ne suis pas allée depuis des mois. Je le sais là, à chaque foulée. Les cailloux battent la campagne, je les entends rouler tous nos petits souvenirs sous mes semelles de cuir. Cette terre est soudain devenue la mienne, j'y prends appui, bien qu'elle danse et penche toujours autant vers sa rivière. Ma grande peine s'en est allée, ma colère a fondu et je me sens forte d'être ainsi portée sur le chemin, forte d'avoir eu un cheval pour père.

Essoufflés, nous nous arrêtons de courir, mais la joie ne cesse de m'embarquer à chaque pas et mon cœur galope plus vite que moi.

Depuis notre sortie de la forêt, Aymon a passé beaucoup de temps avec Éloi, sur le pont de bois de Moustier que le charpentier consolide, ou chez Perrine. Pas moi. La menace qui pesait sur Bouc m'a éloignée des deux garçons et je n'avais aucune envie de rencontrer cette Perrine, à laquelle Éloi construisait une maison, avant d'apprendre qu'elle était sa sœur aînée.

Ces deux derniers jours, sur l'ordre de Haute-Pierre, Éloi a tout interrompu pour aider le bourreau à remettre les fourches patibulaires en état, puis à dresser le bûcher. Je l'ai détesté de participer à la mort de mon cheval, bien qu'il soit tenu d'accepter les ouvrages que Haute-Pierre lui donne à réaliser. Dans un peu plus d'un an, ils seront quittes et le charpentier ne devra plus rien à ce seigneur qui l'a affranchi.

C'est Aymon qui me guide à présent, et je sais qu'il me conduit au bord de la Doye, là où les vignerons ont construit leurs maisons, je sais qu'il me conduit à lui.

Sur le plus beau des toits, je le vois qui cloue des bardeaux de chêne. Mon cœur galope de plus belle. Le soleil a quitté son zénith depuis longtemps, il n'entre plus dans le bas de la vallée et ses rayons n'enflamment plus que son beau visage un peu trop pâle.

Éloi descend de son perchoir dès qu'Aymon l'appelle et il nous prend tous les deux dans ses bras. Il nous serre contre lui avec cette force et cette chaleur qui débordent des grands cœurs. Il est seul, sa sœur et son neveu sont au pré avec leur petit troupeau. Il s'engouffre dans la cabane qui jouxte la maison en construction et revient avec un pichet de lait de chèvre qu'il nous tend.

Éloi regarde Aymon boire en souriant, il a l'air fatigué et ne dit rien d'abord. Puis il commence à nous parler avec passion de cette maison qu'il bâtit et qui est presque achevée. Il nous raconte comment il l'a construite en quelques mois, nous vante la structure en bois, emplie de terre battue, et la charpente, si solide qu'elle pourrait supporter une toiture de tuiles. Il en est là justement, il pose les derniers bardeaux de chêne sur le treillage de lattes. Quelques billons attendent encore d'être fendus à la doloire, puis amincis et biseautés, et tout sera fini. Le temps patinera le toit jusqu'à lui donner des reflets d'argent. Cette maison durera plus longtemps que lui, plus longtemps que nous.

— J'ai tout taillé dans du cœur de chêne, c'est un bois aussi dur que de la pierre et qui sent bon. C'était la première fois que je m'attaquais seul à un tel ouvrage, je voulais réaliser quelque chose de beau pour ma Perrine qui m'a accueilli. Mon œuvre abritera ses enfants, et les enfants de ses enfants, et cela sur des générations.

— Tu vis ici désormais ?

— Oui, dans cette cabane, en attendant que leur maison soit achevée. Je suis mieux chez Perrine que chez mon père qui m'en veut de mener ma vie à ma guise. Il n'a pas admis que je sois allé au château seul ce jour où j'ai gagné ma liberté. D'après mon père, je lui appartiens davantage encore à lui que je n'appartenais à Haute-Pierre et je ne suis qu'un ingrat. Je ne comprends pas. Mon affranchissement ne lui a rien coûté. Perrine vient de perdre son époux, elle refuse de lui obéir et de se remarier tout de suite, nous sommes les deux rebelles de la famille, nous faisons front ensemble.

— Tu nous as manqué.

— L'hiver a été rude, enchaîne-t-il comme troublé par mon aveu. J'ai eu froid à travailler dehors sous la neige, tu ne t'imagines pas. Le soleil ne descend pas avant le mois de mars dans le fond de la vallée, seuls les vents s'y engouffrent. Mais il me semble que j'ai plus froid encore aujourd'hui. Nous sommes presque en mai, mais l'air me paraît aussi glacé qu'à Noël. Je ne fais rien de bien. Je prends du retard. La lumière m'a vrillé les yeux. J'ai chaud, j'ai froid. Et soudain, j'ai des suées qui me coulent dans le dos. J'ai dû attraper mal sur la roche de Haute-Pierre.

Le silence se fait un moment entre nous et nous regardons Aymon qui grimpe sur le toit pour tenter d'y clouer un bardeau. J'en veux à Éloi de parler si légèrement du bûcher qu'il a dressé, mais il paraît si fatigué que je ne lui fais pas de reproches.

— Non, dans l'autre sens ! Tu vois bien que la tuile est

biseautée, place-la dans l'autre sens ! crie-t-il à Aymon avant de se tourner vers moi. Je suis désolé pour ton cheval. Je l'aimais bien, cette bête. Aymon est resté ici pendant que je travaillais sur le haut, je ne voulais pas qu'il voie le bûcher. Je lui ai demandé de prendre soin de mon neveu Blaise en mon absence, il lui a offert une flûte et lui a appris à en jouer. J'aimerais que tu m'aides, Blanche qui saura bientôt lire. Tu vois la grosse poutre là-haut ? Je voudrais y graver mon nom et la date du jour où je poserai le dernier bardeau. Ça aurait dû être aujourd'hui, mais avec toute cette histoire j'ai pris du retard et, depuis ce matin, je me traîne.

— Si tu veux, je te l'écris à la craie tout de suite.

— Non, non, reviens demain. Là, je n'ai plus de courage, je vais rester en bas à tailler mes tuiles de bois, je ne suis plus bon à rien.

La vieille âme

Le lendemain à la mi-journée, vous êtes retournés en courant au village. Si le monde penchait et vous entraînait vers la fin, autant dévaler la pente joyeusement.

Éloi ne travaillait pas sur son toit et le chantier n'avait pas avancé.

Blaise, le petit berger aux yeux bleu paradis, chantait assis sur la pierre où tu t'étais installée la veille, à côté du tas de fumier. Il t'a gratifiée d'un sourire avant de se précipiter dans les bras d'Aymon. Tu les as laissés dehors sous le soleil et tu es entrée dans la cabane de Perrine.

Dans la pénombre de la petite pièce, tu as discerné une forme allongée sur un galetas et une femme assise à ses côtés. Il t'a fallu un peu de temps pour t'accoutumer à la faible lueur du feu et pour reconnaître Éloi. Perrine lui épongeait le front dans la lumière tremblante. Les traits du charpentier s'étaient creusés en une nuit, les cernes lui dévoraient le visage, ses pommettes saillaient, ses cheveux collaient à son grand front luisant de sueur. Il n'était plus pâle, il était blême. Mais son œil restait brillant et il a tenté de se redresser, dès que tu as paru.

— Oh ! Blanche qui saura bientôt lire, a-t-il murmuré d'une voix qui se voulait bien portante. Comme je suis content de te revoir, je vous ai tant cherchés par la forêt, toi et Aymon, tant cherchés ! Parfois j'ai cru entendre vos voix, mais elles ne menaient nulle part. Tu sais que je construis une maison pour ma sœur ? Il faut que je te la montre !

— Non, ne te lève pas, Éloi, lui a dit gentiment Perrine. Attends de te sentir moins faible ! Elle reviendra demain. N'est-ce pas, Blanche, que vous viendrez demain ?

— Bien sûr, je reviendrai tous les jours, si tu me le demandes, as-tu déclaré en prenant la main brûlante d'Éloi.

Il s'est alors tranquillisé et s'est abandonné sur le matelas de paille. Sa sœur t'a appris qu'il était fiévreux depuis la veille au soir.

— Je suis sûre qu'il a attrapé la mort à force de travailler sur ce toit qu'il rêve de me mettre au-dessus de la tête.

— Oui, je veux qu'il te soit une couronne, a enchaîné Éloi en riant pour ne pas avoir l'air trop mal en point. L'âme de la poutre de l'entrait est si belle, elle est large d'un pied et j'aimerais, Blanche, que tu m'aides à y graver mon nom et la date. Pas celle d'aujourd'hui, non, la date à laquelle je poserai le dernier bardeau. Mais pas aujourd'hui, aujourd'hui, je ne ferais rien de bon. Dès que cette fièvre sera tombée… Il ne me reste que quelques bardeaux à tailler et à poser, et tout sera fini.

— J'écrirai ton nom à la craie et tu n'auras qu'à suivre les traits au couteau. Veux-tu que je le fasse tout de suite ?

— Non, c'est un peu haut pour toi, il faudra que je te tienne l'échelle. Comme je suis heureux de te revoir après tout ce temps ! Mais je ne suis pas bien aujourd'hui et, il ne faut pas m'en vouloir, je crois que je vais dormir un peu.

Tu es sortie dans le soleil avec Perrine pour le laisser se reposer. Le petit Blaise chantait une berceuse de sa voix délicieuse et Aymon l'accompagnait à la flûte.

— Nous sommes passés le voir hier, as-tu murmuré à Perrine.

— Il oublie tout depuis ce matin, il lui arrive de ne pas me reconnaître. Écoutez-le, il tousse si fort qu'il crache un peu de sang ! Parfois il panique et ne veut plus que je l'approche, il m'a demandé de m'installer dans la maison inachevée et de le laisser seul dans la cabane, le temps qu'il guérisse. Mais si je pars, qui alimentera son feu ? Le voilà qui tousse encore. Ça m'arrache le cœur de l'entendre !

— Je vais chercher Maître Claude au château, il saura quoi faire, c'est un bon guérisseur.

Pendant que vous discutiez, Aymon avait profité d'un moment d'inattention de Blaise pour lui échapper et se glisser dans la cabane. Tu aurais aimé le protéger, l'empêcher de voir Éloi ce jour-là. La peine et la douleur des autres, même celles des bêtes, lui étaient une telle violence. Mais, face à Éloi, il n'a pas hurlé, il est resté calme et doux, il l'a aidé à boire une gorgée d'eau, s'est assis sur l'escabeau et n'a plus voulu quitter son chevet. Tu as dû le laisser là et repartir seule aux Murmures.

Quand tu es revenue à cheval avec Maître Claude, le mal avait gagné du terrain. Le temps avait passé plus vite sur le visage d'Éloi que sur le reste du monde, le charpentier avait terriblement vieilli en quelques heures. Il t'a souri de son si beau sourire de jeune homme, et c'était terrible de voir cette expression intacte cernée par la mort en marche. Il a respiré dans un grand râle avant de te parler si bas que tu as dû approcher ton oreille de ses lèvres desséchées pour l'entendre.

— Blanche qui saura bientôt lire. Je voudrais que tu m'aides à signer l'âme de la maison. La poutre la plus solide, celle qui ne s'écroulera pas, celle qui tient cette grande carcasse de bois. Il faudra que j'y inscrive mon nom et tu m'aideras, n'est-ce pas ?

— Oui, bien sûr, Éloi, que je t'aiderai.

Tes mots l'ont apaisé et il s'est abandonné de nouveau dans le lit, les yeux dans le vague, la respiration saccadée et sifflante. Perrine a murmuré depuis le coin d'ombre où elle s'était réfugiée pour pleurer :

— Il ne pense plus qu'à ce toit, il s'inquiète des charges sur la ferme. Je ne comprends plus ce qu'il dit, il n'est plus question que d'âmes voilées. J'ai fait appeler le curé.

Maître Claude a tâté le corps du malade, son cou, son ventre, ses aisselles, il lui a regardé la bouche et les yeux, avant de m'entraîner sur le seuil de la cabane.

— Je pourrais tenter de le saigner, mais le mal est déjà si avancé que j'ai peur de l'affaiblir davantage. Le poumon est touché, il faudrait assainir l'air dc ce taudis en y faisant brûler du thym et de l'armoise. Je vais en chercher au prieuré. D'ici mon retour, tenez-vous à distance de votre ami ! Bien qu'il n'ait ni pustules, ni taches, son état ne me dit rien qui vaille.

Le petit Blaise jouait de la flûte, maladroitement. Il parlait tout seul et se plaignait beaucoup d'Aymon qui l'avait abandonné et ne s'occupait plus que d'Éloi. Tu as aidé Perrine à déménager ses quelques affaires dans la maison inachevée où son frère voulait qu'elle s'installât, et tu as tenté d'arracher Aymon au chevet du malade. En vain. Il entretenait le feu, ramenait la couverture sur son corps nu, lui essuyait le visage avec un linge que lui avait donné Perrine, il lui soutenait la nuque et lui tenait la puisette pour qu'il pût boire. Il lui caressait la tête en lui fredonnant des chansons sans paroles. Aucun des mots qu'Aymon avait à sa disposition n'aurait pu exprimer ce qu'il ressentait alors. Il ne pleurait pas, ne criait pas, ne priait pas, n'espérait pas, ne se révoltait pas, il n'attendait rien que la fin qu'il sentait proche. Il aimait ce garçon qui l'avait sorti un jour des eaux de la Loue, mais se savait incapable de l'arracher au mal qui le dévorait. Une chose était certaine, il l'accompagnerait jusqu'au bout.

À mesure que la journée avançait, entre les quintes de toux qui le secouaient comme tempêtes et le laissaient exsangue, la respiration d'Éloi se faisait plus douloureuse, quelque chose se déchirait dans sa poitrine à chaque fois que l'air parvenait à s'y frayer un chemin et ce filet d'air sifflait à tes oreilles. Insupportable et révoltant. La veille encore, Éloi était si beau, si vivant. Tu aurais voulu le cacher dans tes bras, pour que la mort ne le vît pas, pour que la mort ne le prît pas.

Les hommes que ton père faisait pendre ne t'étaient rien et ils partaient dans la minute, il te suffisait de fermer les yeux un instant et déjà ils ne dansaient plus au bout de leur corde. Tu ne savais pas. Jamais tu n'avais vu la mort à l'œuvre en un corps aimé, jamais tu ne l'avais vécue de si près. Elle s'appliquait à miner les couleurs de la peau et des yeux, à réduire la carrure, à dévorer la chair, elle semblait l'aspirer du dedans, tout en forçant Éloi à cracher sang et eau.

Mais quelle diabolique sentence appliquait-elle ?

Maître Claude est enfin revenu, il a frappé à la porte et t'a fait signe de le rejoindre dehors.

Éloi n'était pas le seul malade, tous ceux qui avaient travaillé au bûcher avaient la fièvre, eux aussi, depuis le matin, et un marchand avait ramené la mule blême du bourreau au prieuré, il disait l'avoir trouvée seule sur le chemin. La nouvelle pestilence avait atteint Vuillafans où les gens tombaient comme des mouches depuis trois jours, une pestilence portée par le souffle des malades, une pestilence sans bosse, qui rongeait le poumon. Une pestilence dont on ne revenait pas, plus terrible que la précédente encore, plus rapide, plus fatale, et l'air mortifère remontait peu à peu le cours de la Loue. Le fléau était de retour, Éloi était perdu et beaucoup d'autres mourraient.

Le prieur avait donné les herbes à Maître Claude en lui rappelant qu'il fallait craindre la colère de Dieu et que le temps était proche. La mule du bourreau prenait soudain une couleur d'Apocalypse. Il lui avait cité saint Jean :

Et je vis : c'était un cheval blême.

Celui qui le montait, on le nomme « la mort » et l'Hadès le suivait. Pouvoir leur fut donné sur le quart de la terre, pour tuer par l'épée, la famine, la mort et les fauves de la terre.

Maître Claude n'a pas traîné à Moustier, il t'a laissé les herbes, a tenté d'arracher Aymon au chevet d'Éloi, t'a conseillé de rentrer avec lui aux Murmures, et voyant qu'il n'y avait rien à faire pour vous sauver, il a détalé.

La peine travaillait tant Perrine qu'elle ne tenait plus debout et sanglotait sans plus pouvoir parler en serrant dans ses bras son petit Blaise qui continuait de réclamer Aymon et se plaignait que personne ne chantât plus avec lui.

Le curé est arrivé. Un homme courageux que ce jeune curé, un gars qui ne renoncerait pas et qui visiterait tous les malades pour leur donner les derniers sacrements, avant de tomber à son tour, sans personne à ses côtés.

La mort avait fait tourner le parfum sauvage d'Éloi et détruit sa raison à force de fièvre et de douleur. La mort coupait un à un les fils qui le reliaient à vous, un seul tenait encore : cette poutre dont l'âme mesurait un pied, celle où il comptait graver son nom pour qu'il durât aussi longtemps que cette maison qu'il avait levée de ses mains.

Cette signature sur l'âme du bois, comme le sens dérisoire et sublime qu'il avait trouvé à sa vie. Il partait avec ça en tête, cette simple poutre, patiemment équarrie, du bel ouvrage vraiment, qui résisterait à tout, à la pourriture, à la maladie et au temps. Tant que tiendrait cette poutre, le corps entier du bâtiment durerait et protégerait sa famille, la seule qui lui restât puisque son père l'avait abandonné. Il fallait y inscrire son nom, Éloi, et la date d'aujourd'hui.

— Je l'ai équarrie les pieds dans les copeaux. Il faut couper sans déchirer le bois…

Accroché à la poutre, Éloi lutte contre la tourmente qui souffle en lui, souffle à en faire craquer sa grande coque, et soudain le voilà emporté par une toux viscérale et sauvage. Ses derniers mots sortent en désordre, puis ne sont plus qu'un cri.

Alors, sous vos yeux, le corps se crispe une dernière fois, si maigre, si terne, la coque se brise comme si l'âme pour sortir se frayait un chemin à coups de hache. Éloi s'agrippe à Aymon qui l'enlace et recueille son dernier souffle sur ses lèvres.

Maintenant voici l'heure, c'est le mai,
Du baiser rouge au goût de sang, chantez,
C'est le meilleur, c'est le plus doux
Un doux couteau en ton cœur l'a planté
Tandis que nu dans ton lit, tu rêvais
C'est le meilleur, c'est le plus doux
Que de mourir dans un baiser

Avant de partir, tu as écrit le nom d'Éloi à la craie sur l'âme de la poutre et tu y as ajouté la date : le 17 avril 1361.

Bouc était de terre et Éloi était de bois.

La petite fille

Les morts me sont plus chers que les vivants : ma mère, Bouc, Éloi…

Le chemin nous a ramenés chez nous en bon cheval fidèle.

Il faisait presque nuit quand nous avons passé la porte des Murmures.

Les étourneaux étaient dans l'érable comme au jour de mon arrivée, et Haute-Pierre nous attendait juste à côté, malgré les cris des oiseaux.

Aymon n'a pas rejoint son père qui lui tendait les bras. Je n'avais plus la force de résister, de tenter de le retenir, il a lâché ma main et s'est élancé dans son arbre.

Au bruit qu'il faisait en escaladant les cieux, les oiseaux fuyaient vers l'autre rive. Aymon a disparu dans la frondaison, disparu… et jamais il ne redescendra.

Les étourneaux se sont envolés par milliers. Ils l'ont emporté dans la main gigantesque qu'ils dessinaient au ciel. Un temps, la nuée a dansé dans les airs, dansé au son du pipeau, comme un corps sombre, puis elle s'est éloignée, d'un unique battement d'ailes, elle a gagné l'autre rive et échappé à mon regard.

Jamais Aymon ne reviendra.

Je suis montée me coucher. Seule.

Les morts me sont plus chers que les vivants : ma mère, Bouc, Éloi et Aymon qui lui a donné un baiser rouge.

La vieille âme

D'abord, tu n'as plus quitté ta chambre, et ce n'était pas par peur de la peste. Non, le monde ne te disait plus rien. La vie t'avait abasourdie, arraché les nerfs, déracinée. Tout était vide, le ciel, ton cœur, les mots, ta pensée.

Et, soudain, il a fait si beau que le soleil t'a attirée dans la cour. Sans trop savoir comment, tu t'es retrouvée dans les allées du jardin où le printemps multipliait ses beautés comme si de rien n'était. Le parfum des roses t'a conduite à celui des chevaux, tu es entrée dans l'écurie. Colin t'a saluée affectueusement sans te poser de questions, sans te brusquer. Tu n'as pas même répondu à son salut.

Les jours suivants, tu es restée des heures près de celui qui avait la voix de Bouc ou avec le jardinier qui avait perdu la sienne. Tu soignais les chevaux et tu arrachais la garance qui s'accrochait aux rosiers.

Tu ne disais rien encore, tu t'occupais les mains.

Tu écoutais. Tu respirais.

La chaleur avait chassé la pestilence et tout semblait si calme.

Un matin, sans vraiment t'en rendre compte, tu as passé la porte des Murmures et le chemin penché t'a menée jusqu'au village. Tu n'as pas couru dans la pente, tu n'as pensé à rien, tu pensais peu encore, tu t'es contentée de marcher, de te laisser porter par la terre sous tes pieds. Tu es arrivée chez Perrine. Un ami d'Éloi avait terminé sa maison, cloué les quelques bardeaux qui manquaient et gravé le nom d'Éloi sur l'âme de la poutre. Il avait suivi les formes tracées à la craie, c'était un joli travail. Il s'appelait Pierre et vous vous étiez rencontrés sur le pont de Moustier, ce jour où Éloi avait sauvé Aymon. Il n'avait pas de femme encore et aimait bien Perrine et Blaise. Il riait de tout, même de la mort, et son rire était un baume. Tu t'es sentie bien dans cette maison qu'Éloi avait levée de ses mains. Pierre ne laissait pas la tristesse s'y installer. Perrine parlait de lui comme de son épouvantail à malheur. Ta pensée t'est revenue, peu à peu, ton monde s'est rempli de petites habitudes, puis de petits bonheurs, et tu as couru de nouveau dans la pente.

La veille de la Sainte-Judith, Aélis t'a fait demander dans sa chambre. Elle se regardait dans le miroir rond qu'elle tenait à la main. Aucune marque de tristesse ne venait brouiller ses traits. Sa beauté était intacte. Rien n'avait bougé. Son fils était mort, mais son visage n'en avait pas souffert.

— Blanche, ton père sera ici tout à l'heure, il a des projets pour toi. Va préparer tes affaires ! Tu peux prendre tout ce que je t'ai donné. Tu es venue sans rien, tu n'as plus de fiancé, plus d'avenir aux Murmures, mais tu auras au moins gagné quelques habits ici.

— S'il vous plaît, gardez-moi !

— Et comment le pourrais-je ? Nous n'avons plus d'enfant à te faire épouser. Ton père arrive, il te faudra le suivre. Les filles n'ont pas leur mot à dire dès qu'il est question de les marier. Les filles n'ont rien à dire d'une façon générale.

Tu n'as pas bougé, tu as regardé cette femme froide. Sur son visage, nulle expression ne se dessinait. Elle avait sorti ses plus beaux bijoux et finissait de peigner ses longs cheveux qu'elle blondissait chaque semaine à la paille d'orge et à la fleur de cyclamen. Et, à la regarder, tu devinais qu'elle se réjouissait de revoir ton père, tu savais que c'était pour lui qu'elle était encore si tard à sa toilette et que la mort de son fils était une belle occasion de le retrouver et de basculer dans le vide une fois encore sous ses coups de reins.

Haute-Pierre est entré dans la chambre et il l'a vue, si parfaite en son miroir.

— Bolandoz marche sur Hautefeuille avec sa troupe de routiers ! lui a-t-il déclaré. J'ai envoyé prévenir Aiglantine afin qu'elle se réfugie chez nous, mais j'ai peur que mon homme n'arrive trop tard.

— Colin est parti la chercher sur mon ordre, il y a quelques heures déjà, lui a répliqué Aélis sans le regarder. Je savais qu'elle ne suivrait que lui et que son époux n'oserait pas s'opposer à une requête signée de ma main. Ils doivent être en route, peut-être même ont-ils déjà traversé la Loue. J'avais un peu d'avance sur vous, Monsieur, c'est à cela aussi que servent les amants.

— Et vous n'avez pas fait prévenir Hautefeuille ?

— Je ne peux rien pour eux. Vous le savez : Bolandoz prend ce qu'il veut ! Il détruira le château et assouvira sa vengeance sur ce malheureux Guillaume. Il veut l'enterrer avec ce cheval qu'il aimait tant. Je me suis contentée de sauver notre fille.

Haute-Pierre a observé sa femme un instant avant d'ajouter :

— Aymon doit vous manquer, ma dame, il n'est plus là pour tenir votre miroir.

— En effet, il me manque. Tout comme vous, j'aimais cet enfant.

— Oh non, vous ne l'avez pas aimé ! a-t-il lâché dans un souffle. Vous ne songez qu'à accueillir le père de Blanche et nulle peine ne se lit sur votre beau visage ! Tout juste avez-vous dit adieu à sa dépouille ! Sans vous en approcher, sans verser la moindre larme, sans lui offrir un dernier baiser ! Non, vous ne l'avez pas aimé. Vous n'aimez rien que votre beauté en ce miroir. Vous n'avez jamais rien aimé d'autre. Ni Bolandoz, ni Aymon, ni moi, ni même Martin.

Aélis a posé son miroir et une ombre est passée sur son visage comme un voile.

— Comment osez-vous dire que je n'ai pas aimé ? Moi qui vous ai tant aimé, sans vous avoir choisi, sans que vous preniez soin de moi, moi qui vous ai patiemment attendu alors que vous couriez de droite et de gauche, à la guerre, à la chasse, de tournoi en tournoi. Je vous ai aimé bien que vous me négligiez. Je n'étais qu'une rose dans votre jardin. J'étais sage quand vous ne l'étiez pas. Vous étiez un homme, il était naturel que vous foutiez des filles en chemin. Moi, j'étais celle qui portait vos enfants légitimes. Mais j'aspirais à autre chose, voyez-vous, j'aspirais à l'amour. Alors Martin a paru et il m'a écoutée, et il m'a regardée, et il m'a aimée. Et je n'imaginais pas qu'un homme pût aimer ainsi puisque je ne connaissais que vous, que vos bras courts, que vos ternes étreintes, que votre parfum aigre.

Tandis qu'Aélis parlait, son visage se crispait. Une expression mauvaise, que tu ne lui avais jamais vue, lui déformait les traits. Elle parlait en serrant les dents. Tu n'osais pas bouger.

— Et j'ai perdu l'amour de Martin par votre faute ! Je l'ai perdu ce jour où vous êtes venu me voir après le tournoi et où vous m'avez menacée. Ce jour où vous m'avez fait si peur que j'ai dû renoncer à porter la chemise semée de roses rouges que j'avais offerte à Martin. Comme je vous ai haï d'avoir détruit notre amour ! Comme je vous hais aujourd'hui encore ! Si je n'ai pas vu mon enfant mourir, c'est de votre faute aussi, puisque à son chevet, la place était prise. Vous vous êtes barricadé avec lui dans sa chambre, sans même songer qu'il avait une mère qui l'écoutait chercher son souffle derrière cette porte que vous teniez fermée ! Comment pouvez-vous dire que vous avez davantage aimé Aymon que moi je l'ai aimé ? Il n'était pas même votre fils, voyez-vous, il n'était que le mien.

— Et vous croyez me punir en m'annonçant cela ! Vraiment, vous ne comprenez rien, ma dame. Cet enfant, je l'ai tant aimé que peu m'importe que vous l'ayez conçu avec un autre. C'est moi qui l'ai élevé, c'est moi qui l'ai porté dans mes bras, c'est moi qui ai entendu son premier et son dernier cri. Je suis son père ! Non, vraiment vous ne saurez jamais ce qu'est l'amour. Vous ne détruisez rien en me disant ça que le peu d'estime que je gardais pour vous. La porte de la chambre d'Aymon n'était pas fermée à clef quand il mourait de la pestilence à mes côtés, il vous aurait suffi de la pousser. Et sachez, ma dame, que juste avant d'expirer, votre enfant vous a réclamée. Je vous ai fait quérir, mais vous étiez occupée ailleurs. Dans les bois, avec votre amant routier, sans doute.

Soudain, tu as vu les lignes du visage d'Aélis se briser sous le poids d'une immense détresse et tu t'es précipitée dans les bras de Haute-Pierre.

— S'il vous plaît, gardez-moi avec vous ! Je ne veux pas repartir avec mon père !

— Oh, mignonne petite Blanche ! Tu étais là aussi.

— Gardez-moi !

— Je suis désolé, Blanche, mais je n'ai plus la force de me battre, même pour toi qui le mériterais. Nous devons te rendre à ton père. Il ne veut pas s'arrêter ici et tu dois te tenir prête. Il m'a prévenu qu'il repartirait sur-le-champ. Et dire que cette femme a failli te faire épouser ton frère ! Elle ne craint rien, ni Dieu ni diable ! Regardez-vous donc au miroir, Aélis, c'est surprenant, il me semble que votre visage s'est fané !

Aélis avait raison : Aiglantine avait suivi Colin et tous deux avaient quitté Hautefeuille avant la mise à sac du château. Elle ignorait que Guillaume était menacé, elle l'aurait prévenu si sa mère lui avait fait savoir pourquoi sa présence aux Murmures était indispensable.

Aiglantine et Colin ont galopé côte à côte jusqu'au pont de Moustier, mais nul ne les a revus sur cette rive ni sur l'autre, ils ne sont arrivés nulle part, du moins ne les a-t-on jamais retrouvés.

La petite fille

Ainsi vous arrivez, mon père, et vous pensez me reprendre pour me céder ailleurs ? Ce sera plus difficile de m'attraper cette fois ! Comtois, tête de bois ! Je ne suis plus une petite chose que l'on donne ici ou là, au plus offrant, je ne suis plus ce pion que vous déplaciez à votre guise sur l'échiquier de vos ambitions !

Je ne quitterai pas cette terre qui est devenue la mienne !

Je veux rester ici où j'ai vécu la plus jolie part de ma vie, rester près de l'arbre à attendre le retour des oiseaux, marcher dans les traces des êtres que j'ai aimés, écouter le jardinier muet me parler du printemps. Je veux continuer de me baigner dans la Loue, de me perdre dans la forêt, de courir dans la pente jusqu'au village. Je n'ai rien à vivre et personne à aimer ailleurs.

Et surtout, je ne veux pas d'autre époux ni que vous me conduisiez au diable !

D'ailleurs, le diable ne peut plus rien contre moi, ni lui, ni vous, mon père, et il me semble que vous êtes tous deux de la même pâte. Vous n'aurez plus la main sur moi, car le diable n'a jamais que la force qu'on lui prête.

Je resterai ici, je me cacherai dans un trou et j'y mourrai.

J'ai fait mon sac pour partir, oui, mais pour quitter cette vie, sans abandonner cette terre, et je n'ai rien emporté que ma petite chemise, le rubis de la Dame verte, mon grand couteau et ma boîte à couture. Dans mon trou, dans ma tombe, je broderai mon nom en entier avant de mourir. Éloi a fait graver le sien sur le bois d'une poutre, le mien sera de fil, il raccommodera ma petite chemise déchirée. Et je broderai aussi les noms des deux garçons que j'ai aimés, celui de mon frère et celui d'Éloi. Ils m'accompagneront pour l'éternité au milieu des lacs d'amour, des rinceaux et des drôleries que je broderai aussi dans la marge où nous vivrons, et si je n'ai pas assez de fil pour nous broder un monde, je m'arracherai les cheveux.

Je cours dans la pente jusqu'à la Loue, je sais qu'elle m'attend et qu'elle a quelque chose à me montrer. Avant de me glisser dans ma tombe, il faut que j'aille regarder tout au fond de ses eaux. Après seulement, je pourrai partir.

Je descends jusqu'à la grève aux fées.

Sur les hauteurs de l'autre rive, Hautefeuille part en fumée. Pauvre Guillaume ! Bolandoz prend ce qu'il veut !

Je me dénude. Mon corps est celui d'une femme désormais. Je tiens le rubis de la Dame verte dans ma main. La Loue est glacée, malgré la chaleur de ces derniers jours.

La nuit, mes rêves me conduisent souvent à la rivière et je l'entends murmurer, pleurer ou rugir son amour. « Ne me fuis pas, mon enfant ! » gémit-elle. Parfois, elle est cette Dame verte, amoureuse et si pleine de regrets, et d'autres fois une eau mauvaise et trouble, agitée de désir, un fauve avide d'amour qui cherche à me dévorer.

Aujourd'hui, je n'ai même pas à l'appeler, elle est déjà là sur la rive, debout dans sa robe verte.

— Bonjour, Blanche. Tu es bien essoufflée.

— J'ai couru jusqu'ici. Mon père arrive pour me reprendre et me vendre ailleurs.

— Ton père ?

La Dame a l'air soudain pensive et j'imagine que, comme Aélis, elle aimerait admirer son reflet avant de revoir cet homme qu'elle a tant aimé. Mais comme elle n'a pas de reflet, elle se cherche dans mes yeux.

— Me trouves-tu jolie ?

— Vous seriez plus belle encore, si vous laissiez vos cheveux vous couler sur le corps.

Puisque c'est à moi de jouer les miroirs, je vais enfin savoir si sa chevelure est aussi verte qu'elle le dit.

— Dans mon souvenir, du temps que j'étais femme, j'avais les cheveux feu, les mêmes que les tiens, dit-elle sans toucher à sa coiffe. De quelle couleur sont ceux de ta sœur ?

— Blonds, ma sœur est aussi blonde que mon père. Mais elle est ronde comme un soleil et bien plus grande que moi ! Ma sœur est si belle et si sage qu'elle épousera un prince.

— Et toi, tu n'es pas sage. Tu es mauvaise, tu files entre les doigts quand on veut t'attraper, tu débordes de tout, de colère et de joie.

— Ma nourrice m'appelle son Chardon, son Eau vive.

— Et ton père t'a donné mon rubis.

— Oui, je viens vous le rendre.

— Sais-tu que j'ai eu un enfant ?

— Un enfant poisson ? Un enfant sirène ?

— Non, un vrai poupard, je m'en souviens comme du plus beau du monde.

— Moi, il paraît que j'étais un petit monstre, quand je suis née.

— Qui t'a dit ça ? s'offusque la Dame.

— Guillemette, la cuisinière.

— Celle-là m'en veut encore d'avoir noyé l'une de ses filles ! s'agace-t-elle soudain. S'ils s'imaginent que c'est simple d'être une rivière et de s'emporter sans le vouloir ! Je suis une eau sauvage, soumise à ses humeurs. Ils disent que j'aime ça, voler les petits des autres, mais je ne suis pas l'ogresse qu'ils croient. C'est à eux de surveiller leurs enfants ! Je suis une tentation, car je suis vivante et profonde. Je dissous tout, même le ciel immense que je mets à portée de leurs mignonnes mains. Ils se laissent prendre à la féerie des reflets, ils aiment voir danser les lumières sur ma peau. Est-ce ma faute si je brille de mille feux, si je suis pleine de poissons, si je suis un miroir où l'on peut se plonger et si je porte leurs petits visages sur mon dos ?

— Vous souvenez-vous de tous ceux qui sont venus se mirer à votre surface ?

— Je garde leurs regards dans ma grande mémoire.

— Je voudrais voir ma mère.

— Ta mère ? Oui, je peux te la montrer. Tu la trouveras tout au fond de mes eaux.

Je suis toujours debout, nue dans le courant, je plonge mes avant-bras dans l'eau qui glisse entre mes doigts, me prend la main et m'entraîne. Je plonge et les flots me guident jusqu'à ce trou qui est un ventre.

Là, je lâche le rubis.

Il me semble que je m'endors, je m'abandonne au mouvement de la Loue et des images surgissent, se fondent, s'animent.

Une femme arrive sur la berge, elle ôte ses habits et son ventre est si rond. Je la vois depuis le fond des eaux, je la vois dans le ciel, par-delà la surface. C'est ma mère qui me rejoint dans la rivière. Elle nage et, soudain, les flots se resserrent autour de son ventre, les eaux se collent à son corps, la pressent, les eaux lui fouillent les entrailles, comme des mains de sage-femme, elles vont chercher l'enfant à naître et ma mère se débat. Elle sent que la Loue veut lui voler son petit, que la rivière démente s'improvise accoucheuse alors que l'enfant n'est pas fini, qu'il n'est pas temps encore qu'il lui sorte du corps. Elle se démène pour regagner la rive. Mais les eaux animales la tiennent et ondulent autour d'elle comme de longs serpents, et leur danse trouve un écho en son ventre. Les vagues lui entrent dans les viscères. Les eaux en son corps répondent aux mouvements des eaux du dehors, comme si l'eau allait à l'eau, comme si toutes les eaux du monde étaient appelées à se rejoindre. Elle entend comme une déchirure, c'est son flanc qui se perce et les eaux en elle se mêlent à celles de la Loue, se retrouvent et s'unissent. Ma mère hurle de douleur et d'angoisse, elle se débat pour sauver son enfant qu'elle sent descendre, emporté par le courant qui lui sort du corps. Alors elle va elle-même me chercher entre ses jambes pour que les bras de l'eau ne m'attrapent pas avant elle, elle sent ma tête, mes épaules, puis mon corps entier entre ses mains, elle sent tout ça et, chargée de ce petit morceau de chair, elle trouve soudain la force de lutter contre les flots, une force colossale qui l'arrache à la Loue, son nourrisson dans les bras, accroché à elle par un cordon d'argent. La voilà sur la grève où elle s'écroule.

Tandis qu'elle est inanimée, allongée sur les cailloux blancs, la Dame verte la rejoint. Elle porte quelque chose, un enfant, celui dont elle m'a parlé, qu'elle embrasse en pleurant. Elle coupe le cordon qui reliait Marie évanouie à son bébé, puis elle lui retire sa petite des bras et pose son propre poupard à sa place. La géante tient la fille de Marie dans ses mains, elle s'approche de la rivière et la plonge dans l'eau pour la noyer. Je vois cette minuscule créature qui gigote en tous sens à mes côtés, tandis que la Dame la maintient sous la surface. Je regarde le visage de la Dame qui pleure en faisant ça, en noyant l'enfant d'une autre. Je la regarde regarder l'enfant qui la regarde la noyer. Et nos yeux l'implorent sous la surface, sans mots, sans cri. Alors, la Dame s'attendrit, elle abandonne son projet, arrache le petit corps à la Loue, le pose encore vivant à côté de sa mère, toujours inconsciente, et s'échappe en courant.

Mon père arrive sur la grève et se précipite sur le corps immobile de sa femme. Il pose les deux petites au sol et enlace Marie en jetant des pierres à la rivière. « Monstre ! Sale bête ! Sale bête ! hurle-t-il. N'approche pas de ma femme ! Qu'as-tu fait pour qu'elle accouche dans ton lit ? Tu as voulu la noyer, mauvaise ! »

L'image se dissout dans les ronds que les pierres qu'il lance dessinent à la surface et la rivière continue de me bercer avec tendresse comme un poupard.

Je n'ai plus d'air, mais j'entends une voix profonde, une voix de mère, une voix qui parle à l'âme.

— Ô mon enfant, comme je regrette de ne pas avoir entendu tes pleurs, tes désirs foudroyants, de ne pas avoir été là pour toi, de ne pas avoir dans ma mémoire, dans ma chair le souvenir de nos embrassements ! J'ai à peine eu le temps de goûter la joie de sentir ton petit corps chaud dans le creux de mon épaule, mais il y restera pour l'éternité. Tes premiers pas, tes premiers mots, je n'ai rien eu de tout cela. Je t'ai offerte au monde des hommes, j'ai abandonné ton corps sur la berge à côté de cette autre enfant, je t'ai abandonnée sans savoir si tu pourrais survivre ni même si cette femme te prendrait pour sa fille. Je t'ai mise dans le nid d'une autre, car j'étais incapable de t'élever, moi qui ne suis rien qu'une fée. J'aurais tout donné pour te bercer dans de vrais bras de femme, tout donné pour t'aimer sans t'étouffer, mais je me sentais si pleine de fureur, je sentais que mon amour pour toi te tuerait, qu'il ne te laisserait jamais vivre ta vie humaine, que je te noierais, que rien en moi ne savait se contenir, j'ai senti que je débordais de tendresse. Comme j'ai souffert de ne pas te voir grandir ! Comme j'ai regretté ma terrible décision !

La Loue qui me parle et me berce est double : elle est cette mère qui m'a abandonnée sur la berge, offerte à une autre femme, cette mère malheureuse et coupable, qui s'accuse d'avoir été incapable d'encombrer son lit d'une enfant, mais elle est aussi la rivière sauvage et profonde que l'autre, la Dame verte, a frustrée de son enfant en la laissant sur la rive, et cette mère-là, cette eau folle, me réclame tout entière. Cette mère-là me submerge d'amour et je ne respire plus. Cette mère-là exige tant qu'elle m'étouffe, qu'elle me prend dans sa toile, qu'elle me noie, que son amour dément me vampirise, me submerge, m'anéantit. Elle est la déesse toute-puissante qui m'a offert son sang et réclame le mien. Affamée, jamais rassasiée, elle n'a que moi à aimer.

J'ai un mouvement de recul, alors qu'elle se presse contre ma poitrine. Je ne peux pas ! Cet amour exige trop, ces embrassements me dégoûtent ! L'eau a pris une couleur de lait qui m'écœure, elle s'est épaissie pour mieux m'engluer. Elle rugit son amour et je m'en veux tellement de ne pas être capable de tout accepter, de tout abandonner pour elle, mais je ne suis pas cette enfant qu'elle réclame, je ne suis plus en âge de me laisser bercer, je ne parviendrai jamais à lui rendre son excessive tendresse. Je me sens coupable d'étouffer dans ses bras et de ne pas supporter ses reproches, ses plaintes, ses exigences, alors que je me débats pour me dégager, pour remonter à la surface. Moi qui ai tant voulu avoir une mère, je ne suis pas prête à mourir dans les bras de cette mère-là ! Elle me dit que c'est elle qui crèvera, si je ne l'aime pas comme il faut, qu'elle se tarira par ma faute.

Je ne veux pas finir ainsi ! Je ne suis peut-être pas celle qu'elle croit. Je suis une autre, je suis l'autre, je suis la petite que la Dame verte a essayé de noyer avant d'être arrêtée par je ne sais quelle tendresse et de décider de laisser les deux enfants à Marie, comme deux jumelles si différentes. Je suis celle qui est sortie du ventre d'une petite femme ordinaire. Je ne veux plus mourir ! Je veux vivre, et il me semble que c'est cela que Marie, ma mère morte, exige de moi et que son amour infini me pousse, depuis l'au-delà, à remonter en surface. Mais la rivière ne me lâche pas, elle ne desserre pas son étreinte, elle veut une enfant à tout prix, la sienne ou une autre, peu lui importe, et je ne parviens pas à atteindre le ciel qui éclaire le monde du dehors. Je ne respire plus, je me noie, je lui cède, je n'ai plus de force, je serai un petit corps mort qu'elle pourra bercer à sa guise. Son monstrueux amour a gagné.

Soudain, l'eau s'agite autour de moi, des bras m'attrapent et me tirent vers le ciel, vers l'air, vers la vie.

Sur la grève les petites filles rouges sont assises en rond. Elles piaillent toutes ensemble, tandis que mon père me fait cracher l'eau de la rivière.

Il n'y a pas d'amour sans peine
Elle pleure son amoureux et se jette dans la Loue.

Ce sont les petits fantômes qui l'ont conduit jusqu'à moi.

Mon père me regarde en souriant. Dans ses yeux, je lis qu'il me comprend, qu'il partage ma peine, lui qui a tant aimé ma mère.

— Lui as-tu rendu son bijou ? me demande-t-il.

— Oui.

Il détache alors une petite chaîne d'argent qu'il a autour du cou et me la donne.

— J'en voulais trop à Dieu, je n'ai pas gardé la croix, seulement la chaîne. Tu y accrocheras ce que tu voudras, ma fille.

En contemplant le paysage, il attend un moment sous le soleil que ses vêtements sèchent un peu et que je reprenne mon souffle et mes couleurs, puis il m'aide à me relever, à me rhabiller et à monter sur son cheval.

La vieille âme et la petite fille

Mais que fais-tu, petite fille ?

Je suis une femme à présent, une femme qui sait lire, je peux écrire mon nom, je peux écrire en mon nom. Je briserai les badines sur les côtes de ceux qui m'en menaceront, je ferai la nique au diable et je mordrai les enfants qui jettent des cailloux aux pendus. Bouc me l'a dit, plus personne ne parviendra à me contraindre désormais et mon père l'a compris.

Sauve-toi ! Tu ne peux pas partir, tu n'as rien vécu de plus, tu es morte à douze ans ! Tu as échappé à ton père et tu t'es réfugiée dans ce trou où tu as brodé ton nom et ceux d'Aymon et d'Éloi sur ta petite chemise, et quand tu n'as plus eu de fil, tu as utilisé tes cheveux, tes longs cheveux rouges. Tu ne peux pas partir. Tu es morte ici ! Nous reposons ensemble depuis des siècles.

Tu te trompes, vieille âme. Demain, j'aurai treize ans. Mon enfance est finie, mais ma vie continue. À cette petite chaîne, j'accrocherai bien des choses.

Quitte ton trou, vieille âme, nous ne sommes pas morte ici ! Tu t'es égarée en enfance. Il est temps pour toi de t'en aller à ton tour. Cesse de ressasser et de hanter ces lieux, il faut partir, vieille âme !

La vieille âme

À tes côtés, je m’émerveille.
Blottie dans mon ombre, tu partages ma couche.
Tu dors, ô mon enfance,
Et, pour l’éternité, dans la tombe, je veille.

Lettre à mon éditeur : des chansons…

Jean-Marie,

Tu me fais remarquer que les chansons mentionnées dans *La Terre qui penche* sont plutôt attestées à partir du XVIIe ou du XVIIIe siècle, et tu as raison. La première transcription d'*Aux marches du palais*, dont j'utilise la partie la plus ancienne (*La belle, si tu voulais*), date du XVIIIe siècle. Mais elle s'est imposée dans mon texte et ta remarque me permet de crever l'abcès.

Cette chanson est anonyme et son origine inconnue, il en existe quantité de versions dans toutes les régions françaises. D'après Jacques Viret, elle a une structure rythmique que l'on retrouve dans des hymnes grégoriennes primitives et dans des chants populaires de tous les pays, un rythme métrique qui « est surtout le fait d'un chant collectif[1] ». Alors oui, je me suis permis de l'imaginer beaucoup plus ancienne. J'ai pris cette liberté puisqu'elle n'appartient à personne, et que, tout comme les contes, elle semble issue de la tradition orale et pourrait donc aussi bien prendre sa source beaucoup plus tôt, dans une version oubliée. Les chansons populaires sont de petits chefs-d'œuvre dont la cueillette seule peut être

1. Jacques Viret, *Le chant grégorien et la tradition grégorienne*, chap. 15, « La matrice binaire ternarisée ».

datée. Commencée au XVIIIe, elle s'est intensifiée au XIXe siècle : les romantiques rêvaient de trouver les origines de ces airs transmis de bouche à oreille. Conrad Laforte dans *Survivances médiévales dans la chanson folklorique* parle du « mystère spatial et temporel qui les entoure ». J'aime ce mystère-là. Je m'y engouffre.

Il se trouve que cette chanson où un lit devient un paysage, puis une tombe, m'est précieuse. Mon roman se construit autour du lit de la Loue et du pouvoir poétique qu'a une petite fille de métamorphoser les souvenirs mauvais. Blanche transforme le monde qui l'entoure et ses douleurs, elle change un homme en cheval, puis ce cheval en terre, pour continuer de marcher sur son chemin…

« Dans le mitan du lit, la rivière est profonde », ce vers m'émeut tant, il est mien depuis l'enfance, qui est mon Moyen Âge à moi. Je prends le risque de l'anachronisme, je l'assumerai, cette chanson m'est nécessaire.

Dans la même veine, *Je voudrais être mariée* et *Le Galant noyé* sont des chansons traditionnelles dont je ne trouve pas l'origine. Je les ai un peu chamboulées, mais la plupart des modifications que j'y remarque aujourd'hui sont sans doute dues à ceux qui me les ont chantées quand j'étais petite. Même écrites, elles restent de la matière orale, donc plastique, modelable, vivante.

En plus de ces chants populaires issus de la tradition orale, j'ai utilisé des chansons littéraires que j'ai traduites. J'en ai volé deux très belles à Guillaume de Machaut et emprunté des petits bouts à Jean Renart qui, lui-même, les avait collectées autour de lui pour les insérer dans son *Roman de la Rose* (premier « roman » mêlant chansons et récit pour que, à son gré, on y chante et on y lise). Les textes originaux qui suivent permettent de prendre conscience de la distance qu'il y a entre cette langue médiévale et la nôtre. Un abîme !

Les autres chansonnettes, c'est moi qui les ai écrites en tentant de m'approcher des laisses des caroles médiévales.

Amitiés

CAROLE

DE JEAN RENART

Le Roman de la Rose ou Guillaume de Dole (début du XIIIe siècle)

Que demandez vos
Quand vos m'avez ?
Que demandez vos ?
Dont ne m'avez vos ?
— Ge ne demant rien
Se vos m'amez bien.

Celi aim d'amor certaine
Dont j'ai le cuer d'ire plain.
Las ! ce m'i fet estre en paine
Dont j'ai le cuer d'ire plain
Las ! Ce m'i fet estre en paine.

DE GUILLAUME DE MACHAUT
(1300-1377)

Puisqu'en oubli (rondeau à trois voix)

Puis qu'en oubli sui de vous, dous amis,
Vie amoureuse et joie à Dieu commant.
Mar vi le jour que m'amour en vous mis,
Puis qu'en oubli sui de vous, dous amis.
Mais ce tenray que je vous ay promis,
C'est que ja mais n'aray nul autre amant.
Puis qu'en oubli sui de vous, dous amis,
Vie amoureuse et joie à Dieu commant.

Douce dame jolie (virelai)

Douce dame jolie,
Pour dieu ne pensés mie
Que nulle ait signorie
Seur moy fors vous seulement.
Qu'adès sans tricherie
Chierie
Vous ay et humblement
Tous les jours de ma vie
Servie
Sans villain pensement.
Helas ! et je mendie
D'esperance et d'aïe ;
Dont ma joie est fenie,
Se pité ne vous en prent.
Douce dame jolie.
Mais vo douce maistrie
Maistrie
Mon cuer si durement
Qu'elle le contralie
Et lie
En amour tellement
Qu'il n'a de riens envie
Fors d'estre en vo baillie ;
Et se ne li ottrie
Vos cuers nul aligement.
Douce dame jolie.
Et quant ma maladie
Garie
Ne sera nullement

Sans vous, douce anemie,
Qui lie
Estes de mon tourment,
A jointes mains deprie
Vo cuer, puis qu'il m'oublie,
Que temprement m'ocie,
Car trop langui longuement.
Douce dame jolie,
Pour dieu ne pensés mie
Que nulle ait signorie
Seur moy fors vous seulement.

ANONYME

Chanson de toile

Lou samedi a soir fat la semainne.
Gaiete et Oriour, serors germaine,
main et main vont bagnier a la fontaine.
Vante l'ore et li raim crollent,
ki s'entraimment soweif dorment.

L'anfes Gerairs revient de la cuitainne
S'ait chosit Gaiete sor la fontainne :
antre ces bras l'ait pris, soueif l'a strainte.
Vante l'ore et li raim crollent,
ki s'entraimment soweif dorment.

Quant auras, Oriour, de l'ague prise,
reva toi en arriere, bien seis la ville.
Je remainrai Gerairs, ke bien me priset.
Vante l'ore et li raim crollent,
ki s'entraimment soweif dorment.

Or s'an vat Oriour, teinte et marrie.
Des euls s'an vat plorant, de cuer sospire,
cant Gaiete sa suer n'anmoinet mie.
Vante l'ore et li raim crollent,
ki s'entraimment soweif dorment.

Laise, fait Oriour, com mar fui nee !
J'ai laxiet ma serour an la vallee :
l'anfes Gerairs l'anmoine an sa contree.
Vante l'ore et li raim crollent,
ki s'entraimment soweif dorment.

L'anfes Gerairs et Gaiete s'an sont torneit.
Lor droit chemin ont pris vers la citeit.
Tantost com il i vint, l'ait espouseit.
Vante l'ore et li raim crollent,
ki s'entraimment soweif dorment.

PCA/CMB Graphic
44400 Rezé
Achevé d'imprimer
sur Timson
par Normandie Roto Impression s.a.s.
61250 Lonrai, en juin 2015
Dépôt légal : juin 2015
Numéro d'imprimeur : 1502374

ISBN : 978-2-07-014992-6 / Imprimé en France

288277